연극,
소설을
만나다

제1판 제1쇄 발행 2016년 12월 19일
제1판 제4쇄 발행 2021년 4월 12일

지은이   차지훈 외
엮은이   이인호
펴낸이   강봉구

펴낸곳   작은숲출판사
등록번호 제406-2013-000081호
주소   10880 경기도 파주시 신촌로 21-30(신촌동)
서울사무소 04627 서울시 중구 퇴계로32길 34
전화   070-4067-8560
팩스   0505-499-8560
홈페이지 http://www.작은숲.net
이메일   littlef2010@daum.net
페이스북 http://www.facebook.com/littlef2010

ⓒ 이인호

ISBN 979-11-6035-008-1   43810
값은 뒤표지에 있습니다.

작은숲
청소년

연극, 소설을 만나다

천안 청수고등학교 연극대본집

중고생 필독 소설25
연극으로 공연하기

이인호 엮음

차지훈 외 지음

작은숲

차례

몸이 기억하는 문학,
연극으로 소설 만나기

중·고등학교 때는 그 훌륭한 시를 비롯한 문학 작품들을 왜 별 감동 없이 배웠을까? 그럼에도 수업 시간에 선생님이 읽어 주시던 소설이나 이야기를 손에 땀을 쥐고 들었던 기억, 뒷산 언덕에 가 황순원의 「소나기」를 돌려가며 읽었을 때의 알싸한 슬픔은 지금도 생생하다.

소설을 읽을 때 묵독보다 등장인물별 배역만 정해 읽어도 작품에 빠져들고 재미있어 하는 학생들을 보면서 낭독의 묘미를 새삼 느낄 수 있었다. 또 학생들과 소설 「우상의 눈물」을 각색하여 연극 무대에 올린 적이 있는데, 크게 몇 장면으로 나누고, 모둠별로 대본을 짜고, 새로운 인물과 내용을 만들었던 경험은 문학작품을 감상할 때 연극으로 하면 좋겠다는 생각을 갖게 했다.

그러나 평상시 수업에서는 쉽지 않은 일이라 쉽게 엄두를 못내고 있다가 낭독극을 만나게 되었다. 동화, 시, 소설 등을 낭독극으로 만들었는데, 세 시간에 두 세팀 공연이 만들어지는 걸 체험하면서 깊은 감명을 받았다. 직접 작업에 참여하면서 학생들과 할 수 있겠다는 생각을 하게 되었고, 수업 시간에 직접 학생들과 해 보면서 계속해야겠다는 의지를 갖게 되었다. 학생들은 즐거워했으며 열정적이었다. 작품을 꼼꼼하게 읽고 분석하고, 창의적으로 표

현하고 공감했으며, 무엇보다 다음에 또 하자고 할 만큼 좋아했다.

그래서 연극 동아리 학생들과 한 학기 동안 11편의 소설을 10편의 낭독극으로 만들어 대본 자료집을 만들고 그 중 2편은 동아리 축제 무대에 올렸다. 소설을 연극으로 만든 작품을 공연하고 공연 후 200여 관객들과 퀴즈, 사진 찍기, 대사 같이해 보기, 장기자랑 등을 하며 작은 연극 축제를 했다. 이 작업은 올해 6개 반 24 모둠이 '소설로 연극하기'에 참여하여 24개 작품 공연으로 이어졌고, 그 연장선상에서 책으로 묶어 내 보자는 의욕을 부채질했다.

이렇게 2년 동안, 수업과 동아리 활동을 통해 500여 명의 학생이 직접 연극 만들기와 공연에 참여하고, 문학 작품을 온몸으로 만나는 경험을 했다. 이 과정을 다른 학생들과 공유하는 데 조금 도움이 될까 해서 25편의 작품을 25명의 학생들과 같이 정리하여 묶어 내기로 했다. 바쁜 학교생활 중에도 즐겁게 작업에 참여해 준 학생들에게 고마움을 전한다.

4~5명이 한 모둠이 되어 작품을 읽고 장면짜기를 했다. 서로 생각과 느낌을 나누고, 작품을 선정하여 대본 정리 작업을 했다. 인물 분석을 통해 갈등

과 주제를 파악하고, 시간과 공간 배경을 이해하며 시대상을 읽어 내기도 했다. 공연의 특성을 고려하여 장면 구성을 하며 소설과 희곡의 차이를 체득했다. 그리고 작품을 통해 생각할 거리를 문제로 정리하고 줄거리를 요약하면서 작품 속으로 한 발 더 들어가기도 했다.

이렇게 1920년대부터 1990년대 작품까지 25편의 작품을 '줄거리 – 등장인물 – 대본 – 함께 생각해 봐요 – 제 생각은요' 순으로 정리하였다. 작품 전체에 대한 이해를 돕고 대본에 다 담을 수 없는 내용을 전하기 위해서이다. 수업시간이나 개인 독서시간에 이 책만 읽어도 작품을 감상할 수 있도록 한 것이다. 수업시간에 간단한 공연까지 하면 더 좋겠지만 인물별로 배역을 맡아 읽어 보는 것만으로도 연극의 재미를 느끼고 즐거운 작품 감상이 될 것이다 (공연을 위한 내용은 책 뒤에 참고자료로 정리). 교실이나 학교 시청각실에서 할 수 있도록 대본을 단순화하고 낭독자의 역할을 살려 문학 작품의 맛을 살릴 수 있도록 하였다.

그 동안 즐겁게 참여해 준 천안청수고 2학년 학생들과 연극 동아리, 그리

고 마무리 작업에 열성을 다한 25명의 글쓴 학생들에게 고마움을 전한다. 뛰어난 개인의 재능보다 여럿이 힘을 모아 한 작업이라 더 의미가 있다.

늘 든든한 성원을 보내 주신 한옥동 교장 선생님과 김영칠 교감 선생님, 교사독서모임 서향 선생님들께도 감사드린다. 특히 전국교사연극모임 선생님들과 연수, 서호필 선생님의 실천과 가르침이 없었다면 이 작업이 불가능했을 것이다. 잘 다듬어 주신 편집자와 작은숲 강봉구 사장님의 세심한 배려와 노력이 없었다면 이 책이 나오지 못했을 것이다.

이 책이 청소년들이 문학과 연극에 스스럼없이 다가갈 수 있는 징검다리가 되길 바란다.

2016년 천안청수고에서의 마지막 해를 보내며

엮은이 이 인 호

감자

원작 김동인
각색 차지훈

가난하지만 정직한 농가에서 자라난 복녀는 열다섯 살에 20년 연상의 동네 홀아비에게 80원에 팔려 시집을 간다. 무능하고 게으른 남편 때문에 행랑살이를 하다가 결국 평양 칠성문 밖 빈민굴로 가게 된다. 복녀는 가난 때문에 구걸질을 하다가, 당국에서 실시한 송충이 잡이 일에 나간다. 그곳에서 복녀는 감독에게 몸을 팔아 일 안하고 품삯을 많이 받는 인부가 된다. 그 후 복녀의 인생관은 바뀌어 거지에게도 몸을 팔게 된다. 후에 중국인 감자 밭에서 감자를 훔치다 주인인 왕 서방에게 걸려 끌려가지만 몸을 주고 큰돈도 받게 된다. 그 후 복녀와 왕 서방과의 관계가 지속되고 복녀는 점차 빈민굴의 부자가 된다. 그러나 왕 서방이 돈 100원에 처녀를 아내로 사오자 질투심을 느낀 복녀는 낫을 휘둘렀지만 도리어 왕 서방에게 찔려 죽게된다. 복녀의 시체를 두고 남편, 왕 서방, 한방 의사 간에 돈 거래가 이루어져 30원에 매수된 남편의 동조 아래 뇌일혈로 죽었다는 진단이 나오고, 복녀는 공동묘지에 묻힌다.

등장인물

복녀	가난하지만 정직한 농가에서 자라나, 도덕성과 윤리 의식이 있었으나, 돈 80원에 게으른 홀아비에게 팔려가 빈민굴로 이사간 후 가난을 못 이겨 도덕성을 잃고 감독, 왕 서방, 심지어 거지에게까지 몸을 팔다가 질투로 인해 죽게 된다.
남편	천성이 게으르고, 아내의 매춘으로 편안히 사는 것을 동조하며, 돈에 눈멀어 아내의 죽음을 방관하는 도덕적으로 타락한 파렴치한 인간.
왕 서방	중국인 지주로, 돈으로 모든 것을 해결하려는 인간.

여인 / 감독 / 여자 1 / 여자 2 / 여자 3 / 거지 / 새 색시 / 한방 의사

1장 빈민굴 거리

음악 소리 작아지며 무대 서서히 밝아진다. 거지차림의 복녀 등장.
복녀가 주위를 두리번거리며 어느 집의 문을 두드린다. 한 여인이 문을 열
고 나온다.

여인   무슨 일이오?
복녀   저어… 남은 밥이라도 있으시다면 쪼매 얻을까 해서….
여인   얼굴도 반반하게 생긴 여편네가 무슨 동냥질이야!
        (문을 닫고 들어가며) 거지도 거지 나름이지.

복녀는 한숨을 내쉬며 터벅터벅 걷는다. 한쪽에서 옷을 잘 차려입은 남자
가 등장한다.

복녀   (남자에게 달려가 매달리며) 아재, 제발 일 원만 주십시오.
        부탁합니데이.
남자   뭐야 저리 안 꺼져?
복녀   남편이 병으로 죽어가고 있습네다. 의원을 부를 돈도 약을 살
        돈도 없습니다. 제발 부탁입니다. 일 원만 주십시오.
남자   에이, 재수도 없네. 멀쩡한 사지로 일할 생각은 안하고 편하게
        살려 하니 그 모양이지!

남자가 복녀의 팔을 뿌리치며 퇴장.

복녀   (한숨을 푹푹 내쉬며) 에휴, 남편이란 사람은 온종일 누워만 있

고, 농사도 못해, 막벌이도 못해, 행랑살이 좀 하려 해도 그 놈
의 게으름 때문에 쫓겨 나오고… 이러다가 정말 굶어죽게 생겼
고만….

복녀   터덜터덜 걸으며 퇴장. 암전.

2장 복녀의 집

집으로 복녀가 돌아오고, 남편은 누워 꾸벅꾸벅 졸고 있다.

복녀   (한숨을 내쉬며) 제발 이제 일어나서 나 좀 도와줘요.
남편   나 피곤하니깐 귀찮게 하지마.
복녀   저 있는 볏섬이라도 치워줘요.
남편   임자 일이니깐 나더러 이래라 저래라 하지 마.
복녀   저거 치워주는 일 하나 못한담? 어서 치우래도!
남편   이십 년이나 밥을 쳐먹고 그깐 일도 못해?
복녀   에이구, 칵 죽고나 말디.
남편   (벌떡 일어나며 손을 치켜든다) 이 년이, 뭐라고?

복녀는 놀라 뛰쳐나가고 남편이 그 뒤를 따라 나간다. 암전.

낭독자   가난하지만 정직한 농가에서 예의와 규칙을 배우며 자라난 복
녀였지만, 열다섯 살 때에 같은 동네 홀아비에게 단돈 팔십 전
에 팔려서 시집을 간다. 복녀의 서방은 매우 게으른 사람이었
다. 밭을 얻어주어도 종자만 뿌려둔 뒤 방치하여 끝내는 그 동

네에서 밭 한 마지기도 못 얻게 신용을 잃었으며, 장인의 도움으로 결혼 후 3∼4년은 이렁저렁 지냈으나 점차 신용을 잃고 밉게 보였다. 평양성 안으로 들어와 막벌이를 시작했지만, 그마저도 게으름 때문에 되지 않았다. 결국 그들은 칠성문 밖 빈민굴로 쫓겨나 거지를 생업으로 삼게 된 것이다.

3장 공고문 앞

여자 1, 2 거리의 공고문을 읽고 있다.

여자 1   아니, 송충이를 잡으면 돈을 준다고?
여자 2   그렇대두 그러네. 기자묘 솔밭에 있는 송충이 잡는 데, 우리 빈민굴 여인들을 인부로 쓴다니깐!
여자 1   나도 한 번 지원해 볼까?
여자 2   얼른 지원하소. 나도 이미 했는데, 글쎄 겨우 오십 명쯤 뽑는다고 그러데?

둘은 얘기를 하며 퇴장하고 복녀는 종이를 유심히 바라본다. 암전.

4장 솔밭

무대 밝아지며 한쪽에 나무가 서 있고 복녀와 여자1, 2는 그 앞에서 송충이를 잡고 있다. 반대쪽에서는 여자3, 감독이 깔깔거리며 놀고 있다.

여자 1   이놈의 송충이, 드럽게 많구만!

여자 2	그러게 말이야. 어우 간지러.
복녀	근데, 저기 저 사람들은 왜 송충이는 안 잡고 웃고 떠들기만 한 담?
여자 1	저번에 보니깐 우리보다 돈도 많이 받더만! 저봐, 감독까지 같이 놀고 있다니깐?
여자 2	우리보다 많이 받을 수 밖에. 듣기로는 감독하고 같이 잤다카 더라.
감독	(여인들에게 다가오며) 이 사람들이! 돈 받으면서 일은 안 하고 수다만 떠는 거야?! 빨리빨리 일 안 해? 그런 식으로 일하면 일당 못 줘!

감독은 여인들에게 다가와 큰 소리를 낸다. 이에 여인들은 다시 묵묵히 송충이를 잡는다. 이 때, 감독이 복녀를 유심히 바라본다.

감독	복녀! 애, 복녀!
복녀	(송충이를 잡다가 감독을 바라본다) 왜 그럽네까?
감독	좀 와 바라. (앞으로 나온 복녀를 보며) 애, 너, 음…, 저 뒤 좀 나랑 가 보지 않겠니?
복녀	뭘 하시게?
감독	글쎄, 가야….
복녀	가디요. (돌아서 인부들 있는 곳을 바라보며) 형님! 형님두 갑 시다 그래!
여자 1	싫다 애. 둘이서 재미나게 가는데, 내가 무슨 맛에 가겠니?

복녀가 고개를 푹 숙이고 감독 쪽으로 돌아서자, 감독은 복녀를 데리고 퇴장.

여자 2	복녀 좋갔구나.
여자 1	좋긴 무얼.
여자 2	힘들게 송충이 안 잡아도 되고, 그러면서 돈은 더 많이 받디않소.
여자 1	남편도 있는 사람이 그러는 거 아니우. 난 돈을 더 준다 해도 저 런 건 못해
여자 2	그래도 부럽긴 하구마.

암전.

낭독자　그날부터 복녀도 일 안 하고 품삯 많이 받는 인부의 한 사람으로 되었고, 복녀의 도덕관 내지 인생관은 변하게 되었다. 그는 아직껏 딴 사내와 관계를 한다는 것은 생각해 본 적도 없었다. 그것은 사람의 일이 아니요 짐승이 하는 짓쯤으로만 알고 있었다. 혹은 그런 일을 하면 탁 죽어질지도 모를 일로 알았다. 그러나 이런 이상한 일이 어디 다시 있을까. 사람인 자기도 그런 일을 한 것을 보면, 그것은 결코 사람으로 못할 일이 아니었다. 일 안 하고 돈 더 받고, 빌어먹는 것보단 점잖고. 그 후 복녀의 얼굴에는 더욱 분이 발리게 되었고, 처세도 진척되었다. 자신 감까지 생기며 이제는 그리 궁하게 지내지 않아도 되었다.

5장 빈민굴 거리

바깥 한쪽에서 거지가 걸어 나오고 복녀가 맞은편에서 나오다가 거지를 발견하고 가볍게 뛰어 다가간다.

복녀	(미소 지으며) 저기 아즈바니, 오늘은 얼마나 벌었소?
거지	(다른 곳을 바라보며) 오늘은 많이 못 벌었습니더.
복녀	얼마?
거지	열서너 냥.
복녀	많이도 벌었고만! 한 다섯 냥만 꿔 주세요.
거지	오늘은 내가 좀….
복녀	(팔에 매달리며) 내한테 들킨 담에는 꿔주고야 말아요~.
거지	나 원, 이 아주머니는 만나면 야단이더라. (돈을 꺼내며) 자, 꿔주지. 그 대신 응? 알았지?
복녀	(애교스럽게 웃으며) 난 몰라요 헤헤헤.
거지	(다시 돈을 넣으려는 듯하며) 모르면, 안 줄테야.
복녀	글쎄, 알았대두 그른다.

복녀 웃으며 거지와 팔짱 끼고 퇴장. 암전.

낭독자	이렇듯 복녀는 거지들에게도 몸을 팔 정도가 되었다. 가을이 되었다. 칠성문 밖 빈민굴의 여인들은 가을이 되면 칠성문 밖에 있는 중국인의 채소밭에 감자며 배추를 도둑질한다. 복녀도 감자깨나 도둑질하였다.

6장 감자밭

복녀 나와서 바닥에 앉아 감자를 소쿠리에 담는다. 한쪽에서 왕 서방 등장해 복녀를 유심히 지켜본다. 복녀 일어나 가려고 하자, 왕서방 다가가 복녀의 어깨를 잡는다.

왕 서방	(화를 내며) 어째 밭에서 감자가 자꾸 사라지나 했더니, 다 님자 때문이었구만!
복녀	(싹싹 빌며) 죄송합니다 왕서방님. 이번 한 번만 봐 주셔요.
왕 서방	(복녀를 바라보다 음흉하게) 일단 우리집으로 따라오게.
복녀	(감자 보따라를 안은 채) 가자믄 가지. 원, 것도 못 갈까.

왕 서방과 복녀 퇴장. 암전.

무대 한쪽에서 복녀가 돈을 세며 나온다. 반대편에선 여자 1이 배추 세 포기가 담긴 바구니를 들고 나오다가 복녀를 발견하곤 복녀에게 달려간다.

여자 1	복녀! 복녀 맞제!
복녀	(놀라며) 형님? 형님도 드갔어예?
여자 1	(당연하다는 듯) 님자두 들어갔나?
복녀	(조심스럽게) 형님은 뉘 집에?
여자 1	나? 눅 서방네. 님자는?
복녀	난 왕 서방네…. 형님, 얼마 받았소?
여자 1	(짜증을 내며) 그 깍쟁이놈 겨우 배추 세 포기뿐이야.
복녀	(자랑스러운 듯) 난 삼 원 받았디. 히히히.
여자 1	사… 삼 원씩이나?!
복녀	호호홋 형님도 얼굴에 분칠도 하고 멋도 내 보시구려.

복녀 돈을 자랑하며 여자 1과 퇴장. 암전.

7장 복녀의 집

집에서 돈 삼 원을 내놓고 앉아서 남편과 이야기한다.

남편   저 돈을 왕서방이 줬단 말이지.
        (호탕하게 웃으며) 졸지에 부자가 되겠어. 하하하.
복녀   그러게요 앞으로 며칠 동안 밥 걱정은 안 해도 되겠어.
남편   이게 다 당신 덕분이지.
        (복녀의 팔을 잡고 바라보며) 난 임자밖에 없어.
복녀   당신도 참….

암전. 복녀와 남편 퇴장.

낭독자   그 뒤부터 왕 서방은 수시로 복녀를 찾아 왔다. 왕서방 와서 멀
         뚱거리며 앉아 있으면 남편이 밖으로 자리를 피해 줬다. 복녀
         는 차차 동네 거지들에게 애교를 파는 것을 중지하였다. 왕 서
         방이 분주하여 못 올 때가 있으면 복녀는 스스로 왕 서방의 집
         까지 찾아갈 때도 있었다. 복녀의 부부는 이제 이 빈민굴의 한
         부자였다. 어느새 그 겨울이 가고 봄이 찾아왔다.

8장 빨래터

복녀가 빨래를 하고 있고, 한쪽에서 여자1이 헐레벌떡 뛰어온다.

여자 1   복녀! 복녀!

복녀	형님 왜 그러서요?
여자 1	(숨을 거칠게 쉬며) 그 소식 들었어?
복녀	무슨 소식?
여자 1	아니 글쎄 왕 서방이 백 원에 처녀를 마누라로 사들였다카더라.
복녀	뭐라고요? 돈 백 원으로 마누라를 사와? 왕 서방 네 이 놈, 어디 한번 두고 보자!
낭독자	마침내 색시가 오는 날이 이르렀다. 밤이 깊도록, 왕 서방의 집에는 중국인들이 모여서 별난 악기를 뜯으며 별난 곡조로 노래하며 야단하였다. 복녀는 집 모퉁이에 숨어 낫을 등 뒤에 숨긴 채 방안의 동정을 듣고 있었다.

9장 왕 서방의 집

무대 한쪽에는 왕서방과 색시가 앉아 있고 한쪽에는 복녀가 낫을 들고 광경을 쳐다본다. 왕서방이 색시에게 다가가서 옷고름을 풀려고 하자, 복녀는 서둘러 왕 서방의 방 안에 들어간다. 복녀를 발견한 왕 서방이 벌떡 일어선다.

왕 서방	아니, 복녀!
새색시	서방님, 누구야요?
복녀	(새색시를 흘깃 보더니 웃는다 그리곤 왕 서방의 팔을 잡아끌며 교태를 부린다) 호호호호, 자, 우리 집으로 가요.

왕서방, 복녀와 새색시를 번갈아 보며 아무 말도 못한다. 새색시는 고개를 갸웃거리고 복녀는 왕서방의 팔을 흔든다.

복녀	(정색하며) 자, 어서.
왕서방	(더듬으며) 우리, 오늘 밤 일이 있어 못 가.
복녀	일은 밤중에 무슨 일?
왕서방	그래두, 우리 일이….
복녀	(갑자기 미친듯이 웃다가 정색하고서 왕 서방의 팔을 뿌리치고 새색시에게 다가가 밀치며) 이까짓 것! 니가 뭔데?

복녀가 색시를 밀치자 색시가 악 하고 넘어진다. 왕 서방이 넘어진 색시를 부축해 준다.

복녀	(다시 왕 서방의 팔을 붙잡고) 자, 가요, 가자고요!
왕서방	(복녀를 뿌리치고 밀치며) 안된다 해도!

왕 서방은 복녀의 손을 세게 뿌리치며 복녀를 밀친다. 넘어진 복녀, 곧 다시 일어나 낫을 휘두른다.

복녀	(울며 소리친다) 이 죽일 놈. 죽어라, 죽어라. 이놈, 날 버려! 이놈아, 아이구, 니놈이 사람 죽이는구나.

왕 서방은 복녀를 피해 손에서 낫을 **빼앗는다.** 왕 서방이 낫을 높이 치켜드는 순간 암전. 복녀의 비명 소리.

낭독자	복녀의 송장은 사흘이 지나도록 무덤으로 못 갔다. 왕 서방은 몇 번을 복녀의 남편을 찾아갔다. 복녀의 남편도 때때로 왕 서방을 찾아갔다. 둘의 사이에는 무슨 교섭하는 일이 있었다. 사

흘이 지났다. 밤중에 복녀의 시체는 왕서방의 집에서 남편의
집으로 옮겨졌다.

10장 복녀의 집

왕 서방과 한방 의사, 복녀 남편 셋이 복녀의 시신 옆에 앉아 있다.

남편   어휴, 시신 옮기는 데 사흘이나 걸렸구먼. 그나저나, 정말 입만
                다물고 있으믄 돈 주시는 겁니까?

왕 서방   그래, 조용히 입만 다물면 내 돈을 건네주디.

남편   정말입니까? 나중에 딴소리 하시면 안 됩니다?

왕 서방   (버럭 소리지르며) 알았다니깐!

한방 의사 저 그럼, 뇌일혈로 사망한 걸로 하겠습네다.

왕 서방   (돈을 남편과 한의사에게 건네며) 그래, 약조한 돈 삼십원일세.
                만약 이상한 소리 하고 다니면 복녀꼴 날 줄 알라우.

남편   내래 마누라 뇌일혈로 죽었으니 장례 준비하러 가겠습다래.

왕 서방은 돈을 꺼내 복녀의 남편과 한방 의사에게 건넨다. 세 사람 퇴장.
복녀 시신만 조명 비치다 암전. 끝.

1   복녀의 성격과 처지 변화의 요인을 생각해 보자.

2   '감자'의 결말은 남편, 왕 서방, 한방 의사가 돈 거래를 하는 장면으로 끝이 난다. 이러한 결말이 주는 효과를 생각해 보자.

제 생각은요

1   ① 가난(도덕, 윤리보다 돈이 더 중요하다는 인식), ② 부도덕한 사회 환경(칠성문 밖 빈민굴), ③ 본능(애욕, 강렬한 질투심), ④ 무지 등이 성격 변화와 비극의 요인이 되고 있다.

2   세 사람의 돈 거래로 인해 복녀의 비극적 죽음을 더욱 강조하고, 물질 만능주의라는 현실의 추악한 단면을 냉정하게 제시하고 있다.

운수 좋은 날

원작 현진건
각색 박정은

탈 것이 필요한 사람들을 인력거에 태워 원하는 곳까지 데려다 주고 돈을 받는 인력거꾼 일을 하는 김 첨지에게 아픈 아내가 나가지 말라고 애원하던 날, 아내를 뿌리치고 일을 나갔지만 전에 없던 행운이 이어져 많은 수익을 얻게 된다. 김 첨지는 계속된 행운에 오히려 불길함을 느끼지만 그럼에도 일을 계속 했고, 일을 마친 뒤 친구와 집 앞 술집에서 술을 마셨다. 그리고 아내가 먹고 싶어 하던 설렁탕을 사들고 집으로 가지만 집에 도착했을 때에는 아내가 이미 죽어 있었다.

김 첨지	인력거꾼 일을 하며 전형적인 하층민의 고된 삶의 모습을 보여 줌. 거친 언어를 사용하고 아내를 따뜻하게 대하지 않지만 마음 깊이 아내를 사랑함.
아내	남편에게 한없이 순종하는 순종적인 성격을 지님. 병에 걸렸지만 형편 탓에 약도 먹어 보지 못하고 설렁탕 한 그릇 먹기를 간절히 바랐으나 안타깝게 죽음을 맞이함. 죽음으로 인해 비극적 결말을 부각하는 인물.
치삼이	김 첨지의 친구로 김 첨지의 술주정을 받아 주는 인물. 불길한 예감에 집으로 돌아가지 않으려는 김 첨지를 집으로 인도하고 김 첨지가 마음을 터놓는 인물.
개똥이	김 첨지와 아내 사이의 아기. 김 첨지의 가장으로서의 의무를 부각함. 울음소리를 통해 불안한 결말을 암시함.

학생 / 여자 / 남자 / 낭독자

1장 거리

김 첨지가 인력거를 끌고 등장한다. 멈춰선 곳에서 인력거에 타고 있던 교원인 듯한 양복장이가 내린다.

김 첨지　　오십 전이요.

양복장이는 김 첨지에게 오십 전을 건네고 퇴장한다.

김 첨지　　첫 번에 삼십 전, 둘째 번에 오십 전, 더해서 팔십 전! (크게 소리 내어 웃으며) 하하하 오늘은 간만에 모주나 한잔 할까? (신난 듯이) 가는 길에 설렁탕도 한 그릇 사고~.

낭독자　　김 첨지의 아내가 기침으로 쿨룩거리기는 벌써 달포가 넘었으나 조밥도 굶기를 먹다시피 하는 형편 탓에 약 한 첩 써보지 못했다. 또한 그는 병이란 놈에게 약을 주어 보내면 재미를 붙여서 자꾸 온다는 자기의 신조에 충실했다.

김 첨지는 손에 들린 팔십 전을 보며 아픈 아내를 떠올리고 웃던 얼굴이 어두워진다.

김 첨지　　(거친 욕설을 뱉지만 씁쓸한 표정으로) 에휴 망할 년. 먹여 살려 보겠다고 기껏 뼈 빠지게 일했더니 급하게 처먹어서 병이나 얻고 이 오라질 년. 조밥도 못 먹는 년이 설렁탕은? 또 처먹고 지랄병을 하게. (비가 오는 하늘을 올려다보며) 비는 또 왜 이렇게 오나?

김 첨지는 주머니에서 손수건을 꺼내 땀과 빗물이 섞여 흐르는 목덜미를 닦는다.

구두를 채 신지 못해서 질질 끄는 학생이 급하게 뛰어나오며 등장한다.

학생   (김 첨지를 향해 손을 흔들며) 인력거!

김 첨지는 소리가 나는 쪽을 돌아보고 학생을 발견하고 다가간다.

학생   남대문 정거장까지 얼마요?

김 첨지   남대문 정거장까지 말씀이십니까?

낭독자   김 첨지는 잠깐 주저하였다. 이유는 이 우중에 우장도 없이 그 먼 곳을 칠벅거리며 가기가 싫었음도, 첫 번 둘째 번으로 만족 하였음도 결코 아니었다. 다만 이상하게도 꼬리에 꼬리를 맞물 고 덤비는 이 행운 앞에 조금 겁이 났음이었다. 또한 집을 나올 제 아내의 부탁이 마음에 켕기었다.

회상. 아내가 개똥이를 안은 모습으로 등장한다.

아내   (갈라진 목소리로 애원하며) 오늘은 나가지 말아요… 제발 덕 분에 집에 붙어 있어요… 내가 이렇게 아픈데….

김 첨지   (목소리만, 고함치는 목소리) 아따, 젠장 맞을 년. 빌어먹을 소 리를 다 하네. 맞붙들고 앉았으면 누가 먹여 살릴 줄 알아!

아내   (슬픈 표정으로) 나가지 말라도 그래… 그러면 일찍이 들어와 요….

회상 끝. 아내가 퇴장한다.

학생   그래, 남대문 정거장까지 얼마란 말이요? (중얼거리며) 인천 차
            가 열한 점에 있고, 그 다음에는 새로 두 점이던가….

김 첨지   일 원 오십 전만 줍시오. (자신이 부른 액수에 스스로도 놀란
            듯 눈이 커진다, 뒤이어 혼잣말로) 설마 오늘 안으로 무슨 일이
            야 있겠어? 그래, 이런 행운을 놓칠 수야 없지!

학생   (고개를 기웃거리며) 일 원 오십 전은 너무 과한데….

김 첨지   (빙그레 웃으며)아니올시다. 잇수로 치면 여기서 거기가 사오
            리는 넘는답니다. 또 이런 진날에는 좀 더 주셔야지요.

학생   그러면 달라는 대로 줄 터이니 빨리 가죠.

학생은 인력거에 탑승하고 김 첨지는 인력거를 끌고 빠르게 퇴장.

낭독자   학생을 태운 후 김 첨지의 다리는 이상하게 가뿐하였다. 뛴다
            는 것보다 거의 나는 것에 가까웠다. 바퀴도 구른다는 것보다
            마치 얼음 위를 달리는 스케이트와 같이 미끄러지는 것에 가까
            웠다.

무대가 잠시 어두워졌다 밝아진다.

김 첨지가 반대쪽에서 다시 인력거를 끌고 느리게 등장한다.
아내의 목소리가 들린다.
'오늘은 나가지 말아요… 내가 이렇게 아픈데….'
뒤이어 작게 들리는 아이(개똥이)의 울음소리.

터벅터벅 걷던 김 첨지의 걸음은 점점 느려지다 결국 멈춰서 땅만 본다.

학생   왜 이러우? 기차 놓치겠구먼.

김 첨지   (세차게 고개를 흔들며) 예, 예.

김 첨지는 인력거를 끌고 무대를 한 바퀴 돈다.

김 첨지   남대문 정거장 다 왔수다.

학생   일 원 오십 전, 여기 있소.

학생은 달려서 퇴장한다.

김 첨지   (달려가는 학생의 등을 향하여 몇 번이나 허리를 굽히며) 안녕히 다녀옵시요!

낭독자   그러나 이 우중에 빈 인력거를 털털거리며 돌아갈 일이 꿈밖이었다. 흐른 땀이 식어지자 어슬어슬 한기가 솟아나 추운 것도 같았다. 일 원 오십 전이란 돈이 얼마나 괜찮고 괴로운 것인 줄 절실히 느끼었다.

김 첨지   (솟아나는 한기에 몸을 떨기도 하고 힘없이 걸으며) 젠장맞을 것! 이 비를 맞으며 인력거를 털털거리고 돌아를 간담. 이런 빌어먹을 제 할미를 붙을 비가 왜 남의 상판을 딱딱 때려!

힘없이 걷다가 문득 멈추어 선다.

김 첨지   가만, 이러구 갈 게 아니라 이 근처를 빙빙 돌며 차 오기를 기다리면 또 손님을 태우게 될는지도 몰라. 오늘 운수가 괴상하게 도 좋으니까 그런 요행이 또 한 번 없으리라고 누가 보증하랴! 하하! (소리 내어 웃다가 멈추며) 제기랄, 정거장 인력거꾼 때 문에 정거장 앞에 섰을 수는 없고… 여기서 기다리면 누구라도 오겠지.

김 첨지는 한 구석에 인력거를 세우고 그 근처를 빙빙 돈다.
잠시 후 기차가 도착했고 수십 명이나 되는 사람들이 정류장으로 쏟아져 나온다.
김 첨지는 사람들을 훑어보다가 양머리에 구두를 신고 망토까지 두른 여 자에게 다가간다.

김 첨지   아씨, 인력거 아니 타시랍시오?

양머리여자는 김 첨지를 거들떠보지도 않는다.

김 첨지   (양머리여자에게 한 발짝 더 붙으며, 친절하게) 아씨, 정거장 애들보담 아주 싸게 모셔다 드리겠습니다. (여자가 들고 있는 일본식 버들고리짝을 슬쩍 가져오며) 댁이 어디신가요?
여자   (다시 뺏으며 소리를 지른다) 왜 이래? 남 귀치않게!

양머리 여자는 뒤돌아서 퇴장한다.

(전차가 들어오는 소리가 들린다) 삐ㅡ.
전차가 도착하고 사람들이 우르르 전차에 탄다.

주위를 둘러보던 김 첨지는 남은 손님 하나를 발견하고 접근한다.

김 첨지   (빙그레 웃으며) 가방 짐이 커서 전차를 타시긴 어려울 것 같은
               데, 인력거를 타시랍시요.

남자   인사동까지 얼마요?

김 첨지   팔십 전만 줍시오.

남자   팔십 전은 너무 과한 거 아니요?

김 첨지   (선심 쓰듯) 그럼 칠십 전만 내시오.

남자   그냥 다음 전차를 기다리겠소.

김 첨지   (망설이다가) 육십 전에 모셔다 드리면 타시랍시요?

남자   (못 이기는 척) 정 그렇다면….

남자가 인력거에 탑승하고 김 첨지는 인력거를 끌고 빠르게 퇴장한다.

잠시 뒤 김 첨지가 빈 인력거를 끌고 터덜터덜 지친 발걸음으로 등장한다.
다시 아내의 목소리가 들린다.
'오늘은 나가지 말아요… 내가 이렇게 아픈데….'
터덜터덜 걷던 김 첨지가 문득 초조한 눈빛으로 급하게 걷는다.
김 첨지, 달려서 퇴장한다.

무대가 어두워졌다 다시 밝아진다.

낭독자   한 걸음 두 걸음 집이 가까워 올수록 그의 마음은 괴상하게 누
           그러졌다. 그런데 이 누그러짐은 안심에서 오는 게 아니었다.
           자기를 덮칠 무서운 불행을 직감한 마음에서 오는 것이었다.

불행을 마주하기 전 시간을 얼마쯤이라도 늘이려고 버르적거렸다. 기적에 가까운 벌이를 하였다는 기쁨을 되도록 오래 지니고 싶었다.

김 첨지는 주변을 두리번거리며 등장한다.
마침 길가 선술집에서 친구 치삼이가 나온다.

치삼이   (김 첨지를 향해 손을 흔들며) 여보게 김 첨지, 자네 문안 들어갔다 오는 모양일세 그려. 돈 많이 벌었을 테니 한잔 빨리게.

김 첨지   (밝은 표정으로) 자네는 벌써 한잔한 모양일세 그려. 자네도 재미가 좋아 보이는구먼.

치삼이   아따, 재미 안 좋다고 술 못 먹을 낸가. 그런데 여보게, 자네 왼몸이 어째 물독에 빠진 새앙쥐 같은가? 어서 이리 들어와 말리게.

김 첨지와 치삼이가 어깨동무를 한 채 함께 퇴장한다.

2장 선술집

끓고 있는 솥에는 추어탕을 끓이고 있고 뚜껑을 열 때마다 김이 난다. 그 옆 석쇠에는 너비아니가 구워지고 있고 안주탁자 위에는 제육, 간, 콩팥, 북어, 빈대떡 등이 차려져 있다.
김 첨지와 치삼이가 웃으며 등장하고 한 테이블에 앉는다.
김 첨지는 빈대떡을 들고 먹기 시작한다.

김 첨지   (한손을 들고)여기 추어탕 한 그릇이랑 막걸리 주시오!

곧 주문한 음식이 나오고 김 첨지는 추어탕을 그릇째로 벌컥벌컥 들이킨다.

김 첨지   (다시 손을 들고) 여기 추어탕 한 그릇 더!

두 번째 그릇도 물같이 들이킨다.

김 첨지   주인장, 추어탕 한 그릇만 더 주시오.

세 번째 그릇과 함께 막걸리 곱빼기 두 잔이 더 나온다.

김 첨지   자, 하하! (김 첨지와 치삼이는 잔을 부딪치며 함께 소리 내어
            웃는다)

김 첨지와 치삼이가 잔을 부딪치며 곱빼기 두 잔을 마신다.

김 첨지   (손을 들고) 여기 곱빼기 두 잔 더 줍시오!
치삼이   (의아한 표정으로) 여보게 또 붓다니, 벌써 우리가 넉 잔씩 먹
            었네, 돈이 사십 전일세.
김 첨지   아따 이놈아, 사십 전이 그리 끔찍하냐? (흥분하며) 오늘 내가
            돈을 막 벌었어. 참 오늘 운수가 좋았느니.
치삼이   그래 얼마를 벌었단 말인가?
김 첨지   (흥분하여 소리치며) 삼십 원을 벌었어, 삼십 원을! 이런 젠장
            맞을 술을 왜 안 부어… 괜찮다 괜찮다, 막 먹어도 상관이 없
            어. 오늘 돈 산더미 같이 벌었는데.
치삼이   어, 이사람 취했군, 그만두세.

김 첨지   이놈아, 이걸 먹고 취할 내냐? 어서 더 먹어.

김 첨지는 일어나서 옆 테이블 열다섯 살 됨직한 청년에게로 다가간다.

김 첨지   이놈, 오라질 놈, 왜 술을 붓지 않아.

청년은 살짝 웃고 치삼이에게 눈짓을 보내지만 김 첨지가 그것을 발견한다.

김 첨지   (버럭 화를 내며) 에미를 붙을 이 오라질 놈들 같으니, 이놈 내가 돈이 없을 줄 알고!

김 첨지는 허리춤에서 일 원짜리 한 장을 꺼내어 청년 앞에 집어 던지고 은전 몇 푼이 바닥으로 떨어진다.

치삼이   여보게 돈 떨어졌네, 왜 돈을 막 끼얹나.

치삼이가 바닥에 떨어진 돈을 줍고 김 첨지는 땅을 살펴보는 듯하더니 고개를 세차게 흔들고 소리친다.

김 첨지   (호통 치며) 봐라 봐! 이 더러운 놈들아, 내가 돈이 없나, 다리 뼉다구를 꺾어 놓을 놈들 같으니!

치삼이는 주운 돈을 김 첨지에게 건넨다.

김 첨지   이 원수엣 돈! 이 육시를 할 돈!

김 첨지는 돈을 다시 벽으로 던지고 곱빼기 잔을 들어 마신다. 그리고 자신의 수염을 쓰다듬으며 외친다.

김 첨지   또 부어, 또 부어!

다시 곱빼기 잔을 들어 마시고 치삼이의 어깨를 툭툭 친다.

김 첨지   (큰소리로 웃으며) 하하하 여보게 치삼이, 내 우스운 이야기 하나 할까? 오늘 손님을 태우고 정거장에까지 가지 않았겠나?

김 첨지의 웃음소리에 술집에 있던 사람들의 눈이 모두 김 첨지를 향한다.

치삼이   그래서?

김 첨지   갔다가 그저 오기가 안됐데 그려. 그래 전차 정류장에서 어름 어름하며 손님 하나를 태울 궁리를 하지 않았나. 거기 마침 마나님이신지 여학생이신지 망토를 두르시고 비를 맞고 서 있겠지. 슬근슬근 가까이 가서 인력거를 타시랍시요 하고 손가방을 받으려니까 내 손을 탁 뿌리치고 홱 돌아서더니만 '(흉내 내며) 왜 남을 귀찮게 굴어!' 어이구 소리가 처신도 없지, 허허.

술집 안이 웃음소리로 시끄러워진다. 웃음소리가 다 사라지기도 전에 김 첨지가 울기 시작한다.

치삼이   (어이가 없는 듯이) 금방 웃고 지랄을 하더니 우는 건 무슨 일인가?

김 첨지   (코를 훌쩍이며) 우리 마누라가 죽었다네.

치삼이	(놀라며) 뭐?! 마누라가 죽다니, 언제!?
김 첨지	이놈아 언제는, 오늘이지.
치삼이	엣기 미친놈, 거짓말 말아.
김 첨지	거짓말은 왜, 참말로 죽었어, 참말로…. (크게 한숨을 쉬며) 마누라 시체를 집에 뻐들쳐 놓고 내가 술을 먹다니, 내가 죽일 놈이야, 죽일 놈이야….

김 첨지는 엉엉 소리 내어 운다.

치삼이	(믿을 수 없다는 얼굴로) 원 이 사람, 참말을 하나 거짓말을 하나… 그러면 집으로 가세, 가.

치삼이가 김 첨지의 팔을 잡아끌었지만 김 첨지가 뿌리쳤다.

김 첨지	(눈물이 글썽글썽한 눈으로 싱그레 웃으며) 죽기는 누가 죽어, 죽기는 왜 죽어, 생떼같이 살아만 있단다. 그 오라질 년이 밥을 죽이지. (박수를 치면서 큰소리로 웃으며) 하하! 인제 나한테 속았다.
치삼이	이 사람이 정말 미쳤단 말인가. 나도 아주먼네가 앓는단 말은 들었는데. (불안한 듯이) 그만 돌아가 보지 그래.
김 첨지	(고개를 저으며 소리를 지른다) 안 죽었어, 안 죽었대도 그래. 여기 곱빼기 한 잔만 더 줍시오! 그리고 설렁탕도 한 그릇만 포장해 주시게!

3장 김 첨지의 집

낭독자   김 첨지는 취중에도 설렁탕을 사가지고 집에 다다랐다. 김 첨지가 대문에 한 발을 들여 놓았을 때 마치 폭풍우가 지나간 뒤의 바다 같은 무시무시한 정적이 그를 덮쳤다. 늘 들려오던 기침소리도 들을 수 없었다. 이 무덤 같은 침묵을 깨는 것은 어린 애의 젖 빠는 소리였다. 하지만 그 소리는 침묵을 깨뜨린다기보다 침묵을 더욱 깊게 하고 불길하게 하는 그윽한 소리였다. 빡빡 거리는 젖 빠는 소리만 날 뿐 꿀떡꿀떡 넘어가는 소리는 없으니 빈 젖을 빤다는 것도 짐작 할 수 있었다.

들어가는 것을 망설이던 김 첨지는 이내 대문 안으로 온전히 들어간다.

김 첨지   (고함치며) 이 난장 맞을 년, 남편이 들어오는데 나와 보지도 않아, 이 오라질 년!

김 첨지는 방문으로 달려가 문을 벌컥 연다.

김 첨지   (문을 벌컥 열고 들어오며 소리친다) 이 오라질 년, 주야장천 누워만 있으면 제일이야! 남편이 와도 일어나지를 못해!

김 첨지가 누워 있는 아내의 다리를 찬다.
'응애'
개똥이의 울음소리가 들린다. 개똥이가 물었던 젖을 빼어 놓고 운다.
김 첨지는 아내의 머리맡에 다가가 아내의 머리를 흔든다.

김 첨지	(화를 내며) 이년아, 말을 해, 말을! 입이 붙었어, 이 오라질 년!
아내	….
김 첨지	(힘 빠진 목소리로) 으응? 이것 봐, 아무 말이 없네.
아내	….
김 첨지	(떨리는 목소리로) 이년아, 죽었단 말이냐, 왜 말이 없어?
아내	….
김 첨지	(울음을 터뜨리며) 으응, 또 대답이 없네, 정말 죽었나 버이….

김 첨지가 아내의 치뜬 눈을 발견한다.

김 첨지	(오열하며) 이 눈깔! 이 눈깔! 왜 나를 바라보지 못하고 천정만 보느냐, (목이 메어 말끝을 흐리며) 응?

김 첨지의 눈물이 아내의 얼굴에 떨어지고 김 첨지는 제 얼굴을 죽은 아내의 얼굴에 가져가 미친 듯이 비벼 댄다.

김 첨지	(엉엉 소리 내어 울며) 설렁탕 한 그릇 먹고 싶대서 설렁탕을 사다 놓았는데 왜 먹지를 못하니, 왜 먹지를 못하니…. (오열하며) 괴상하게도 오늘은! (흐느끼며) 운수가, 좋더니만….

암전

1 작가는 왜 제목을 '운수 좋은 날'이라고 표현했을까?

2 '작품 속 상징적인 표현에는 무엇이 있을까?

3 '김 첨지에게 술집은 어떤 의미일까?

제 생각은요

1 '운수 좋은 날'이라는 제목은 김 첨지에게 행운이 계속 되었지만 가장 소중한 존재인 아내를 잃은 날임에도 불구하고 운수가 좋았다고 반어적으로 표현하였다.

2 작품의 첫 부분부터 내리면서 암울한 분위기를 형성하는 '비'는 비극적인 결말을 암시하고 있고, '설렁탕'은 아내에 대한 김 첨지의 사랑을 담은 소재이다.

3 '술집'은 김 첨지의 감정이 고조되고 욕구를 해소하면서 하층민의 고된 삶을 조금이나마 위로 받는 공간으로 작용한다.

동백꽃

원작 김유정
각색 공하영

줄거리

점심을 먹고 나무를 하러 산에 가려는데, '점순이'네 수탉이 아직 상처가 아물지도 않은 우리 닭의 얼굴과 머리를 다시 쪼아서 피가 흘렀다. '나'는 그것을 작대기를 들고 헛매질을 하여 떼어 놓았다. 나흘 전 '점순이'는 울타리 엮는 내 등 뒤로 와서 갓 쪄서 김이 나는 감자를 내밀었다. '나'는 '점순이'의 손을 밀어 버렸다. 화가 나서 약이 오른 '점순이'가 '나'를 쳐다 보더니 나중에는 눈물까지 흘리는 것을 보고 '나'는 깜짝 놀랐다.

다음 날 '점순이'는 자기 집 봉당에 홀로 걸터앉아 우리 집 씨암탉을 붙들어 놓고 때리고 있었다. '점순이'는 사람들이 없으면 수탉을 몰고 와서 우리 집 수탉과 싸움을 붙였다. 하루는 '나'도 우리 집 수탉에게 고추장을 먹이고 기운을 낼 때까지 기다려서 '점순이'네 닭과 싸움을 붙였다. 그 보람으로 우리 닭은 발톱으로 '점순이'네 닭의 눈을 후볐다. 그러나 '점순이'네 닭이 한번 쪼인 앙갚음으로 우리 닭을 쪼았다.

'점순이'가 싸움을 붙일 것을 예상한 '나'는 그의 닭을 잡아다가 가두고 나무하러 갔다. '점순이'가 바윗돌 틈에 동백꽃을 소복이 깔아 놓고 앉아서 닭싸움을 보며 청승

맞게 호드기를 불고 있는 것을 보고 약이 오른 '나'는 작대기로 '점순이'네 수탉을 때려 죽였다. 그러자 '점순이'가 눈을 흡뜨고 '나'에게 달려든다. 다음부터는 그러지 않겠다고 다짐하라는 '점순이'에게 '나'는 그러지 않겠다고 약속한다.

동백꽃 속에 파묻힌 '나'는 '점순이'의 향긋한 냄새에 정신이 아찔해진다. 이때 '점순이' 엄마가 '점순이'를 부르자 '점순이'는 산 아래로 달려가고, '나'는 살금살금 기어서 산 위로 내뺀다.

| 나 | 소작인의 아들로 우직하고 순박한 청년. '점순이'의 구애의 행동을 이해하지 못하고 거절하여 괴롭힘을 당한다. 결국 닭싸움을 계기로 그녀의 구애를 받아들인다. |
| 점순이 | 마름의 집 딸로 조숙한 처녀이다. '나'의 사랑을 얻기 위해 적극적으로 행동한다. |

'나' 어머니 / '점순이' 어머니 / 어른 1

1장 '나'의 집 앞마당

'나'의 집인 무대 왼쪽에서 점순, 닭싸움을 시키며 킥킥거리고 있다.
'나'는 이를 보고 기겁을 한다.

점순이   (피 흘리는 수탉을 괴롭히며) 킥킥.

나   에구구구 이게 뭐시래!!!!!

'나'가 달려와 피 흘리는 수탉을 안아든다.

점순이   킥킥. (퇴장)

나   (피 흘리는 수탉을 쓰다듬으며) 아이고, 클났사. 아이고, 이놈의 계집애!

낭독자   이번에도 분명히 점순이가 쌈을 붙여 놨을 것이다. 바짝바짝 내 기를 올리느라고 그랬음에 틀림없을 것이다. 고놈의 계집애가 요새로 들어서 왜 나를 못 먹겠다고 그렇게 아르릉거리는지 모른다. 나흘 전 감자 쪼간만 하더라도 나는 저에게 잘못한 것은 없다. 계집애가 나물을 캐러 가면 갔지 남 울타리 엮는데 쌩이질을 하는 것은 다 뭐냐.

2장 '나'의 집 앞마당

무대가 밝아지면 '나', 울타리를 엮고 있다.
점순이 행주치마 속에 감자를 숨기고 무대 좌측에서 살금살금 등장 점순이   애! 너 혼자만 일하니?

나   그럼 혼자 하지 뗴루 하듸?

점순이   너 일하기 좋니?

'나', 점순이의 말을 들은 체 만 체하고 묵묵히 울타리만 엮는다.

점순이   (손으로 입을 가린 채 '나'에게 가까이 다가가 속삭이며) 한여름
          이나 되거든 하지 벌써 울타리를 하니?

'나', 고개를 돌려 '점순이'를 빤히 쳐다본다.

점순이   꺄르르.

'나', 다시 묵묵히 울타리를 엮는다.
점순이, 주위를 두리번거리다 쪼그려 앉는다.

점순이   (행주치마 속에서 감자를 꺼내 내밀며) 애, 느 집인 이거 없지?
          (감자를 '나'의 눈앞에 들이밀며) 너 봄 감자가 맛있단다.

나   (고개를 홱 돌리고 '점순이'의 손을 밀어내며) 난 감자 안 먹는
          다. 너나 먹어라.

점순이, '나'를 노려보다 씩씩거리며 어깨를 들썩이다가 쿵쿵쿵 큰 걸음으
로 퇴장.

나   이 놈의 계집애가 미쳤나?

낭독자	나는 참으로 놀랐다. 우리가 이 동네에 들어온 것은 근 삼 년째 되어 오지만 여태껏 까무잡잡한 점순이의 얼굴이 이렇게까지 홍당무처럼 새빨개진 법이 없었다. 게다가 눈에 독을 올리고 한참 나를 요렇게 쏘아보더니 나중에는 눈물까지 어리는 것이 아니냐. 그리고 바구니를 다시 집어 들더니 엎어질 듯 자빠질 듯 논둑으로 횡허케 달아나는 것이다. 본시 부끄럼을 타는 계집애도 아니거니와 또한 분하다고 눈에 눈물을 보일 얼병이 사람도 아니다. 그런데 고약한 그 꼴을 하고 가더니 그 뒤로는 나를 보면 잡아먹으려 기를 복복 쓰는 것이다. 설혹 주는 감자를 안 받아먹는 것이 실례라 하면, 주면 그냥 주었지 "느 집엔 이거 없지."는 다 뭐냐.

3장 논길

어른 1	너 얼른 시집을 가야지?
점순이	염려 마셔유. 갈 때 되면 어련히 갈라구!

점순이, '어른 1' 웃으며 무대 좌측으로 퇴장.

'나' 어머니	아이구 예뻐라, 어쩜 애가 그리 참하더래.
나	(중얼거리며) 저 계집애가 참하긴 무슨…. 별 희한한 소릴 다 듣겠네야.
'나' 어머니	('나'의 뒤통수를 때리며) 이놈이 말을 해도! 점순네 없었음 우리가 어찌 살았게? 점순네 배재 없었음 땅도 못 부치고, 엉? 우리 집 집터도 다 점순네것 아니야? 내가 그걸 우트 까먹겠나?

점순이한테 잘해라, 잘해!

낭독자   그러잖아도 저희는 마름이고 우리는 그 손에서 배재를 얻어 땅을 부치므로 일상 굽실거린다. 우리가 이 마을에 처음 들어와 집이 없어서 곤란으로 지낼 제 집터를 빌리고 그 위에 집을 또 짓도록 마련해 준 것도 점순네의 호의였다. 그리고 우리 어머니 아버지도 농사 때 양식이 달리면 점순이네 한테 가서 부지런히 꾸어다 먹으면서 인품 그런 집은 또 다시 없으리라고 침이 마르도록 칭찬하곤 하는 것이다. 그러면서도 열일곱씩이나 된 것들이 수군수군하고 붙어 다니면 동네의 소문이 사납다고 주의를 시켜준 것도 또 어머니였다. 왜냐하면 내가 점순이 하고 일을 저질렀다가는 점순네가 노할 것이고, 그러면 우리는 땅도 떨어지고 집도 내쫓기고 하지 않으면 안 되는 까닭이었다. 그런데 이놈의 계집애가 까닭 없이 기를 복복 쓰며 나를 말려 죽이려고 드는 것이다.

4장 점순이네 집

무대 중앙에서 점순이가 '나'의 씨암탉을 죽이려 든다.
닭의 울음소리에 '나', 놀라 뛰어온다.

점순이   (닭을 때리며) 이놈의 씨닭! 죽어라 죽어라.
나   ('나', 주위를 둘러보고 아무도 없음을 확인하고 지게막대기를 들어 울타리의 중턱을 후려치며) 이놈의 계집애! 남의 닭 알 못 나라구 그러니?

점순이, '나'의 말을 들은 체 만 체하고 씨암탉을 때린다.

나   (지게막대기로 울타리의 중턱을 계속 후려치며) 아 이년아! 남의
               닭 아주 죽일 터이야? 너 일부러 나 보라고 그러는 거지? 이년이!

점순이, '나'에게 다가와 '나'의 머리를 겨누고 닭을 내팽개친다.

점순이   에이 더럽다! 더럽다!
나   더러운 걸 널더러 입때 끼고 있으랬니? 망할 계집애년 같으니!
점순이   뭐? 이 바보 녀석아! 너 배냇 병신이지?
나   (당황하여) 뭐, 뭐라고?
점순이   너! 느 아버지가 고자라지? 응?
나   뭐? 울 아버지가 그래 고자야?

'나'와 점순이, 서로를 죽일듯이 노려보다가 점순이 퇴장한다.

나   이렇게 되면 나도 다른 배차를 차리지 않을 수 없지.

암전.

5장 점순이네 집 앞

'나', 왼손으로 수탉을 안고, 오른손으로는 고추장을 들고 무대 좌측에서 등
장한다.

나   자, 기운내야 고년 닭을 옴팡 패버리지.

'나', 수탉에게 고추장을 떠서 먹인다.

나   (수탉을 내려놓으며) 자.
           (점순네 닭과 싸움을 붙이지만 '나'의 수탉, 빌빌댄다) 에이, 다
           소용없네.
           (다시 고추장을 먹인다) 어, 어? 우와!
           (점순이네 닭과 싸움을 붙이며) 이야! 잘한다.

점순이 등장. 멀리서 닭들이 싸우는 것을 지켜본다.

나   (방방 뛰며) 이야! 잘한다! 잘한다!
나   (점순이 눈치를 보며 더 크게) 이야 최고다~.
점순이   ('나'를 째려보며) 어이 씨!
점순이   (점순을 보자 점순의 닭이 '나'의 닭을 공격하는 것을 보며) 옳
           지 잘한다! 더 뜯어라!
나   (시무룩해진다) 에이….

점순이, 기분 좋게 자기 닭을 데리고 퇴장한다.

나   에이 이놈아! 고추장을 먹었는데도 힘을 못쓰면 우째?

'나', 닭에게 고추장을 더 먹인다.

나   좀 먹어라 먹어! 왜 줘도 먹질 못하니? 먹어야 고년 기를 꺾어 놓지?

'나', 닭의 입을 일부러 벌려 고추장을 넣는다.

암전.

6장 점순이네 집 뒷 산

바위 뒤에 동백꽃(생강나무)이 피어 있고 점순이는 바위에 앉아 호드기를
불고 있다.

나   (씩씩대며) 어후 열받아. 암만 생각해 봐도 고년 목쟁이를 돌려
            놔야지 안 되겠어.

(E) 호드기 소리, 닭 횃소리.

나   아니 요년이 또 나 보라고 여기서 쌈을 붙이네!
점순이   (킥킥거리며) 옳지, 잘한다. 우리 닭!

'나', 허둥지둥 달려와 보지만 수탉은 이미 피를 흘리고 있다.
점순이, 옆에서 보란 듯이 호드기만 분다.

나   에이, 그래도 한때는 일도 잘하고 예쁘장하다고 생각했던 내가
            미친 거지? 에이!

'나', 점순이의 수탉을 단매로 때려 엎는다. 점순이, 깜짝 놀라 멍하니 서 있다.

점순이   ('나'를 쩨려보며) 이놈아!

'나', 깜짝 놀라 뒤로 벌렁 나자빠진다.

점순이   너 왜 남의 닭을 때려 죽이니?
나   (일어나며) 그럼 어때?
점순이   ('나'의 가슴을 밀며) 뭐 이 자식아! 누 집닭인데! 이 배은망덕한
         자식아! 이제 너희 집 소작은 끝난 줄 알아.

'나', 비슬비슬 일어나며 눈치를 보더니 소맷자락으로 눈을 가리고 엉엉 운다.

점순이   ('나'에게로 다가와) 그럼 너 이담부텀 안 그럴 테냐?
나   (눈물을 닦으며) 그래!
점순이   요담부터 또 그래 봐라, 내 자꾸 못살게 굴 테니.
나   (고개를 끄덕이며) 그래 그래, 이젠 안 그럴 테야!
점순이   닭 죽은 건 염려 마라, 내 안 이를 테니.

점순이, '나'의 어깨를 짚고 넘어진다. '나'와 '점순이', 노란 동백꽃 속에 파
묻혀 버린다.
무대 어두워진다.

'점순이' 어머니(소리)   점순아! 점순아! 이년이 바느질을 하다 말구 어딜 갔어?
암전.

1 작품 속에 등장하는 '나'와 '점순이'의 성격은 서로 어떻게 다를까? 또 이 점이 어떻게 작품 속에서 해학적인 요소로 작용할까?

2 두 사람 사이의 갈등의 원인은 무엇일까?

3 작품에 사용된 각각의 소재는 무엇을 상징할까?

제 생각은요

1 이 소설은 동백꽃 피는 농촌을 배경으로 계층과 성격이 서로 다른 사춘기 남녀 간의 갈등과 화해를 그림으로써 향토적 사랑의 아름다움을 보여 준다. '나'는 소작인의 아들로 우직하고 순박한 청년이다. 그리고 '점순이'의 구애의 행동을 이해하지 못하고 거절하여 괴롭힘을 당한다. '점순이'는 마름의 집 딸로 조숙한 처녀이다. 그리고 '나'의 사랑을 얻기 위해 적극적으로 행동한다. 그러나 남녀 간의 애정에 대해 전혀 알지 못하고, 눈치 없고 우둔한 인물로 제시된 '나'는 적극적인 '점순이'의 은근한 사랑과 구애의 동작을 읽지 못하기 때문에 해학적인 분위기가 살아난다. '나'와 '점순이' 사이에는 해학적 싸움이 벌어진다.

2 따지고 보면 갈등의 원인이 '나'의 우둔함에만 있는 것은 아니다. 그 원인은 마름의 딸인 '점순이'와 소작인의 아들인 '나'의 계층이 차이가 난다는 데도 있다. 이 소설 끝 부분에서 '점순이'는 산 밑으로, 그리고 '나'는 산 위로 치빼는데, 이는 계층 차이로 인해 '나'와 '점순이'와의 화해가 일시적일 뿐 영구적인 것이 아님을 나타내 준다.

3 ① 감자 : '점순이'의 '나'에 대한 애정 표현의 소재
② 닭싸움 : '점순이'의 '나'에 대한 미움과 애정을 이중적으로 표현하는 소재. '점순이'는 '나'의 닭을 괴롭힘으로써 자신의 마음을 알아주지 않는 '나'에 대한 서운함을 표현하는 동시에 '나'에 대한 관심을 표현하고 있다. 닭의 죽음으로 화해의 계기를 마련하였다는 점에서 갈등 해소의 매개물이 된다.
③ 동백꽃 : 두 사람의 갈등이 해소되었음을 나타내고 두 사람의 꾸밈 없고 순박한 사랑이 시작됨을 의미한다.

메밀꽃 필 무렵

원작 이효석
각색 김태양

장돌뱅이인 허 생원과 조 선달이 충줏집에 갔다가 같은 장돌뱅이인 동이를 만나
다음 장터로 함께 이동하게 된다. 장터로 가는 길 허 생원이 동이에게 젊은 시절 성
서방네 처녀와의 추억을 들려주고 동이는 자신의 어머니의 이야기를 하게 된다.
이야기를 듣다 동이의 어머니와 성서방네 처녀의 고향이 같음을 듣고 혹시나 하는
생각을 가지는데, 동이가 자신과 같은 왼손잡이라는 사실을 알게 된 허 생원, 동이
와 길을 함께하려 함.

허 생원	떠돌이 장돌뱅이로써 과거의 아름다움을 잊지 못하고 마음만은 성 서방네 처녀와의 그 하루를 향해 있음.
동이	허 생원의 아들로 아버지의 존재를 알지 못하고 어머니를 위해 장돌뱅이로 사는 효자, 허 생원과 같이 왼손잡이라는 복선으로 이후 내용을 암시할 수 있게 해 주는 인물
조 선달	허 생원의 친구, 장돌뱅이
충주댁	주막을 운영하는 아낙네
처녀	허 생원과 동이를 이어 주는 매개체, 둘의 공통된 목적지 같은 인물
아이들	

1장

낭독자 여름장이란 애시당초에 글러서, 해는 아직 중천에 있건만 장판
은 벌써 쓸쓸하고 더운 햇발이 벌여 놓은 전 휘장 밑으로 등줄
기를 훅훅 볶는다. 마을 사람 들은 거진반 돌아간 뒤요, 팔리지
못한 나무꾼 패가 길거리에 궁싯거리고들 있으나 석유병이나
받고 고깃마리나 사면 족할 이 축들을 바라고 언제까지든지 버
티고 있을 법은 없다. 츱츱스럽게 날아드는 파리 떼도, 장난꾼
각다귀들도 귀찮다.

생원 그만 거둘까.

선달 잘 생각했네. 봉평장에서 한 번이나 흐뭇하게 사 본 일 있을까
(물건을 챙기며) 내일 대화장에서나 한몫 벌어야겠네.

생원 (같이 정리하며 한숨) 오늘밤은 밤을 새서 걸어야 될 걸.

선달 (하늘을 보며) 달이 뜨렸다.

낭독자 조 선달이 그날 물건을 판돈을 따지는 것을 보고 허 생원은 말
뚝에서 휘장을 걷고 벌여 놓았던 물건을 거두기 시작하였다.
내일은 진부와 대화에 장이 선다. 밤을새며 육칠십 리 밤길을
타박거리지 않으면 안 된다.

선달 (문득 생각난 듯이) 생원, 시침을 떼두 다 아네. … 충줏집 말야.

생원 화중지병이지 젊은 패거리들을 적수로 당해낼 수가 있어야 말
이지.

선달 젊은 패거리들이 사족을 못쓰는 것두 사실은 사실이나. 아무리
그렇다군 해두 왜 그 동이 말일세. 감쪽같이 충줏집을 후린 눈
치거든.

생원 (놀라며) 무어, 그 애송이가? 물건 가지고 나꾸었나 부지. 착실

한 녀석인 줄 알았더니.

선달   그 길만은 알 수 있나… 궁리 말구 가 보세나그려. 내 한턱 씀세.

2장

생원과 선달은 충줏집으로 향한다. 조명이 켜지고 동이, 충줏집과 술을 마시며 노닥거리고 있다.

생원   (화를 내며) 머리에 피도 안 마른 녀석이 낮부터 술 처먹고 계집과 농탕이야. 장돌뱅이 망신만 시키고 돌아다니는구나. 그 꼴에 우리들과 한몫 보자는 셈이지.

동이, 상기된 눈망울로 책망하는 눈빛이 부딪힌다. 괘씸하다는 듯 허 생원 동이의 **뺨**을 때린다.

생원   어디서 주워 먹은 선머슴인지는 모르겠으나 네게도 아비 어민 있겠지. 그 사나운 꼴 보면 맘 좋겠다. 장사란 탐탁하게 해야 되지. 계집이 다 무어냐. 나가거라. 냉큼 그 꼴 치워!

동이, 한마디도 대구 하지 않고 나간다.

허 생원   (측은한 표정으로) 내가 너무했나….
충줏집   주제도 넘지. 같은 술손님이면서두 아무리 젊다고 자식 낳게 되는 것을 붙들고 치고 닦아 셀것은 무어야 원.
선달   (얼버무리며) 너 녀석한테 반했지? 애숭이를 빨면 죄 된다.

낭독자	한참 법석을 친 후이다. 웬일인지 흠뻑 취해 보고 싶은 생각도 있어서 허 생원은 주는 술잔이면 거의 다 들이켰다. 거나해짐을 따라 계집 생각보다도 동이의 뒷일이 한결같이 궁금해졌다. 내꼴에 계집을 가로채서 어떡할 작정이었누 꼬락서니를 모질게 책망하는 마음도 한편에 있었다.
동이	(헐레벌떡 뛰어오며) 생원 당나귀가 바를 끊구 야단이에요.
선달	각다귀들 장난일 거야, 한두번 이여야지….
동이	부락스런 녀석들이라 어쩌는 수 있어야죠.
생원	나귀를 몹시 구는 녀석들을 그냥 두지는 않을걸.
낭독자	나귀는 허 생원과 반평생을 같이 지내온 짐승이었다. 장에서 장으로 걸어 다니는 동안에 20년의 세월이 사람과 짐승을 함께 늙게 하였다. 닳아 없어진 굽을 몇 번이나 도려 내고 새철을 신겼는지 모른다. 굽은 벌써 더 자라나기는 틀렸고 닳아 버린 철 사이로는 피가 빼짓이 흘렀다. 냄새만 맡고도 주인을 분간하였다.
허 생원	(아이들에게 호령하고 쫓으며) 이놈들! 뭐하는 짓이냐 그만두지 못해?!
아이1	(웃으며) 우리들 장난이 아니우, 암놈을 보고 저 혼자 발광이지.
선달	고 녀석 말투가….
아이2	(웃으며) 김 첨지 당가귀가 가 버리니까 온통 흙을 차고 거품을 흘리면서 미친 소같이 날뛰는걸. 꼴이 우스워 우리는 보고만 있었다우. 난리가 난 배를 좀 보지.
아이1	늙은 주제에 암샘을 내는 셈야. 저놈의 짐승이.

생원, 아이들의 웃음소리에 견딜 수 없어 채찍을 들더니 아이들을 쫓는다.

아이들	(도망가며) 쫓으려거든 쫓아 보지. 왼손잡이가 사람을 때려.
선달	(씩씩거리며) 그만 떠나세. 녀석들과 어울리다가는 한이 없어. 장판의 각다귀들이란 어른보다도 더 무서운 것들인걸.

음악이 흐른다.

낭독자	조 선달과 동이는 각각 제 나귀에 안장을 얹고 짐을 싣기 시작하였다. 장돌뱅이 20년이 되어도 허 생원은 봉평장을 빼논 적은 드물다. 장에서 장으로 가는 길의 아름다운 강산이 그대로 그에게는 그리운 고향이었다. 마을에 거의 가까웠을 때, 거친 나귀가 한바탕 우렁차게 울면 허 생원은 변치 않고 언제든지 가슴이 뛰놀았다. 호탕스럽게 놀았다고는 하여도 계집 하나 후려 보지는 못하였다. 평생 인연이없는 것이라고 신세가 서글퍼졌다. 그렇다고는 해도 첫 일은 잊을 수는 없었다.
생원	(하늘을 보며) 달밤이었으나 어떻게 해서 그렇게 되었는지 지금 생각해두 도무지 알 수 없어.
선달	설마 또 그 봉평 성 서방네 처녀 이야기 인가?
생원	(달빛에 감동하며) 달밤에는 그런 얘기가 제격이거든.

3장

음악이 고조되다 서서히 꺼진다.

낭독자	대화까지는 팔십 리의 밤길, 밤중을 지난 무렵인지 죽은 듯이 고요한 속에서 짐승 같은 달의 숨소리가 손에 잡힐 듯이 들리

며, 흐뭇한 달빛에 숨이 막힐 지경이다. 허 생원의 이야기 소리
는 꽁무니에선 동이에게는 확적히는 안 들렸으나, 그는 그대로
개운한 제멋에 적적하지는 않았다.

생원   장이 선 꼭 이런 날 밤이었네. 객줏집 밤중에 혼자 일어나 개울
         가에 목욕하러 나갔지. 봉평은 보이는 곳마다 메밀밭이어서 개
         울가나 어디 없이 하얀 꽃이야. 달이 너무도 밝은 까닭에 옷을
         벗으러 물방앗간으로 들어가지 않았나. 거기서 난데없는 성 서
         방네 처녀와 마주쳤단 말이네.

4장

음악이 커지며 장면이 바뀐다, 방앗간. 성 서방네 처녀가 울고 있다.

생원   (방앗간에 들어서며) 개울에서 멱 좀 감고 나왔더니 달이 밝아
         밖에서 갈아입을 수가 없군… (울고있는 처녀를 발견하고) 거
         누구요? (놀라며) 아니 성 서방네 딸 아니우? 왜 이런 곳에서 울
         고있는거요?

처녀   (생원을 바라보며) 봉평장에서 옷감 파시는 분 아니시우?

생원   맞수. 그런데 이 밤에 어찌 이리 슬피 울고있수?

처녀   아버지 빚을 갚을 길이 없어… 내일 김첨지 집에 절 넘기신다
         고….

생원   (놀라며) 김첨지라면 벌써 첩을 셋씩이나 거느리고 있는 늙은
         영감 아니오?

처녀   (흐느끼며) 맞습니다. 그 영감에게 시집 갈 바에는 차라리 목이
         라도 메어 죽고 싶은 심정입니다.

생원   (처녀를 감고 안으며) 세상에, 염라대왕은 그런 놈 안 데려가고 뭐한다우?

처녀 생원을 그윽하게 바라보며 암전. 음악이 작게 흐르고 동이와 선달. 성서방네 처녀와의 사연을 들으며 잠을 이룬다.

5장

선달   제천인지로 줄행랑을 놓은 건 그 다음 날이렷다.

생원   다음 장도막에는 벌써 온 집안이 사라진 뒤였네. 장판은 소문에 발끈 뒤집혀 고작해야 술집에 팔려 가기가 상수라고 처녀의 뒷공론이 자자들 하단 말이야. 제천 장판을 몇 번이나 뒤졌겠나. 허나 처녀의 꼴은 꿩 궈 먹은 자리야. 첫날밤이 마지막 밤이었지. 그때부터 봉평이 마음에 든 것이 반평생 인들 잊을 수 있겠나.

선달   수 좋았지. 그렇게 신통한 일이란 쉽지 않어. 항용 못난 것 얻어 새끼 낳고 걱정 늘고, 생각만 해두 진저리나지. … 그러나 늙으막바지까지 장돌뱅이로 지내기도 힘드는 노릇 아닌가. 난 가을까지만 하구 이 생계와두 하직하려네. 대화쯤에 조그만 전방이나 하나 벌이구 식구들을 부르겠어. 사시장천 뚜벅뚜벅 걷기란 여간이래야지.

생원   옛 처녀나 만나면 같이나 살까… 난 거꾸러질 때 까지 이 길 걷고 저 달 볼 테야.

큰 길로 틔워졌다. 동이도 앞으로 나서 나귀들은 가로로 늘어섰다.

생원	총각두 젊겠다. 지금이 한창 시절이렷다. 충줏집에서는 그만 실수를 해서 그 꼴이 되었으나 섦게 생각 말게.
동이	(수그러진 태도로) 처, 천만에요. 되려 부끄러워요. 계집이란 지금 웬 제격인가요. 자나깨나 어머니 생각뿐인데요. 아비 어미란 말에 가슴이 터지는 것도 같았으나 제겐 아버지가 없어요. 피붙이라고는 어머니 하나뿐인걸요.
생원	돌아가셨나?
동이	당초부터 없어요.
생원	그런 법이 세상에…. (허 생원과 선달이 껄껄 웃는다)
동이	부끄러워서 말하지 않으려 했으나 정말예요. 제천 촌에서 달도 차지 않은 아이를 낳고 어머니는 집을 쫓겨났죠. 우스운 이야기나, 그러기 때문에 지금까지 아버지 얼굴을 본 적이 없고, 있는 고장도 모르고 지내와요.

6장

세사람 고개가 있어 나귀에서 내린다.

낭독자	고개 너머는 바로 개울이었다. 장마에 흘러 버린 널다리가 아직도 걸리지 않아서 벗고 건너는 수밖에 없었다.
생원	그래 대체 기르긴 누가 기르구?
동이	어머니는 하는 수 없이 의부를 얻어 가서 술장사를 시작했죠. 술이 고주래서 의부라고 전 망나니예요. 철들어서부터 맞기 시작한 것이 하룬들 편한 날이 있었을까. 어머니는 말리다 채이고 맞고 칼부림을 당하고 하니 집 꼴이 무어겠소. 열여덟 살 때

집을 뛰쳐 나서부터 이 짓이죠.

생원   총각 낫세론 동이 너그럽고 순하다 생각했더니 듣고 보니 딱한 신세로군.

생원, 비틀거리며 건너고 동이가 허 생원을 붙들고 부축하며 돕는다.

생원   모친의 친정은 원래부터 제천이었던가?

동이   웬걸요, 시원스리 말은 안 해 주나 봉평이라는 것만은 들었죠.

생원   (놀라며) 봉평? 그래. 그 아비 성은 무엇이구?

동이   (아쉬워하며) 알 수 있나요. 도무지 듣지를 못했으니까.

생원   (중얼거리며) 그, 그렇겠지.

허 생원 중얼거리다 발을 헛디뎌 넘어지고 만다. 허우적대는 허 생원에게 동이가 다가간다. 동이, 허 생원을 물에서 건져 업는다.

생원   이렇게까지 해서 안됐네. 내 오늘은 정신이 빠진 모양이야.

동이   염려하실 것 없어요.

생원   그래 모친은 아비를 찾지는 않는 눈치지?

동이   늘 한 번 만나고 싶다고는 하는데요.

생원   지금 어디 계신가?

동이   의부와도 갈라져서 제천에 있죠. 가을에는 봉평에 모셔 오려고 생각 중인데요. 이를 물고 벌면 이럭저럭 살아갈 수 있겠죠.

생원   아무렴 기특한 생각이야. (골똘히 생각하며) 가을이랬다?

동이, 허 생원과 개울에서 나온다.

선달	진종일 실수만 하니 웬일이오, 생원?
생원	(웃음을 터뜨리며) 나귀야. 나귀 생각하다 실족을 했어. 말 안 했던가. 저 꼴에 제법 새끼를 얻었단 말이지. 읍내 강릉집 피마에게 말일세. 귀를 쫑긋 세우고 달랑달랑 뛰는 것이 나귀새끼같이 귀여운 것이 있을까. 그것 보러 나는 일부러 읍내를 도는 때가 있다네.
선달	사람을 물에 빠뜨릴 젠, 딴은 대단한 나귀새끼군.

생원, 옷을 웬만큼 짜서 입었다. 이가 갈리고 떨리며 몹시 추웠지만 표정은 밝다.

생원	(들뜨며) 주막까지 부지런히들 가세나. 뜰에 불을 피우고, 훗훗이 쉬어. 나귀에겐 더운 물을 끓여주고. 내일 대화장 보고는 제천이다.
동이	생원도 제천으로…?
생원	오래간만에 가 보고 싶어. 동행하려나, 동이?
낭독자	나귀가 걷기 시작하였을 때 동이의 채찍은 왼손에 있었다. 오랫동안 아둑신이 같이 눈이 어둡던 허 생원도 요번만은 동이의 왼손잡이가 눈에 뜨이지 않을 수 없었다. 걸음도 해깝고 방울 소리가 밤 벌판에 한층 청청하게 울렸다. 달이 어지간히 기울어졌다.

함께 생각해 봐요

1 이 작품에서 나귀의 의미는 무엇일까?

2 허 생원과 동이가 부자지간임을 암시하는 복선 역할을 하는 것 중 허 생원이 동이가 자신의 아들임을 확신하게 하는 것은 무엇일까?

제 생각은요

1 나귀는 이 소설의 주인공 허 생원과 정서적으로 융합하는 상징으로 등장한다. 외모 역시 초라한 행색으로 일치하며, 김 첨지의 당나귀를 보고 암샘을 하는 것과 강릉집 피마에게 새끼를 얻은 것은 주인인 허 생원이 충주 댁에게 마음을 두는 것, 허 생원이 성 서방네 처녀와 단 한 번의 인연에서 동이를 얻은 것과 일치한다. 곧 허 생원의 동무인 '나귀'는 허 생원의 분신 같은 존재로 등장하고 있다.

2 나귀가 걷기 시작했을 때, 동이의 채찍은 왼손에 있었다. 이 부분이 동이가 허 생원의 아들임을 암시하는 부분으로 나왔고, 동이의 어머니의 고향과 허 생원의 추억인 성 서방네 처녀의 고향이 '봉평'으로, 같은 곳으로 제시되었기 때문에 허 생원이 확신할 수 있었다.

김 강사와 T 교수

원작 유진오
각색 서정인

김만필이 일본인만 근무하는 S 전문학교에 근무를 하며, 사상 운동의 전력을 숨기고 학교에 적응하려고 노력한다. 하지만 그의 사상 운동 경력을 알고 있는 T 교수가 그에게 접근한다. 김만필은 비굴해지는 자신에게 자괴감을 느끼며 학교에서 고립되어 간다. T 교수가 H 과장이 인사 한 번 오지 않는 그에 대하여 몹시 노여워하고 있다는 말을 듣고 H 과장을 찾아간다. 하지만 취직을 시켜줬는데 인사 한 번 오지 않는 배은망덕한 인물이라는 비난과 함께 사상 운동의 전력을 숨겼다는 이유로 심한 질책을 받는다. 김만필은 사상 운동을 한 적이 없다고 거짓말을 하는 순간, 옆방에서 T 교수가 웃으며 나온다.

김만필	사상 운동의 전력을 숨기고 현실과 타협하고자 하는 지식인
	이다. 하지만 적응하지 못하여 파국을 맞이한다.
T 교수	처세에 능하고 앞에서는 위하는 척하며 뒤에서는 모함하는
	기회주의적인 지식인이다.
H 과장	뇌물에 약하며 민족적인 편견에서 자유롭지 않은 일본인 관
	리이다.

교장 / 스스끼 / 아주머니

낭독자　문학사 김만필은 동경제국대학 독일문학과를 우수한 성적으로 졸업한 수재이며 학생시대에는 한때 문화비판회의 한 멤버로 적지 않은 단련의 경력을 가졌으며, 또 학교를 졸업한 후에는 일 년 반 동안이나 실업자의 쓰라린 고통을 맛보아 왔지만 아직도 '도련님' 또는 '책상물림'의 티가 뚝뚝 듣는 그러한 지식 청년이었다. 오늘은 김만필이 그의 울울턴 일 년 반 동안의 룸펜 생활을 청산하는 날이며, 새로이 이 전문학교의 시간 강사로나마 취임하는 날이며 또 이도 또한 이번에 새로 임명된 이 학교 교련 선생과 함께 취임식의 단 위에 오르는 날이었다. 그러므로 그가 기쁨에 가슴을 두근거리며 이 학교 교문을 들어선 것은 이상해 할 일이 아닌 것이다.

1장 교장실

모닝코트를 입고 넥타이를 맨 김만필이 교장실로 들어가 교장을 향해 고개를 숙인다.

교장　어! 잘 오셨소. (의자를 가리키며) 자, 이리 와 앉으시오.

김만필　(의자에 앉는다) 독일어 선생으로 새로 임명된 김만필입니다, 교장 선생님.

교장　우리 학교에 이왕에 오신 일이 있던가요? 아마 처음이죠?

김만필　네, 처음입니다.

교장　어때요. 누추한 곳이라서….

김만필　(커튼을 보며) 천만에요. 정말 훌륭합니다.

교장이 테이블 위에 놓인 종을 서너 번 울린다. 옆방에서 T 교수가 허리를 굽실굽실하며 들어온다.

교장   여보게, 그것 가져오게.

T 교수   (교장의 말이 끝나기도 전에 허리를 굽실하고 옆방으로 이동하
          며) 하이.
          (잠시 후 사령서를 들고 돌아와 교장에게 전한다)

교장   김만필씨, 이것이 당신 사령서입니다. 자 이리 오시오.

김만필   (공손히 걸어가 사령서를 받아들고 허리를 굽힌다)

교장   인젠 자네도…. 우리 학교에서 한 직원이니까 우리 학교를 위
          해 전력을 다해 주게. 더구나 우리 학교의 조선 사람을 교원으
          로 쓴 것은 자네가 처음이니까 한층 더 주의하고 노력하도록
          하게.

김만필   (허리를 굽히며) 하이.

교장   에…. 그리고 김군, T군을 소개하지. 우리 학교 교무 일을….

T 교수   (교장이 말도 맺기 전에) 내가 T올시다. (허리를 굽힌다)

김만필   (T 교수보다 한층 더 허리를 굽힌다)

T 교수   자, 저 방으로 가서 기다립시다. 곧 식이 시작될 테니까. 이번에
          새로 오게 된 교련 선생 A 소좌도 벌써 와 계십니다.

T 교수가 앞장서 김만필을 옆방 교무실로 안내한다.

낭독자   교무실에는 A 소좌가 긴 칼을 짚고 만들어 놓은 사람같이 단
          정하게 앉아 있었다. 모든 것이 김만필에게는 어째 꿈나라에나
          온 것 같았다. 김만필과 A 소좌의 취임식은 개학식 끝에 간단

하게 거행되었다.

김만필은 예를 받고 섰는 그 짧은 동안에 착잡된 모순의 감정
으로 그의 과거와 현재를 생각했다. 모든 기억은 하나도 모순
의 감정없이 생각할 수 없는 것이었다. 인생의 모순의 축도를
자기 자신이 몸소 보이고 있는 것같이 생각되었다. 지식계급이
란 것은 이 사회에서는 이중 삼중 사중, 아니 칠중 팔중 구중의
중첩된 인격을 갖도록 강제되는 것이다. 어떤 자는 자기 자신
의 수많은 인격에 현황해 끝끝내는 어떤 것이 정말 자기의 인
격인지도 모르게 되는 것이다. 그러면 지금 자신은 이 두 가지
중의 어느 것인가?

2장 신문실

김만필은 신문실에서 신문을 보고 있다. 문이 열리며 T 교수가 웃는 얼굴
로 나타난다.

T 교수   어어, 여기 와 계셨습니까. 신진 학자는 다르시군. (신문실로
        들어와 김만필 옆에 앉으며) 바로 이번 첫째 시간이 당신 시간
        이지요?

김만필   네.

T 교수   무어, 어련하실 거 아니지만, 그래두 당신은 교단에 서시는 것
        이 처음이 되니까, 더구나 우리 학교로 말하면 조선 학생이 섞
        여 있으니까 한층 더 해나가기가 어렵습니다. 그리고 학생들
        의 버릇이란 처음 오는 선생, 더구나 당신 같은 젊은 선생에게
        는 쓸데없는 질문을 자꾸 해 괴롭게 굽니다. 나도 역시 그전에

당한 일입니다만, 말하자면 학생이 선생을 시험하는 게랄까요. 이 시험에 급제를 해야만 학생들을 다스려 나가지, 만일 떨어지는 날이면 뒤가 몹시 괴롭습니다.(말을 끝내고 웃음을 폭발시켰다)

낭독자   김 강사는 T 교수의 친절을 감사하지 않을 수 없었다. 그런 일쯤이야 자기도 미리 짐작하고 있었던 바이지만 아무도 자기한테 좋은 말을 해 주는 사람이 없는 이때에 일부러 자기를 찾아와 이런 귀띔을 해 주는 것이 몹시 고마웠다.

사실을 말하면 김 강사는 과거에 문화비판회원이었던 것이 선생으로서는 정강이의 흠집인데다가 이 학교를 오게 된 것도 초빙을 받아서 온 것이 아니라 이 학교 교장이 H 과장 밑에 꼼짝을 못 하는 관계로, 또 H 과장은 보통 사제 이상으로 무슨 특별한 관계가 있는 동경제대 N 교수에게 대한 의뢰로, 이렇게 어쩔 수 없는 관계 때문에 어쩔 수 없이 김만필은 이 학교 안에 자기를 환영치 않는 공기가 있을 것을 예기하고 있었다.

3장 교원실

김만필이 시간을 끝내고 교원실로 돌아오자 T 교수는 친절하게 또 찾아온다.

T 교수   교단의 감상은 어떤가요?

김만필   (웃음을 띠며) 감상이 무어 별거 있습니까. 학생들은 생각했더니보다 얌전하더군요.

T 교수   그렇지만 긴상, 얌전한 것은 표면뿐입니다. 별별 약은 놈이 다 있으니까요. 미리 주의해 드립니다마는…. (학교 수첩을 꺼내

김 강사 앞에 놓고 연필 끝으로 죽 훑어내려가다가) 우선 스스
끼란 놈만 해도 웬 고약한 놈입니다. 학교는 결석만하고 모처
럼 출석하면 선생한테 시비나 걸려 덤비고 교실에서는 장난이
나 치고, 그리구 게다가 품행이 좋지 못해 여학생한테 편지질
하기가 일쑤입니다. 스스끼뿐입니까. 옳지, 이놈 이 야마다란
놈도 그보다 더했지 덜하진 않는 놈, 또 이 김홍규란 놈도,
옳지, 또 이 가도란 놈도. 도대체 이 반은 급장부터 맘에 안 듭
니다. 학교 성적은 좋지만 성질이 못되어서….

김만필   (T 교수의 얼굴을 보아가며) 허지만. 우리는 학생을 대할 때 좀
더 허심탄회한 마음으로 대하여야 할 것이 아닌가요?

T 교수   그야 물론 그렇지요. 허지만 학생들이 선생들의 그 친절을 받
아주지 않는데야 어떡하오. 당신도 이제 좀 치여나 보시면 차
차 내 생각에 가까워지십니다. 두고 보시오.

T 교수는 말을 끝내고 교무계로 가 버린다.

낭독자   김 강사는 몹시 우울하였다. T 교수 인격상 결점이 있는 것인
가? 또는 자기가 아직 책상물림에 지나지 않는 것인가? 그러나
어쨌든 김 강사에게는 T 교수에게 몹시 탈을 잡히던 스스끼라
는 학생이 도리어 흥미가 있었다.
며칠 지난 후, 토요일 밤이었다. 김만필은 오래 찾아보지도 못
한 H 과장에게 치하의 인사를 하러 찾아갔다. H 과장이 교장에
게 억지로 떼를 쓴 것이 아니었다면 김만필은 도저히 S 전문학
교에 자리를 얻을 수 없었을 것이다. H 과장은 조선에 와 있는
관리로서는 퍽이나 평민적인 친절한 신사였다.

4장 H 과장의 집 골목(개들이 짖는 소리)

김만필이 H 과장의 집으로 들어가는 골목에 들어선다. 김만필이 고개를 획 돌리자 바로 등 뒤에까지 온 T 교수의 얼굴과 거의 마주칠 뻔한다.

김만필	어!
T 교수	(동시에 말한다) 어, 이거 누구시오. (김만필의 어깨를 뚝 피며 미소를 보인다) 얏데루나[할 짓은 다 하는구먼].
김만필	베쓰니 얏데루 와께데모 아리마셍가[별로 무슨 짓을 하는 것도 아닙니다].
T 교수	(여전히 미소를 보이며) 흥, 당신도, 나는 책상물림으로만 알았더니 상당하구먼.
김만필	하긴 당신도 아시겠지만 나는 H 과장의 힘으로 이번에 취직이 된 것이니까요. H 과장은 나의 은인이니까요.
T 교수	그야 물론 그렇지. 그렇구말구. 나는 H 과장하고 고향이 한곳이라오.
김만필	네, 그러세요.
T 교수	(H 과장 집 부엌으로 들어가는 문을 열며 김만필을 보고) 잠깐만 거기서 기다려 주시오. 우리 같이 들어갑시다.
김만필	뭐요?
T 교수	허… 이거 왜 이러슈. 세상이란 다 이런 게 아니우? (손에 들었던 물건을 한번 번쩍 쳐들어 보이곤 부엌문으로 사라졌다가 나오며) 들어갑시다.

5장 세르팡 찻집

T 교수와 김만필은 H 과장의 집에서 나와 세르팡 찻집으로 들어갔다. 구석 테이블을 차지하였다.

T 교수   (김만필을 보며) 긴상, 어떠슈, 술을 잘 하신다지요.

김만필   천만에요. 조금만 먹으면 빨갛게 올라서….

T 교수   이거 왜 이러슈. 소문 다 듣고 앉았는데. (너털웃음을 크게 웃고 나서) 긴상, 긴상 일은 내가 다 잘 알고 있지요. 벌써 작년에 H 과장께 당신 말씀을 들었어요. 사실은, 이거 무어 내가 공치사 하는 게 아니라 당신을 교장에게 추천한 것도 사실은 내가 한 것이지요.

김만필   (고개를 숙인다)

T 교수   당신은 나를 모르셨겠지만, 나는 당신을 이왕부터 잘 알고 있었습니다. 사실은 재작년부터 나는 조선말을 공부하느라고요. … 조선말을 배우느라고 신문에 나는 소설과 논문을 학생더러 통역해 달라며 읽었는데 우연히 당신이 쓴 독일 신흥작가 군상이란 논문을 읽었어요. 정말 경복하였습니다. 독일문학에 대해 당신만침 연구와 이해가 깊은 이는 온 일본 안에도 적을 것입니다. 그래서 나는 H 과장 집에서 당신 이야기가 났을 때 그런 분을 우리 학교에 맞았으면 얼마나 좋을 것인가 하고 속으로 대단 바랐던 것입니다. 허허허, 좋은 일입니다. 앞으로도 많이 써 주십시오.

낭독자   김만필은 상처나 다친 듯이 속이 뜨끔하였다. 도대체 이런 말을 하는 T 교수의 내심을 알 수 없었던 것이다. 작년 겨울에 조

선일보에 연재하였던 '독일 신흥작가 군상' 이란 논문은 몇 푼 안 되는 원고료를 목표로 하여 총총히 쓴 것에 지나지 않으며 더구나 그 논문의 내용은 독일 좌익 작가의 활동을 소개한 것이므로 지금 그런 종류의 일은 그의 S 전문학교에서의 지위를 위해서는 절대로 비밀에 붙여야 할 것이다. 그러므로 이러한 비밀을 T 교수가 일부러 처들어 칭찬하는 것은 칭찬이라느니보다 도리어 위협으로 들렸다. 도대체 T 교수는 무슨 까닭으로 김만필에게 친절을 억지로 보이려는 것일까, 모를 일이었다. 세르팡을 나와 오뎅집을 들렀다 나왔을 때에는 둘이 다 비틀걸음을 쳤다.

6장 택시 승강장 앞

T 교수 　 (택시를 잡으려 손을 흔들며) 택시.

김만필 　 걸어가겠으니 택시는 일없습니다.

T 교수 　 전차도 끊어졌는데 여기서 동소문 앞까지 어떻게 걸어갑니까. 당신 집이 우리 집에서 가깝지 않습니까.

김만필 　 아니, 우리 집은 어떻게 아십니까?

T 교수 　 아다마다요. 더러 댁 문앞으로 지나다니는걸요. 긴상 문패가 붙었기에 그저 그런가 했지요. 우리 집은 긴상 댁에서 바로 거깁니다. 그 저 C 씨의 커다란 문화주택이 있지 않습니까. 바로 그 밑입니다. 인제 자주 놀러 오세요.

김만필 　 네, 놀러 가지요.

T 교수 　 (김만필의 귀에다 대고) 인제 차차 아시겠지만 우리 학교 안에도 여러 가지 세력이있어 대단 시끄럽습니다. 긴상도 주의하

시오. 그리구 C 군에게도 주의하시오.(껄껄 웃으며) 아니, 무어 별로 마음에 새겨 들을 것은 없습니다. 그저 그렇단 말이지요.

김만필 (고개를 끄덕이며) 그렇습니까?

낭독자 김만필은 무슨 무서운 악몽에 붙들린 것 같아서 일각이라도 빨리 T 교수의 옆을 떠나고 싶었다.

S 전문학교에 김만필은 일주일에 이틀밖에 출근하지 않았다. 그러나 그 이틀이 김 강사에게는 여간 큰 부담이 아니었다. 외양도 맘씨도 쭈그렁 밤송이 같은 교장, 교무계에를 가면 T 교수가 너털웃음을 치며 친절스레 말을 거는 것, 교원실에를 가면 모두가 제 잘났다고 김 강사 같은 것은 외쪽 눈으로 거들떠도 안보고, 언젠가 T 교수가 주의하라고 말하던 C 강사의 그 심술 굿게 생긴 낯짝도 보기가 싫었다. 하루 이틀 지나가는 동안에 김 강사는 바로 신문실에 들어가 독일서 온 신문, 잡지를 펴들고 종칠 때를 기다리는 것이 습관이 되었다.

시월 하순의 어느 일요일, 아침 후 마당에서 긴센세이를 찾는 소리가 들렸다. 스스끼였다.

7장 김만필의 집

스스끼 에른스트 톨러, 게오르그 카이서, 렌 레마르크, 심지어 토마스 만 형제까지 예술원을 쫓겨났다지요?

김만필 그랬지요.

스스끼 시세의 변천, 학교 당국의 가혹한 탄압. (김만필의 얼굴을 쳐다보며) 선생님이 동경제대서 문화비판회원으로 활동하실 때만 해도 그렇지는 않았지요?

김만필	문화비판회요? 내가? 문화비판회라니요?
스스끼	(빙글빙글 웃으며) 선생님이 그 회원으로 굉장하게 활동하신 것은 학생들이 모두들 압니다.
김만필	(고개를 좌우로 흔들며) 아아뇨. 그건 무슨 잘못이겠죠. 나는 그런 회는 잘 모르는데요.
스스끼	(몹시 의외하는 표정을 하며) 그러세요? 아, 그 회가 해산할 때 선생님이 일장 연설까지 하셨다는데요?
김만필	그런 소문은 대체 어디서 들었소?
스스끼	요전 다까하시라는 학생이 T 교수한테 놀러 갔더니 T 선생님이 그러시더래요.
김만필	T 선생님이 무어라구?
스스끼	(웃는 얼굴을 지으며) 김 선생은 그만침 수재시라구요. (모자를 들고 일어선다. 일어난 채 잠깐 머뭇거리더니 결심한 듯이 소리를 낮추어) 사실은 선생님께 청이 있어 왔는데요. (김만필의 얼굴을 잠깐 쳐다보고) 우리 반 안에 조금 생각 있는 동무 몇이 모여 독일문학 연구의 그루우프를 맨들었는데, 선생님, 좀 참가해 주시지 못할까요?
김만필	바빠서 난 참가 못하겠소.
스스끼	선생님 틈 계신 대로라도….
김만필	몹시 바쁘니까, 도저히 못 가겠소.
스스끼	정 그러시면 하는 수 없지요. 안녕히 계십시오.

스스끼는 몹시 실망한 낯으로 모자를 빙글빙글 돌리며 대문을 나갔다.

낭독자	스스끼가 찾아왔다 간 후 김만필의 우울은 한층 더 심했다. 교

장도 T 교수도 H 과장까지도 영영 찾아가지 않았다. 지금 세력을 잡고 있는 교장과 T 교수의 일파가 대가리를 휘젓고 있고 그에 대항해 물리학의 S 교수와 독일어의 C 강사가 대립해 있는 듯싶었다. 김만필은 교장과 T 교수에 대한 반감 때문에 C 강사 편으로 동정이 갔다. 그러나 C 강사의 심술궂게 된 얼굴과 김 강사의 히포콘드리는 결합될 기회가 없이 지냈다.

8장 낙하

김만필과 T 교수가 마주친다.

T 교수   몹시 춥습니다.
김만필   대단히 추운데요. (T 교수를 지나간다)
T 교수   (돌아서서 김 강사를 멈추며) 저, 잠깐만. 저… 이런 말씀은 허기가 좀 무엇하구먼두…. (싱글싱글 웃으면서 소리를 낮추어) 긴상, 가을 생각하세요? 저 H 과장 집에서 만나던 밤…. (여전히 웃으며) 내가 과자 상자를 들고 간 것 보았지요. 세상이란 다 그런 겝니다. 우리 교장도 그런 것을 대단 생각하는 사람이니 연말도 되구 허니 과자나 한 상자 사가지구 찾아가 보시란 말이오.
김만필   (얼굴을 비뚤어뜨린 웃음으로) 흐….
T 교수   H 과장도 한번 찾아 뵙고….

김만필은 그대로 교실로 들어간다.

김만필은 과자상자를 준비했다가 결국 창피하여 지나가는 아
주머니에게 준다. 새학기가 되자 T 교수는 교장에게 선물을 안
한 것을 나무라며 H 과장을 찾아뵈라고 한다.

9장 H 과장의 집

김만필이 H 과장의 집으로 들어간다. H 과장은 의자에 앉아있다.

H 과장   무얼 하러 왔나?

김만필   (머뭇거리다가) T 말이 과장께서 좀 만나자고 하신다기에….

H 과장   만나자고 해야만 만나겠다. 자네한테 긴할 때는 자꾸 찾아오
고 자네한테 일없이 되니까 발을 뚝 끊는 그런 실례의 경우가
어디에 있나! 그러기에 조선 사람은 배은망덕을 한다고들 하는
게야.

김만필   잘못되었습니다. (앉지도 못하고 과장 앞에 고개를 숙이고 서
있다)

H 과장   (노한 소리를 한층 높여) 자네는 또 그런 경우가 어디 있나. 나
는 자네만 믿었지, 남을 그렇게 감쪽같이 속여 남의 얼굴에 똥
칠을 해 주는 그런 법이 어디 있나.

김만필   제가 과장님을 속이다니요?

H 과장   속이다니요? 자네는 나한테 와서 취직 청을 할 때 무어라고 그
랬어. 사상방면에는 절대로 관계 없다고 그랬지. 그래, 그렇게
남을 감쪽같이 속이는 데가 어디 있나.

김만필   무슨 말씀인지 저는 잘 모르겠습니다. 저는 사상이니 무어니
그런 것은 아무것도 모르고, 더군다나 과장님을 속이다니요.

그 천만의 말씀입니다.

H 과장   (버럭 소리를 지르며 찻종을 덜그럭 하고 놓인 의자를 뒤로 떼
         밀며 몸을 벌떡 젖혔다) 무엇! 그래도 자네는 나를 속이려나?

그 때 이웃방으로 통하는 문이 열리며 언제나 일반으로 봄 물결이 늠실늠
실하듯, 온 얼굴이 벙글벙글 미소를 띤 T 교수가 응접실로 들어온다.

함께 생각해 봐요

1 김 강사와 T 교수가 대립을 이루는 이유를 생각해 보자.

2 마지막의 T 교수가 웃으며 나오는 것으로 알 수 있는 것은 무엇일지 생각해 보자.

제 생각은요

1 김 강사는 양심이 있지만 현실에 굴복하는 나약한 지식인이고, T 교수는 양심에 개의치 않고 현실과 타협하는 지식인이기 때문이다. 또한 김 강 사와 T 교수는 한국인과 일본인이라는 본질적으로 극복하기 힘든 대립 의 요소가 있기 때문이다.

2 H 과장에게 김만필의 사상 운동을 한 전력을 알려 준 사람이 T 교수인 것을 짐작할 수 있다.

김강사와 T교수　　**79**

학

원작 황순원
각색 심소희

성삼과 덕재는 어릴 적 단짝친구로 학 사냥과 꼬맹이에 대한 추억을 가지고 있다. 성삼이 삼팔선 이남으로 이사를 간 후 전쟁이 일어났는데, 성삼이는 치안대원이 되고, 덕재는 농민동맹 부위원장이 된다. 인민군이 패주하고, 덕재는 한 치안대원에게 붙잡히고 만다. 그렇게 성삼과 덕재는 재회하게 되고, 성삼이 덕재를 호송하던 중 학 사냥을 빌미로 풀어 주게 된다.

등장인물

성삼	덕재와 어릴 적 단짝친구로, 삼팔선 북쪽 마을에서 살다가 삼팔선 이남으로 이사를 갔다. 전쟁이 터진 이후 치안대원이 되어 덕재와 재회를 하게 되고 덕재를 호송 하던 중 풀어 준다.
덕재	성삼과 어릴 적 단짝 친구로, 삼팔선 북쪽 마을에 살며, 꼬맹이와 결혼을 하였다. 올 가을에 아빠가 되며 빈농이라는 이유로 농민동맹 부위원장이 된다.
치안대원	성삼의 동료로 덕재를 임시 치안대 사무소에 데려온 인물
혹부리 할아버지	밤을 서리하는 성삼과 덕재를 쫓는다.
동네어른 1, 2	서울에서 학을 잡으러 왔다고 이야기를 한다.

1장 임시치안대 사무소

낭독자   삼팔 접경의 이 북쪽마을은 이번 도란에 깨진 자국이라곤 별로
없었다. 그러나 어쩐지 자기가 어려서 자란 옛 마을은 아닌 듯
싶었다.

성삼, 임시 치안대 사무소로 쓰고 있는 집 앞으로 향한다. 집 앞에 덕재가
포승줄에 묶여있는 채로 서 있다.

성삼   (덕재를 보고 놀라며) 어떻게 된 일인가?

치안대원   농민동맹 부위원장을 지낸 놈인데 지금 우리 집에 잠복해 있는
것을 붙들어 왔다네.

성삼, 봉당 위에 앉아 담배를 피워 문다.

성삼   (새로 담뱃불을 댕겨 일어난다) 이 자식은 내가 데리고 가지요.

덕재, 외면한 채 걷는다. 같이 동구밖을 벗어났다.

성삼   (연거푸 담배를 피며 담배와 덕재를 번갈아가며 쳐다본다) 오
늘 이 놈 에게 담배를 권하다니 될 말이냐. (독백)

낭독자   어려서 덕재와 성삼은 같이 혹부리할아버지네 밤을 훔치러 간
적이 있었고 성삼이가 올라갈 차례였다.

2장 동구 밖

어린 성삼, 나무에 올라가고 있다.

흑부리할아버지 (고함을 지르며) 요놈의 자식들이 또 남의 밤나무에 올라가
        는구나!

낭독자   어린 성삼, 나무에 미끄러지면서 밤송이가 엉덩이를 찌른다.
        그 상태로 어린 덕재와 성삼은 흑부리할아버지에게 도망친 후,
        눈물을 찔끔거리는 어린 성삼에게 어린 덕재가 불쑥 자기 밤을
        한 줌 꺼내어 어린 성삼이 호주머니에 넣어 준다. 그 흑부리 할
        아버지도 그새 세상을 떠났는가, 몇 사람 만난 동네 늙은이 가
        운데 뵈지 않았다.

3장 고갯길

성삼과 덕재 고갯길에 다다른다.

성삼   (화를 내며) 아, 이놈의 고갯길 숨차서 죽갔네. 야 이 자식아, 그
        동안 사람을 몇이나 죽였냐?

덕재   (힐끗 성삼을 쳐다보다가 고개를 거둔다)

성삼   이 자식아, 사람을 몇이나 죽였냐고!

덕재   (고개를 돌려 성삼을 쏘아보며) 그러는 너는 사람을 그렇게 죽
        여 봤니? 나는 사람을 안 죽였다.

성삼   (가슴을 막던 어떠한 것이 풀려 내리는 것을 느끼면서도) 이 자
        식이! 그건 잘 했군 농민동맹 부위원장쯤 지낸 놈이 왜 피하지

않구 있었어? 필시 무슨 사명을 띠구 잠복해 있는 거지?

덕재, 말없이 걷는다.

성삼   바른대로 말해! 무슨 사명을 띠구 숨어 있었냐?
덕재   (여전히 걷는다)

성삼 덕재의 표정이 궁금하나 애써 외면한다

성삼   (허리에 찬 권총을 잡으며) 변명은 소용없다. 영락없이 너는 총
       살감이니까. 그저 여기서 바른 대로 말이나 해 봐라.
덕재   (성삼을 외면한 채) 변명은 할려구두 않는다. 내가 제일 빈농의
       자식인데다가 근면한 농꾼이라구 해서 농민동맹 부위원장 됐
       든 게 죽을 죄라면 하는 수 없는 거구, 나는 예나 이제나 땅 파
       먹는 재주밖에 없는 사람이다.

둘 사이에 정적이 흐른다.

덕재   (정적을 깨며) 지금 집에 아버지가 앓아 누으신지 한 반년 된다.
성삼   (화제를 돌리려는 듯이) 장간 안 들었냐?
덕재   (잠시 후에) 들었다.
성삼   누구와?
덕재   꼬맹이와.
성삼   (살짝 놀라며) 아니 꼬맹이와? 거 재미있다. 하늘 높은 줄 모르
       고 땅 높은 줄만 알아, 키는 작고 똥똥하기만 한 그 새침떼기 말

이냐? (웃음을 참으며) 그래 애가 몇이나 되나?

덕재 이 가을에 첫애를 낳는대나.

성삼 (웃음을 겨우 참으며) 참새가 알 낳는 거 같네. (웃거나 농담을 할 처지가아니라는 걸 깨달으며) 하여튼 네가 피하지 않구 남아 있는 건 수상하지 않아?

덕재 나두 피하려구 했었어. 이번에 이남서 쳐 들어오믄 사내란 사낸 모조리 잡아 죽인다구 열일곱에서 마흔 살까지의 남자는 강제로 북으로 이동하게 됐었어. 할 수 없이 나두 아버질 업구라두 피난 갈까 했지. 그랬드니, 아버지가 안 된다는 거야. 농사꾼이 다 지어 놓은 농살 내버려두구 어딜 간단 말이냐구, 그래 나만 믿구 농사일루 늙으신 아버지의 마지막 눈이나마 내 손으루 감겨 드려야겠구, 사실 우리같이 땅이나 파먹는 것이 피난 간댔자 별 수 있는 것도 아니구….

낭독자 지난 유월 달에는 성삼이 편에서 피난을 갔었다. 밤에 몰래 아버지더러 피난 갈 이야기를 했었다. 그 때 성삼이 아버지도 같은 말을 했다. 농사꾼이 농사일을 늘어놓구 어디루 피난 간단 말이냐. 성삼이 혼자서 피난을 갔다. 남쪽 어느 낯설은 거리와 촌락을 헤매다니면서 언제나 머리에서 떠나지 않는 건 늙은 부모와 어린 처자에게 맡기고 나온 농사일이었다. 다행히 그때나 이제나 자기네 식구들은 몸 성히들 있었다. 고갯마루를 넘었다. 어느새 이번에는 성삼이 편에서 외면을 하고 걷고 있었다. 가을 햇볕이 자꾸 이마에 따가웠다. 참 오늘 같은 날은 타작하기에 꼭 알맞은 날씨라고 생각했다.

무대의 조명이 밝아진다. 성삼은 고개를 다 내려온 곳에서 발걸음을 주춤

한다.

4장 고갯마루

낭독자   저쪽 벌 한가운데 흰 옷을 입은 사람들이 허리를 굽히고 섰는
　　　　　것 같은 것은 틀림없는 학 떼였다. 소위 삼팔선 완충지대가 되
　　　　　었던 이곳. 사람이 살고 있지 않은 그동안에도 이들 학들만은
　　　　　전대로 살고 있는 것이었다. 지난 날, 성삼이와 덕재가 아직 열
　　　　　두어 살쯤 났을 때 일이었다.

어린 성삼과 덕재, 올가미를 놓아 새끼 학을 잡는다. 새끼로 날개를 얽어매
놓고 둘이 나와 학의 목을 쓸어안고 등에 올라탄다. 잠시 후 둘은 동네 어
른들의 수군거림을 듣는다. 무대 밝아지며 어른들 등장.

동네어른 1 (속삭이며) 아니, 서울서 누가 학을 잡으러 왔다던데?
동네어른 2 (맞장구치며) 무슨 표본인가를 만들러 총독부의 허가까지 받았
　　　　　다는데.
성삼　　　이제는 어른들한테 들켜 꾸지람을 듣는 것 같은 건 문제가 아
　　　　　니야. 그저 우리의 학이 죽어서는 안 된다는 생각뿐이었어.

어린 성삼과 덕재, 학이 날아간 하늘을 멍하니 바라본다.

낭독자   성삼이와 덕재가 열두어 살쯤 났을 때 일이다. 어른들 몰래 둘
　　　　　이서 올가미를 놓아 단정학 한 마리를 잡아 놓곤 매일같이 둘
　　　　　이서 나와 학의 목을 쓸어안고 등에 올라타곤 했는데, 어느날

동네어른들의 수군거림을 듣고는 학 발목의 올가미를 풀고 날
개의 새끼줄을 끊는다. 학은 잘 걷지 못하고 둘이서 학을 마주
안아 공중에 날리자(날개를 천으로 표현하고 총소리) 두세 번
날개짓을 하다가 그대로 내려온다.
옆 풀숲에서 학 한 마리가 날개를 펴자 성삼과 덕재의 학도 따
라 운 뒤 날아올라 주변을 돌고 멀리 날아간다.

5장 벌판

성삼   애, 우리 학 사냥이나 한번 하구 가자.

덕재   (어리둥절 해하며) 뭐라고?

성삼   (포승줄을 풀어 쥔 뒤) 내 이걸루 올가밀 만들어 놓을게. (잡풀 새
          로 기어가며) 너는 학을 몰아오너라.

덕재   (얼굴에서 핏기가 걷히며) 좀 전에는 총살감이라더니… (성삼
          이가 자신을 쏠려는 줄 알고 성삼이쪽을 향해 가만히 서 있는
          다)

성삼   (고개를 홱 돌리며) 어이, 왜 맹추같이 서 있는 게야? 어서 학이
          나 몰아 오너라.

덕재는 무엇인가 깨달은 듯 잡풀 새를 기기 시작한다.

낭독자   때마침 단정학 두 마리가 높푸른 가을 하늘에 곧 날개를 펴고
          유유히 날아올랐다.

1 성삼이가 덕재에게 학 사냥을 하자고 하는 이유는 무엇일까요?

2 학이 의미하는 것은 무엇일까요?

제 생각은요

1 성삼이와 덕재는 어릴 적 단짝친구로 성삼이 이사를 간 후 처음으로 재회를 하였는데, 이대로 호송을 하게 되면 덕재는 틀림없이 죽게 될 것이기 때문에 성삼이 어릴 적에 학을 풀어 준 것처럼 덕재를 살리고 싶어서 학 사냥을 해 덕재의 포승줄을 풀어 주어 덕재를 살리기 위함이다.

2 학은 전쟁의 파괴력 앞에서 무너지기 쉬운 인간성을 의미하는데, 학을 풀어 주는 행위를 통해 인간성의 회복을 뜻한다. 또한 성삼과 덕재의 어린 시절 추억을 떠올리게 하는 매개체이며, '학 떼'를 흰 옷을 입은 사람들이라 표현하여 백의민족인 우리 민족을 상징하였다.

소나기

원작 황순원
각색 김무현

소년은 냇가에서 물장난하고 있는 소녀를 보았다. 내성적이고 소극적인 소년은 소녀의 바람과는 달리 소녀가 비켜 주기를 기다린다. 그때 소녀가 하얀 조약돌을 소년 쪽으로 던지며 "이 바보" 하고 달려간다. 소년은 그 조약돌을 간직하면서 소녀에게 관심을 갖게 된다.

어느 날 개울가에서 소년과 소녀는 다시 만난다. "너 저 산 너머에 가 본 일 있니?" 라고 묻는 소녀와 함께 소년은 여행을 떠난다.

둘은 갈대밭을 달리고 허수아비를 흔들고, 무를 뽑기도 하면서 꽃이 많이 핀 산에 도착한다. 소년은 꽃다발을 만들어 소녀에게 주었다. 기뻐하며 놀던 소녀가 비탈진 곳에 꽃을 꺾으려다 다치자 소년은 생채기를 빨고 송진을 발라 주었다. 소년은 소녀 앞에서 송아지를 타며 뽐내기도 하였다.

그러다 갑자기 소나기가 내리기 시작했다. 소년은 소녀를 데리고 원두막에 갔지만, 비를 피할 수 없었다. 입술이 파랗게 질린 소녀를 위해 소년은 수숫단을 날라 세워서 비를 피할 곳을 만들어 주었다. 좁은 공간 속에서 둘 사이의 어색함과 거리

감이 사라졌다. 집으로 돌아오는 길에 도랑의 물이 불어 있었다. 소년이 등을 대자 소녀는 순순히 업히어 소년의 목을 끌어안았다.

그 후 한동안 소녀의 행방이 묘연하다. 소년은 소녀를 그리워하며 조약돌을 만지 작거린다.

며칠 뒤 처음 만났던 개울가에서 소년과 소녀는 다시 만난다. 그때 소나기 때문에 감기를 앓았다는 소녀가 분홍 스웨터 앞쪽을 가리키면서 '그날 도랑 건늘 때 내가 업힌 일 있지? 그때 네 등에서 옮은 물이다.' 하는 말에 소년은 얼굴이 빨갛게 달아 올랐다. 이날 소녀는 소년에게 이사를 가게 되었다고 말한다.

소녀에게 주려고 호두나무를 턴 소년은 잠자리에 누워 호두알을 만지작거린다. 그 런데 그때 소년은 마을에 갔다 온 아버지의 이야기를 듣고 소녀의 죽음을 듣게 된다.

소년	내성적이고 우유부단한 성격에 부끄러움도 많지만 산과 들 에서는 적극적으로 변한다. 소녀에게 열등감을 가지고 있고 시골에 대해 잘 알고 있다.
소녀	서울에서 온 윤초시 손녀. 적극적이고 명랑하며 솔직하고 대담함. 시골에 대해 잘 모르고 몸이 약하다.
아버지	소년에게 소녀의 죽음을 알게 하는 존재이다.

낭독자 / 농부 / 아줌마 1, 2 / 어머니

1-1장 개울가

무대 가운데에 큐빅을 3개 놓고 가운데에 소녀가 앉는다. 소년은 한쪽 구석 바닥에 앉는다. 무대 밝아진다.

낭독자　　소년은 개울가에서 소녀를 보자 곧 윤초시네 증손자 딸이라는 걸 알 수 있었다. 소녀는 개울에다 손을 잠그고 물장난을 하고 있는 것이다. 서울서는 이런 개울물을 보지 못하기나 한 듯이 벌써 며칠째 소녀는 학교서 돌아오는 길에 물장난이었다. 그런데 어제까지는 개울 기슭에서 하더니 오늘은 징검다리 한가운데 앉아서 하고 있다. 소년은 개울둑에 앉아 버렸다. 소녀가 비키기를 기다리자는 것이었다.

소녀　　　(하얀 조약돌을 던지며) 이 바보!

소녀 퇴장한다. 소년 하얀 조약돌을 줍는다.

소년　　　(소녀를 바라보며) 저기….

1-2장 개울가

무대 잠시 어두워졌다 밝아진다. / 소년과 소녀의 자리는 조금 전과 동일하다.

소녀　　　얘
소년　　　….
소녀　　　얘 이게 무슨 조개니?

소년	(무심한 말투로) 비단 조개.
소녀	이름도 참 곱다. … (관객석을 가리키며) 너 저 산너머에 가본 적 있니?
소년	없다.
소녀	(밝게) 우리 같이 가보지 않을래? 시골에 오니까 혼자 심심해서 못 견디겠어.
소년	저래 보여도 꽤 멀 텐데….
소녀	멀면 얼마나 멀다구 서울에 있을 땐 꽤 먼 곳까지 소풍 갔었어.
소년	(마지못해 가는 듯이) 그래 가 보지 뭐.

소년, 소녀 함께 퇴장한다.

2장 들판과 산길

무대 잠시 어두워졌다 밝아진다. 무대 왼쪽에 허수아비, 오른쪽은 무밭. 무밭에 배우 3명이 손을 잡고 원두막을 만든다.

소년	(먼저 등장하며) 맞다, 오늘은 일찍 집으로 돌아가 텃논의 참새를 봐야 하는데….
소녀	(등장하며) 우와 재밌다! (허수아비 근처를 돌아다니며) 너도 해 봐!
소년	그게 뭐가 재미있다고 그러냐?
소녀	(웃으며) 왜, 재미있지 않니? 난 재밌는데?
낭독자	소녀의 왼쪽 볼에 살포시 보조개가 패였다. 소년은 집안일을 도와야 한다는 생각을 잊어버리기라도 한 듯이 소녀를 따라 걸었다.

소년과 소녀 무대를 뛰어다닌다.

소녀   우리 저쪽으로 가보자 저 멀리에 꽃이 많이 피어있어!

소년   너 마음대로 해…. (도랑을 조심스레 먼저 건너며) 조심해서 건너.

소녀 긴 스커트를 잡고 도랑을 건넌다.

소녀   (오른쪽을 가리키며) 저게 뭐니?

소년   원두막.

소녀   여기 참외 맛있니?

소년   그럼, 참외 맛도 좋지만, 수박 맛이 더 훌륭해.

소녀   하나 먹어 봤으면 좋겠다.

소년   잠깐만 기다려봐.

소년, 오른쪽으로 가서 무 2개를 가져온다.

소년   (무를 뽑아 쓱쓱 옷에 닦아 소녀에게 건네며) 맛 봐라.

소녀   뭐야 그건 무잖아 왜 무를 가져왔어.

소년   그래도 한번 먹어 봐.

소녀   (소녀 오른쪽으로 무를 던지며) 아, 매워.

소년   (소녀보다 멀리 던지며) 정말 맛없어서 못 먹겠다.

소녀   이러지 말고 우리 빨리 산에 가 보자 응? 꽃보고 싶어.

소년   그래, 빨리 가 보자.

소년과 소녀, 다시 무대를 한 바퀴 돌고 관객들 앞으로 간다.

소녀   (관객들을 가리키며) 이건 들국화, 이건 싸리꽃, 이게 도라지꽃
        …. 도라지꽃이 이렇게 예쁜 줄은 몰랐네. 난 보랏빛이 좋아!
        근데 이 양산같이 생긴 노란 꽃은 뭐야?
소년   마타리꽃.

(관객들을 꽃으로 적절하게 참여시킨다) 소녀 마타리꽃을 꺾는다. 소년은
그 외 모든 꽃을 꺾어 꽃다발을 만든다.

소년   (꽃다발을 건네며) 자, 가져 선물이야.
소녀   (기뻐하며) 우와 진짜로 나 주는 거야? 예쁘다, 고마워!

소녀 꽃다발을 받고 기뻐한다.

소녀   (무대쪽을 가리키며) 저건 또 무슨 꽃이지? 꼭 등꽃 같네. 서울
        우리 학교에 큰 등나무가 있었는데 저 꽃을 보니까 등나무 밑
        에서 같이 놀던 친구들이 생각 나.

소녀 무대 쪽으로 달려간다. 무대에서 넘어진다. 소녀 발목을 잡는다.

소년   (놀라서 달려간다) 어? 괜찮아? (송진을 발라 주며) 소나무에서
        나는 송진이야. 이걸 바르면 나을 거야.

소년은 소녀 대신에 꽃 한 묶음을 가져온다.

소년   (소녀에게 주며) 저기 송아지가 있어 저쪽으로 가 보자.

소년과 소녀 무대 아래로 뛰어간다. 관객 중에 두 명 정도 송아지 역할을
하게 한다.

낭독자   소년은 등을 긁어 주는 척 훌쩍 올라탔다. 어린 송아지가 껑충
              거리며 돌아간다. … 그 순간 소녀의 흰 얼굴이, 분홍 스웨터가,
              남색 스커트가, 안고 있는 꽃과 함께 범벅이 된다. 모두가 하나
              의 큰 꽃묶음 같다.

농부   (암전상태에서) 너희 여기서 뭣들하고 있냐? 어서들 집으로 가
              거라! 소나기가 올 것 같다.

낭독자   하늘을 보니 먹장구름 한 장이 머리 위에 와 있다. 갑자기 사면
              이 소란스러워진 것 같다. (E. 빗소리) 산마루를 넘는데 목덜미
              가 선뜩선뜩했다. 굵은 빗방울이었다.

무대 가운데에 배우 3명이 손을 잡고 원두막을 만든다. 소년과 소녀는 오
른쪽으로 올라온다.

소년   (소녀의 손목을 잡고 무대 가운데로 앞장선다) 일단 빨리 비를
              피하자 따라와!

소녀   (도착한 뒤 덜덜 떨며) 야… 나… 추워….

소년은 낭독자에 대사에 맞게 행동한다.

낭독자   소녀의 입술이 파랗게 질렸다. 소년은 겹저고리를 벗어 소녀의

어깨에 감싸 주었다. 소녀는 소년이 하는 대로 가만히 있었다. 하지만 원두막은 허름하여 곳곳이 비가 새고 있었다. 소년은 수수밭 쪽으로 달려가 (소년 관객석으로 내려와 송아지 역할을 했던 관객을 데려간다) 수숫단을 날라서 덧세웠다. 그리고는 소녀를 부른다.

관객과 배우 4명이 서로 손을 올려 수숫단을 만들어 준다. 그 안에 소녀가 앉아 있고 소년은 조금 떨어져 있다.

소녀	안쪽으로 들어와, 춥잖아.
소년	괜찮아.
소녀	빨리 들어오라니깐.
소년	(소녀 옆에 앉는다)
낭독자	소녀는 소년이 움직이는 바람에 꽃묶음이 망가졌지만 상관없다고 생각했다. 오히려 소년의 몸기운으로 떨리던 몸이 누그러지는 느낌이었다. 둘 사이에 많은 대화는 없었지만 어색함과 거리감이 사라졌다. 잠시 뒤 비는 그쳤고 밝은 햇살이 눈부시게 내리부었다.

무대 조금 어두워졌다가 밝아진다. 소년과 소녀, 도랑 앞에 도착한다.

소녀	저기 도랑 봐봐 물이 엄청나게 불었어… 어떡하지….
소년	(등을 대며) 내가 업고 갈게 빨리 업혀.
소녀	(소녀는 소년에게 업힌다) 어머나!
소년	건넌다. 꽉 잡아.

소년, 소녀를 업고 조심스레 도랑을 건넌다. 암전.

3장 개울가

낭독자   소녀는 순순히 업혀 소년의 목덜미를 꽉 잡았다. 소년은 묵묵히 물이 불어난 도랑을 지났다. 소년이 다르게 보였다. … 그 일이 있은 후로 소녀의 모습은 보이지 않았다. 소년은 매일 같이 개울가에 나와 소녀를 찾아봐도, 쉬는 시간에 운동장을 살펴봐도, 남들 몰래 5학년 여자반을 엿봐도 소녀는 없었다. 그날도 소년은 주머니 속 흰 조약돌을 만지작거리며 개울가로 나왔다. 그런데 오늘은 소녀가 있었다.

소년 소녀 징검다리 위에 앉는다. 무대 밝아진다.

소년   야 그동안 어디 갔었어?

소녀   왜? 걱정했어?

소년   ….

소녀   사실…그동안 아팠어.

소년   그날 소나기 맞아서 그래?

소녀 조용히 고개를 끄덕인다.

소년   이제 괜찮은 거지? 안 아픈 거 맞지?

소녀   아직, 조금 아파.

소년   누워 있어야지 여기서 뭐해. 빨리 들어가.

소녀	하도 갑갑해서 나왔어. (침묵 후) 그날 재미있었어. (분홍 스웨터 앞자락을 가리키며) 근데 그날 어디서 이런 물이 들었는지 잘 안 지워지더라.
소년	글쎄.
소녀	나 생각났어. 그날 도랑물이 불어서 내가 업힌 적 있지? 그때 네 등에서 묻은 물이야.

소년 놀라 뒷걸음질치며 부끄러운 듯 당황한다.

소녀	자 받아 오늘 아침에 우리 집에서 대추를 땄거든. 추석에 제사 지내려구…. 자 어서 받으래두. (소녀가 소년의 손에 대추를 쥐어 준다) 그리고… 저기, 우리 이번에 추석 지내고 나서 이사 가게 됐어. 왜 그런지 난. 이사 가는 게 싫어. 어른들이 하는 일이니까 어쩔 수 없긴 하지만….

무대 암전.

낭독자	이날 소년은 소녀의 눈동자에서 쓸쓸함을 보았다. 그리고 소녀가 이사 간다는 말을 수없이 되뇌어 보았다. 뭐 그리 안타까울 것도 없었다. 그렇지만 소년은 지금 씹고 있는 커다란 대추의 단맛을 모르고 있었다. 그리고 소년은 소녀에게 병이 낫거든 이사 가기 전에 개울가로 나와달라는 말을 못해 둔 것을 자책했다. 이날 밤 소년은 덕쇠 할아버지네 호두밭으로 가서 호두를 땄다. 소녀를 생각하며 호두나무를 작대기로 마구 내리쳤다. 소년은 주머니를 가득 채우고 집에 돌아왔다.

4장 소년의 집

아버지 어머니는 암탉을 안고 있다. 소년 무대 밖에서 등장한다. 무대 밝아진다.

소년	(등장하며) 다녀왔습니다. 아버지 어디 가시게요?
아버지	이만하면 될까?
어머니	며칠째 갈갈하고 알 낳을 자리를 보던데요. 크진 않아도 살은 쪘을 거에요.
소년	어머니, 아버지 어디 가세요?
어머니	저기 서당골 윤초시 댁에 가신다. 내일이 추석이라 제사상에라도 놓으시라고….
소년	에이 그럼 큰놈으로 하나 가져가지. 저기 얼룩 수탉으로….
아버지	(웃으며) 허허, 인마 그래도 이게 실속 있다.

무대 암전.

아줌마1	내일인감? 윤초시네가 이사가는 날이?
아줌마2	맞을 거야, 이사 온 지 얼마나 되었다고 벌써 간담. 양평읍으로 간다지 아마?
아줌마1	맞아 맞아. 거기 가서 가겟방을 볼 거라 하드라고.
낭독자	소년은 자리에 누워서 자기도 모르게 주머니 속 호두알을 만지작거리며 소녀 생각만 하고 있었다.

소년은 왼쪽에 누워 있고 어머니는 오른쪽에 위치한다.

| 소년 | (하얀 조약돌을 들고) 아, 어떡하지? 내일 이사하는 걸 가 볼까? 가면 볼 수 있을까? 만나면 뭐라고 말하지? |

아버지 등장한다.

아버지	허, 참 세상 일도…. 윤초시 댁도 말이 아니야. 그 많던 전답을 다 팔아 버리고, 대대로 살아오던 집마저 남의 손에 넘기더니, 또 악상까지 당하는 것 보면….
어머니	증손이라곤 그 기집애 하나뿐이었지요?
아버지	그렇지, 사내애 둘 있던 건 어려서 잃어버리고.
어머니	(안쓰럽다는 말투로) 어쩌면 그렇게 자식 복이 없을까?
아버지	글쎄 말이지. 이번 기집애는 꽤 오랫동안 아팠던 걸 약도 제대로 못 써봤다더군. 지금 같아서는 윤초시네두 대가 끊긴 셈이지…. 그런데 그 계집애는 어린 것이 여간 잔망스럽지가 않아. 글쎄 죽기 전에 이런 말을 했다지 않아?
소녀	(소리만) 아버지 어머니 제가 죽으면 제 분홍스웨터를 그대로 입혀서 묻어 주세요.

소년 일어나 나와서 쪼그려 앉는다. 잠시 후 어깨를 들먹이는 소년. 서서히 암전.

1 소년이 꼭 간직하고 다니는 것으로 소녀에 대한 관심과 그리움을 상징하는 물건을 찾아보자.

2 소년과 소녀의 거리감과 어색함이 해소되는 장면을 찾아보자.

3 분홍 스웨터의 얼룩이 상징하는 것이 무엇인지 생각해 보자.

제 생각은요

1 자신의 마음을 몰라줘서 던진 하얀 조약돌을 처음부터 간직하고 다닌 것을 보면 하얀 조약돌은 소녀에 대한 관심과 그리움을 상징하는 것이다.

2 좁은 수숫단 속 공간에서 함께 비를 피하는 장면과 소년이 소녀를 업고 도랑을 건너는 장면에서 소년과 소년이 서로를 배려하는 모습이 보여서 이러한 장면에서 거리감과 어색함이 해소되는 것이다.

3 실제로는 송진이지만 소년이 소녀를 위하고 걱정하는 것이 담긴 것으로 오래 잊지 않을 순수한 사랑을 상징하고 있다.

오발탄

원작 이범선
각색 송창환

6·25 전쟁 당시 남한으로 월남해 온 가족의 가장인 송철호는 계리사 사무실의 서기이다. 그는 전쟁 후로 정신 이상이 난 어머니, 제대하고 2년이 넘도록 방황만 하고 사는 동생, 생계를 이어나가기 위해 어쩔 수 없이 양공주가 돼 버린 여동생 명숙, 만삭의 아내, 어린 딸과 함께 다 쓰러져 가는 판잣집에 산다. 어느 날 저녁 동생 영호는 술에 잔뜩 취해서 철호에게 자신의 생각을 털어 놓고, 화를 잔뜩 낸다. 다음 날 영호는 권총 강도질을 하다가 경찰에게 잡히고 만다. 영호를 면회한 후 철호는 집에 돌아오자마자 출산에 이상이 생긴 아내의 소식을 듣고 병원으로 찾아가는데 아내와 뱃속 아기는 이미 모두 죽어 버렸다. 넋을 잃은 철호는 길을 걷다가 우연하게 본 치과 간판을 보고 썩은 이를 빼러 들어간다. 하루에 여러 개의 이빨을 빼면 위험하다는 의사들의 만류에도 불구하고 철호는 자신의 썩은 이를 몽땅 빼 버린다. 그리고 택시를 탄 철호는 목적지를 자꾸 바꾸고, 점점 의식이 가물가물해진다. 이에 택시기사는 자기 갈 곳도 모르는 철호를 보고 '오발탄'이라고 한다.

송철호	월남 가족의 가장. 계리사 사무실에서 서기로 일하고 있음.
영호	철호의 동생. 권총 강도질을 하다 경찰에게 잡힘.
명숙	철호의 여동생. 어려운 현실 때문에 어쩔 수 없이 양공주가 됨.
어머니	6·25 이후로 정신 이상자가 됨. 고향으로 돌아가고 싶은 염원에 '가자'라는 말을 반복해서 함.

사환애 / 형사 / 아내 / 택시기사

1장 사무실

사무실에는 사환 애, 송철호 둘만 남아 있다.

사환 애   (철호를 흘긋 보며) 송 선생님은 안 나가세요? 벌써 6시가 넘어
           갑니다.

송철호   (느릿한 태도로 주섬주섬 챙기며) 어, 음, 나가야지.

사환 애는 철호를 바라보지도 않고 조용히 비질을 한다. 철호는 어슬렁 일어
서고, 모서리쪽 창가로 간다. 철호는 창가 옆의 거울을 천천히 들여다본다.

송철호   (얼굴을 찡그리며) 내가 왜 이렇게 생겼담? (얼굴을 더듬으며)
           원시인처럼, 것도 사냥에 실패한 원시인처럼… 젠장….

송철호는 분한 표정으로 사무실을 나간다.

2장 집 앞

철호는 판잣촌을 오르며 허기가 난 듯 배를 툭툭 두드린다. 멀리 그의 집에
서부터 어머니의 목소리가 새어 나온다.

어머니   가자! 가자!

철호는 얼굴을 찌푸리기 시작한다.

3장 송철호의 집

철호는 문을 열고 들어서자마자 악취를 느낀 듯 얼굴을 찌푸린다. 그리고 깊은 한숨을 내쉰다.

어머니	가자! 가자!
송철호	(방 안으로 들어가며 한숨을 쉬며) 두 달 전까지만 해도 돌아왔다고는 인사를 했었지만, 그것도 이젠 별 의미가 없구나.

컴컴한 방 안 구석에 앉아 있던 철호의 아내가 철호를 보더니 슬그머니 일어선다. 그리고는 만삭의 배를 안으며 말도 없이 몽유병자처럼 철호의 앞을 지나 부엌으로 나간다.

딸	아버지.
송철호	(고개를 돌리며 딸을 바라본다)
딸	나아, 삼촌이 나이롱 치마 사 준댔다.
송철호	(억지로 웃어 보이며) 응.
딸	그리구 구두두 사 준댔다.
송철호	응.
딸	그러면 나 엄마하고 화신백화점 구경 간다.
송철호	(말 없이 어린 딸의 노랗게 뜬 얼굴을 바라본다)

아랫방에서 또 어머니의 그 저주같은 소리가 들려온다.

어머니	가자! 가자!

철호는 눈을 꼭 감으며, 어금니를 부서지도록 맞씹는다. 그리고는 집 밖으로 나간다.

4장 집 뒤 거리

송철호   (의미심장한 미소를 띄우며) 그래도, 집 안보다 이 바위 잔등이 더 좋구나.

철호는 두 무릎을 세워 안고 앉아서 거리의 등불을 바라보며 밤 깊기를 기다린다.

송철호   (등불을 바라보던 철호가 일어서고, 주머니에 두 손을 찔러넣은 뒤, 밤하늘을 쳐다보다가, 손가락으로 북극성을 가리키며) 저게 북극성. (자신과 북극성을 연결하는 선을 그으며) 그리고 나. 날씨가 춥군. (크게 재채기를 하며 바위 밑으로 내려간다)

어머니   가자!

철호는 멈칫 선다.

어머니   가자!

철호는 무겁게 발걸음을 옮기기 시작한다. 동시에 어머니와 이야기를 나누었던 과거가 환청처럼 귀에 스친다. 어머니 무대 뒤에 등장.

어머니   난 모르겠다. 난 암만 해도 모르겠다. 삼팔선. 그래, 거기에다 하늘이 꾹 닿도록 담을 쌓았단 말이냐, 어쨌단 말이냐. 제 고장으로 제가 간다는데, 그래, 막는 놈이 도대체 누구냐 말이냐?

철호는 고개를 푹 숙이며 걸음을 더욱 느리게 옮긴다.

어머니   나도 내 나라를 찾았다기에 기뻐서 울었다. 엉엉 울었다. 시집 올 때 입었던 홍치마를 꺼내 입구 춤을 추었다. 그런데 이 꼴 좋다. 난 싫다. 아무래도 난 모르겠다. 뭐가 잘못 돼도 너무 잘못된 세상이디 안칸? 가자! 어서 가자!

송철호   (쓸쓸한 표정으로) 그리고 보니 용산 일대가 폭격으로 지옥처럼 무너진 이후로 단 하루도 저 '가자'라는 말을 안 하신 적이 없구나.

어머니의 환청이 더욱 심하게 들린다.

어머니   큰애야, 이젠 정말 가자. 데것 봐라. 담이 홈싹 무너졌는데, 삼팔선의 담이 데렇게 무너지는데, 야. 가자! 가자!

5장 송철호의 집

철호는 윗방 문을 연다.

아내   (가늘게 미소를 띄우고 작은 신발을 들어 보이며) 삼촌이 사 왔어요.

철호는 들어가서 앉는다. 곧 등잔불을 사이에 두고 윗방을 향해 앉은 동생 영호가 말을 건넨다.

송영호 산보 다녀왔어요?
송철호 언제 들어왔니?
송영호 지금 막 들어와 앉는 길입니다.

영호가 대뜸 말한다.

송영호 형님!

철호는 새삼스레 부르는 동생의 소리에 손에 들었던 어린애의 신발을 아내에게 돌리며 영호의 얼굴을 빤히 바라본다.

송영호 (술에 진득하게 취한 듯한 말투로) 이제 우리도 한번 살아 봅시다. 제길, 남 다 사는데 우리라구 밤낮 이렇게만 살겠수? 근사한 양옥도 한 채 사구, 장기판만 한 문패에다 형님의 이름 석 자를, 제길, 장님도 보게 써서 대못으로 땅땅 때려 박구 한번 살아 봅시다….

영호는 고개를 푹 숙인다.

송영호 그리구 2000만 환짜리 세단차도 한 대 삽시다. 거기다 똥똥이나 싣고 다니게. 모든 새끼들이 아니꼬워서, 일이야 있건 없건 종일 빵빵 울리면서 동네를 들락날락해야지. 제길. (허탈하게)

하하하.

송철호   또 술 마셨구나.

송영호   네 조금 했습니다.

송철호   너도 이제 정신 차려 줘야지. 벌써 군대에서 나온 지도 이태나
되지 않니?

송영호   정신 차려야죠. 그렇지 않아도 이달 안으로는 어찌 되든 간에
결판을 내구 말 생각입니다.

송철호   어디 취직을 해야지.

송영호   취직이요? 형님처럼요? 전찻값도 안 되는 월급을 받고 남의 살
림이나 계산해 주란 말이지요?

송철호   그럼 뭐 별 뾰족한 수가 있는 줄 아니?

송영호   있지요. 남처럼 용기만 조금 있으면.

송철호   (잠시 머뭇하다가 눈을 슬그머니 떠서 영호를 쳐다보며) 용기?

송영호   네, 용기.

송철호   용기라니.

송영호   적어도 까마귀만 한 용기만이라도 말입니다. 영리할 필요도 없
더군요. 우둔해도 상관없어요. 까마귀는 도무지 허수아비를 무
서워하지 않습니다. 참새처럼 영리하지 못한 탓으로 그놈의 까
마귀는 애당초에 허수아비를 무서워할 줄조차 모르거든요. (야
릇한 미소를 띄운다)

송철호   (긴장한 표정으로) 너 설마 무슨 엉뚱한 계획을 세우고 있는 것
은 아니겠지? (침을 꿀걱 삼킨다)

송영호   아니요. 엉뚱하긴 뭐가 엉뚱해요? 그저 우리들도 남처럼 다 벗
어던지고 홀가분한 몸차림으로 달려 보자는 것이죠, 뭐.

송철호   벗어던지고?

송영호   네. 벗어던지고. 양심이고, 윤리고, 관습이고, 법률이고 다 벗어
        던지고 말입니다.

영호는 철호의 눈을 정면으로 밀고 쳐다본다.

송철호   양심이고, 윤리고, 관습이고, 법률이고?

영호는 말없이 철호를 쳐다본다.

송철호   너는, 너는….

영호는 아무 대답이 없지만 눈만은 똑바로 형을 쳐다본다.

송철호   (떨리는 목소리로) 그렇게나 살자면 이 형도 벌써 잘살 수 있었다.
송영호   그렇게나 라니요?
송철호   (흥분한 어조로) 양심을 버리고, 윤리와 관습을 무시하고, 법률
        까지도 범하고!
송영호   (시선을 슬그머니 발끝으로 떨구며 조심스럽게) 저도 형님을
        존경하고 있어요. 고생하시는 형님을. 용케 이 고생을 참고 견
        디는 형님을. 그렇지만 형님은 약한 사람이야요, 용기가 없는
        거지요. 너무 양심이 강해요. 아니, 어쩌면 사람이 약하면 약한
        만치, 그만치 반대로 양심이란 가시는 여물고 굳어지는 것인지
        도 모르죠.
송철호   양심이란 가시?
송영호   네, 가시지요. 양심이란 손끝의 가십니다. 빼어 버리면 아무렇

지도 않은데 공연히 그냥 두고 건드릴 때마다 깜짝깜짝 놀라는 거야요. 윤리요? 윤리, 그건 나일론 빤스 같은 것이죠. 입으나마나 불알이 덜렁 비쳐 보이기는 매한가지죠. 관습이요? 그건 소녀의 머리 위에 달린 리본이라고나 할까요? 있으면 예쁠 수도 있어요. 그러나 없대서 뭐 별일도 없어요. 법률? 그건 마치 허수아비 같은 것입니다. 허수아비. 덜 굳은 바가지에다 되는대로 눈과 코를 그리고 수염만 크게 그린 허수아비. 누더기를 걸치고 팔을 쩍 벌리고 서 있는 허수아비. 참새들을 향해서는 그것이 제법 공갈이 되지요. 그러나 까마귀쯤만 돼도 벌써 무서워하지 않아요. 아니, 무서워하기는커녕 그놈의 상투 끝에 턱 올라앉아서 썩은 흙을 쑤시던 더러운 주둥이를 쓱쓱 문질러도 별일 없거든요. 흥.

영호는 코웃음을 치며 담뱃갑에서 담배 한 개비를 빼어 문다.

어머니   가자!

철호와 영호는 서로 눈을 살짝 마주치고, 말없이 서로 다른 곳을 바라본다. 그리고 잠시 동안 침묵.

송영호   (담배를 연거푸 서너 번 들이빨며) 저도 형님의 그 생활 태도를 잘 알아요. 가난하더라도 깨끗이 살자는. 그렇지요. 깨끗이 사는 게 좋지요. 그런데 형님 하나 깨끗하기 위하여 치르는 식구들의 희생이 어처구니없이 많단 말입니다. 헐벗고, 굶주리고, 형님 자신만 해도 그렇죠. 밤낮 쑤시는 충치 하나 처치 못하시고. 이가 쑤시면 치과에 가서 치료를 하거나 빼어 버리고나 해야 할 거 아니야요? 그런데 형님은 그것을 참고 있어요. 낯을 잔뜩 찌푸리고 참는단 말입니다. 물론 치료비가 없으니까 그러는 수밖에 없겠지요. 그러나 그 돈을 어떻게든가 구해야죠. 이가 쑤시는데 그럼 어떻게 해요? 형님은 깨끗할지는 모르지만, 그저 그것뿐이란 말입니다.

침묵이 잠시 흐른다. 영호가 말을 잇는다.

송영호 왜 우리라고 좀 더 넓은 테두리, 법률선까지 못 나가란 법이 어디 있어요. 아니, 남들은 다 벗어던지구 법률선까지도 넘나들면서 사는데, 우리만이 이렇게 살아야 하느냔 말이야요. 법률이란 뭐야요? 우리들이 피차에 약속한 선이 아니야요?

영호는 얼굴을 번쩍 들며 반쯤 끌러 놓았던 넥타이를 마저 끌러서 방구석에 휙 던졌다. 철호는 말없이 자신의 두 짝 다 엄지발가락이 몽땅 밖으로 나온 뚫어진 양말을 쳐다본다.

어머니 가자!

철호는 고개를 천천히 들었다.

송철호 그건 억설이야.

침묵이 흐른다. 송철호는 벽에 등을 붙이고 잠시 눈을 감는다.

어머니	가자!

송철호는 눈을 뜨며 바로 앉는다.

송영호	억설이요? 그런지도 모르죠.
송철호	네 말대로 한다면 돈 있는 사람들은 다 나쁜 사람이란 말밖에 더 되나, 어디?
송영호	아니죠. 제가 어디 나쁘고 좋고를 가렸습니까?
송철호	그렇지만 지금 네 말로는 잘살자면 꼭 양심이고 윤리고 뭐고 다 버려야 한다는 것이 아니고 뭐야?
송영호	천만에요. 잘못 이해하신 겁니다. 양심껏 살아가면서 잘살 수도 있기는 있지만, 극히 적다는 겁니다. 거기에 비겨서 그 시시한 것들을 벗어 던지기만 하면 누구나 틀림없이 잘살 수 있다는 겁니다.
송철호	그것이 바로 억설이란 말이다. 마음 한구석이 어딘가 비틀려서 하는 억지란 말이다.
송영호	글쎄요, 마음이 비틀렸다고요? 그건 아마 사실일지 모르겠어요. 분명히 비틀렸어요. 비틀렸습니다. 그런데 그 비틀리기가 너무 늦었어요. 어머니가 저렇게 미치기 전에 비틀렸어야 했지요. 한강 철교를 폭파하기 전에 말입니다. 하나밖에 없는 누이동생 명숙이가 양공주가 되기 전에 비틀렸어야 했지요. 환도령이 내리기 전에, 하다못해 동대문 시장에 자리라도 한 자리 비었을 때 말입니다. 그리고 이놈의 배때기에 지금도 무슨 내장이기나 한것처럼 박혀있는 파편이 터지기 전에 말입니다… 그보다도 더 전에, 썩 전에 비틀렸어야 했을지 모르죠. 나면서부

터 비틀렸더라면 더 좋았을지도 모르죠.

침묵이 흐른다.

어머니   가자!

저만치 골목 밖에서부터 딱 딱 딱 딱 구둣발 소리가 들리고, 점점 가까워지
더니, 바로 아랫방 문 앞에서 멎었다. 이윽고 여동생 명숙이가 들어선다.

송철호   (화를 억누르며) 이 늦은 시간에 또 어떤 양키놈에게 몸을 팔고
           오는 거냐? 창피해서 못 살겠다.

명숙이는 아무런 대꾸도 없이 문 밖에서 까만 하이힐을 집어 올려 아랫방
모서리에 들여놓고는, 백을 휙 던지고, 겨우 윗옷과 스커트를 벗어 아랫방
뒷구석에 가서 쓰러지듯 가로눕는다.

철호와 영호는 잠시동안 침묵을 유지한다. 영호는 등잔불을 끈다.

송영호   자, 우리도 이제 잡시다.

잠시 동안 침묵이 유지된다. 다들 눈을 감고 잠이 들어간다.

어머니   가자!

명숙이가 눈을 뜬다. 명숙은 어머니쪽으로 돌아눕고, 두 손으로 어머니의

송장같은 손을 감싸 쥔다.

어머니	가자!
명숙	(낮은 목소리로) 엄마!
어머니	가자!
명숙	엄마! (흐느끼며 어머니의 손을 끌어다 자기의 입에 틀어막았다) 엄마…! (명숙은 어머니의 손가락을 입 안에서 잘근잘근 씹는다)
송영호	(잠꼬대를 하는듯한 목소리로) 겁내지 마라.
어머니	가자! (명숙의 반대방향으로 돌아눕는다)
명숙	(담요를 머리위까지 푹 쓰고 울먹이며) 엄마!

조용해진다.

6장 사무실

사무실은 조용하다. 송철호는 뜨거운 보리차를 떠 와서, 조심조심 입으로 가져간 다음, 한 모금 들이마시는 순간, 전화벨이 울린다.

사환 애	송 선생님, 전화입니다.

송철호는 찻잔을 얼른 내려놓고, 과장 책상 앞으로 가서, 수화기를 든다.

송철호	네, 송철호올시다. 네? 경찰서요? 전 송철호라는 사람인데요? 네, 송영호요? 네, 바로 제 동생입니다. 무슨? 네? 네? 송영호가

요? 제 동생이 말입니까? 곧 가겠습니다. 네, 네.

송철호는 수화기를 걸고, 걸어 놓은 수화기를 멍하니 내려다보고 서 있는다.

사환 애   무슨 일이죠? 동생이 교통사고라도?
송철호   응? 응, 잠깐 다녀올게.

7장 경찰서

송철호   며칠 전 밤에 취해서 지껄이던 그 소리가… 설마….

송철호는 힘없이 의자에 앉고, 형사는 철호에게 사건을 설명한다.

형사   삼미회사에서 월급을 줄 돈 1500만 환을 찾아서 은행 앞에 대
         기시켰던 지프차에 싣고 마악 떠나려고 하는데, 중절모를 깊숙
         이 눌러쓰고 색안경을 낀 괴한 두 명이 차 속으로 올라오며 권
         총을 들이댔다고 했소. 그리고 차를 우이동으로 돌리라고 하더
         니, 어느 으슥한 숲 속에서 차를 세웠다고. 그러고는 모두 차 밖
         으로 나가라고 한 다음, 운전대로 옮겨 앉더니, 전속력으로 시
         내로 향해 달렸다고 했소. 뭐, 그러고는 금방 잡혀 버렸소. 그런
         데 차 안에는 당신 동생 송영호뿐이었다고 하더군.

형사실 뒷문이 열리고, 송영호가 나타난다.

송영호   (수갑을 찬 채로 천천히 형사의 책상 앞으로 걸어 나오며, 걸상

에 앉는다)

철호는 일어선다. 영호는 일어서는 철호를 향해 고개를 한번 끄덕인다. 동생의 얼굴을 뚫어져라 바라보고 있던 철호는 괴로울 때의 버릇으로 어금니를 꽉꽉 씹어서 볼이 히물히물 움직인다.

송영호   형님, 미안합니다. 인정선에서 걸렸어요. 법률선까지는 무난히 뛰어넘었는데. 쏘아 버렸어야 하는 건데. (빙그레 웃다가, 얼굴을 떨구며 수갑을 채운 오른손 검지를 권총 방아쇠를 당기는 때처럼 꼬부려서 지그시 당긴다)

철호는 눈도 깜빡하지 않고 그저 영호의 머리카락이 흐트러져 내린 이마를 바라본다.

송영호   (조용하게) 돌아가세요, 형님.
형사   (순경을 돌아보며) 수감해.

영호는 그에게로 오는 순경을 향해 걸어간다. 영호는 뒷문으로 끌려 나가다 말고 멈춰 선다. 그리고 뒤를 돌아본다.

송영호   형님, 어린 것 화신 구경이나 한번 시키세요. 제가 약속했었는데.

쾅. 뒷문이 닫힌다. 철호는 여전히 영호가 사라진 뒷문을 바라보고 서 있는다. 그리고는 아무것도 보이지 않는 듯 멍하니 허공을 응시한다.

형사   (중얼거리며) 쏠 의사는 처음부터 없었던 것 같은데….

8장 송철호의 집

아이들이 처마 밑에 모여 앉아서 소꿉놀이를 하고 있다.

어머니   가자!

철호는 멈춰 서더니, 고개를 뒤로 젖히고, 숨을 내쉬었다. 눈물이 흐른다.

송철호   (크게 소리를 지르며) 가자. 가자. 어딜 가잔 거야. 도대체 어딜
        가잔 거야?

소꿉놀이를 하던 어린애들이 부스스 일어서며 철호를 쳐다본다. 철호는
그 앞을 모른 체 지나쳐 버린다.

명숙   오빠 어딜 그렇게 돌아다뉴?

철호는 아내가 어딜 갔느냐고 물어보려다 말고 그대로 윗방 아랫목에 털
썩 주저앉는다.

명숙   (고리짝을 들추며 돌아앉은 채로) 어서 병원에 가 보세요.
송철호   병원엘?
명숙   그래요.
송철호   병원에라니?

명숙	언니가 위독해요. 어린애가 걸렸어요.
송철호	뭐가?
명숙	점심때부터 진통이 시작되었는데, 영 해산을 못하고 애를 쓰던데, 죽을 악을 쓰다 보니까 어린애의 머리가 아니라 팔부터 나오고 있었어요. 그래 병원으로 실어 갔는데… 지금쯤은 아마 애기를 낳았거나, 그렇지 않으면….

철호는 아찔한 생각이 든 듯 눈을 질끈 감았다가, 온몸의 맥이 쑥 빠져 나간 듯 몸을 축 늘어뜨린다. 덤덤한 표정으로 호주머니에서 담배를 꺼내어 문다. 그리고는 일어서서 문을 연다.

명숙	(돌아보며) 어딜 가슈?
송철호	병원에.
명숙	무슨 병원인지도 모르면서? S 병원이야요.

철호는 멈칫하다 말없이 문 밖으로 한 발을 내디디었다.

명숙	돈을 가지고 가야지?
송철호	… 돈.

철호는 다시 문 안으로 들어서고, 우두커니 발부리를 내려다보고 서 있었다. 명숙이가 일어선다. 그리고 아랫방으로 내려간다. 벽에 걸어 놓았던 핸드백을 벗긴다.

명숙	(100환짜리 한 다발을 철호 방바닥에 던지면서 말한다) 옜수.

(다시 돌아 서서 백을 챙긴다)

송철호   (명숙의 발뒤축을 바라보며, 나일론 양말이 계란만큼 구멍이
        뚫린 것을 보며) 너 양말에 구멍이…. 양말 하나 사 신어라.

철호는 명숙의 그 구멍 뚫린 양말 뒤축을 보고 마음이 따뜻해지는 것을 느
낀다.

어머니   가자!

철호는 눈을 발밑의 돈다발로 떨구고, 허리를 숙여 돈다발을 든다.

딸   아버지, 병원에 가? 엄마, 애기 났어?
송철호   그래.

철호, 돈을 저고리 호주머니에 밀어 넣으며 문을 나선다.

어머니   가자!

9장 병원과 거리

병원 안은 싸늘하고, 조용하다. 철호는 아내를 찾다가, 먼 발치에서부터 걸
어오는 간호사를 보고 붙잡아 아내의 상태를 묻는다. 간호사는 심상한 표
정으로 고개를 떨구며 말한다.

송철호   보호자 송철호입니다. 제 아내는? 아기는 무사합니까!

간호사   아내 분은 이미 돌아가셨습니다.

송철호, 병원을 나와 사무실, 문방구점, 사진관 등이 스쳐가는 거리를 하염없이 휘청휘청 걷는다. 마지막에 치과 간판이 보이고 철호는 치과를 향해 걸어간다.

송철호   내가 가야 할 곳은 진정 어디인가? 수많은 상점들의 조명은 저리도 밝지만 나를 밝혀 주는 빛은 하나도 없구나?

그는 하염없이 걷다가 흰 판에 빨간 페인트로 치과라고 써 있는 간판 앞에 서서, 눈 앞에 걸린 그 간판을 쳐다본다. 그는 갑자기 이가 쑤시는 듯 얼굴을 찡그리고 주둥이를 꽉 잡는다. 철호는 주머니에 손을 넣고 1만 환 다발을 꺼내서 확인하고, 천천히 치과 간판이 걸린 층계 2층으로 올라간다.

10장 치과 1

철호는 치과 걸상에 머리를 젖히고 입을 아 벌리고 앉는다. 의사는 달가닥 달가닥 소리를 내며 이것저것 여러 가지 쇠꼬치를 그의 입에 넣었다 꺼냈다 하였다. 철호는 그저 입을 크게 벌린 채 눈을 감고 있다.

치과 의사 1 좀 아팠지요? 뿌리가 구부러져서.

치과 의사 1은 집게에 뽑아 든 이를 철호의 눈 앞에 가져다 보여 준다. 철호는 솜을 입에 문 채 머리를 좌우로 흔들었다. 그리고 아무렇지도 않다는 듯 치과의사를 덤덤하게 쳐다본다.

치과 의사 1 됐습니다. 한 30분 후에 솜을 빼 버리슈. 피가 좀 나올 겁니다.

송철호　　 (옆의 타구에 피를 뱉고 다른 볼을 누르며) 이쪽을 마저 빼 주
　　　　　 십시오.

치과 의사 1 어금니를 한번에 두 대씩 빼면 출혈이 심해서 안 됩니다.

송철호　　 괜찮습니다.

치과 의사 1 아니, 내일 또 빼지요.

송철호　　 다 빼 주십시오, 한몫에 몽땅 다 빼 주십시오.

치과 의사 1 안 됩니다. 치료를 해 가면서 한 대씩 빼야지요.

송철호　　 치료요? 그럴 새가 없습니다. 마악 쑤시는걸요.

치과 의사 1 그래도 안 됩니다. 빈혈증이 일어나면 큰일 납니다.

무대 암전.

11장 치과 2

철호는 볼을 한 손으로 쓸면서 걷다가 또 다른 치과 간판을 발견하고 올라
간다.

치과 의사 2 (꺼림찍한 표정으로 철호를 쳐다보며) 안 될 텐데요.

송철호　　 괜찮습니다.

치과 의사 2 하루에 이 두 개를 몽땅 빼어 버리면 피가 줄줄 샐 겁니다. 쇼크
　　　　　 사 할 수도 있어요.

송철호　　 글쎄 괜찮습니다.

치과 의사 2 허… 참….

송철호　　 돈은 충분합니다. 그냥 빼어 버리시죠.

치과 의사 2   난 책임 안집니다. 아니, 못 져요.

송철호   됐으니까 어서 뽑아 주시죠.

의사는 찝찝한 표정으로 기구를 든다. 철호는 입을 벌리고 있다. 암전.

12장 거리

밤은 어둡다. 철호는 두 볼에 밤알만 한 솜덩어리를 물고 간간이 길가에 나서서 피를 뱉는다. 그때마다 시뻘건 선지피가 간 덩어리처럼 엉겨서 나온다.

철호는 계속 걷는다. 몸을 으스스 떨면서 걷는다. 계속 걷던 도중, 갑자기 거리에 전등이 들어온다. 그러다가 전등이 켜지기 전보다 더 거리가 어두워진다. 철호는 눈을 꼭 감고 뜬다. 그러다 힘없이 멈춰섰다가, 침을 뱉는다. 침에는 진한 피가 섞여 나온다. 철호는 다리를 떨며 서울역 쪽으로 허청허청 걷는다.

13장 음식점

송철호   설렁탕.

철호는 묵묵하게 한마디 일러 놓고는 고개를 푹 숙이고 엎드려 있다가, 대뜸 머리를 들고 음식점 안을 한 바퀴 휙 둘러본다. 곧이어 일어서고는, 문 밖으로 급히 걸어 나간다. 그리고 음식점 옆 골목에 있는 시궁창에 가서 쭈그리고 앉아서, 입 안에 가득 찬 피를 뱉고, 저고리 소매로 입술을 닦으며 일어선다.

송철호　　(얼굴을 찡그리고) 으윽, 머리가….

14장 거리

철호는 머리가 아픈 듯 관자놀이를 부여잡고 큰 길로 나서서 택시를 찾는다. 마침 택시가 한 대 온다. 그는 손을 한 번 흔든다. 그리고 던져지듯이 털썩 택시 안에 쓰러진다.

택시 기사　어디로 가시죠?
송철호　　해방촌.

자동차는 스르르 속력을 낮춘다. 차를 돌리기 위해 줄지어 달려오는 자동차의 사이가 생기기를 노린다. 저만치 자동차의 행렬이 좀 끊긴다. 운전사는 핸들을 잔뜩 비틀어 쥔다. 그리고 몸을 한편으로 기울이며 막 핸들을 틀려고 한다.

송철호　　(소리지르며) 아니야! 아니야, S 병원으로 가.

운전사는 핸들을 다시 휙 원래 방향으로 튼다. 옆자리에 앉아 있던 조수는 철호를 한번 쳐다본다. 철호는 뒷자리 한구석에서 몸을 틀어박은 채 고개를 뒤로 젖히고 눈을 감고 있다.

송철호　　아아, 아니야. 종로경찰서로 가. (중얼거리며) 아내는 이미 죽었지….

택시는 달린다. 곧 종로경찰서 앞에 선다.

택시 기사　종로경찰서 앞입니다.

철호는 눈을 뜬다. 상반신을 번쩍 일으킨다. 그러다 곧 다시 털썩 뒤로 기대고 쓰러져 버린다.

송철호　아니야, 가.
택시 기사　(몸을 틀어 돌리며) 종로경찰섭니다, 손님.
송철호　가자.
택시 기사　어디로 갑니까?
송철호　글쎄, 가!
택시 기사　하, 참 딱한 아저씨네.

철호는 말없이 눈만 감고 있다.

택시 기사　(뒤를 힐끔 쳐다보며) 취했나? (기어를 넣으며 중얼거린다) 에이, 씨발. 어쩌다 오발탄 같은 손님이 걸렸어. 지 갈 곳도 모르게.

철호는 조용히 듣는다. 그리고 고개를 살짝 들어올린다.

송철호　(독백으로) 아들 구실, 남편 구실, 애비 구실, 형 구실, 오빠 구실, 또 계리사 사무실 서기 구실. 해야 할 구실이 너무 많구나. 너무 많구나. 그래, 난 네 말대로 아마도 조물주의 오발탄인지도 모른다. 정말 갈 곳을 알 수가 없다. 그런데 지금 나는 어디

건 가긴 가야 한다.

철호는 맥 없이 픽 엎드렸다가, 고개를 살짝 쳐 들고, 다시 한 번 크게 말한다.

송철호   가자!!

철호는 다시 엎드린다. 신호등에 빨간 불이 켜지자 차가 다시 선다. 또 다시 한번 조수 애가 뒤를 돌아보며 묻는다.

택시기사   어디로 가시죠?

철호는 아무 대답도 없다. 따르르릉, 벨이 울린다. 긴 자동차의 행렬이 움직인다. 철호의 입에서 선지피가 흥건히 흘러내려서 와이셔츠 가슴을 적신다. 다들 아무 말이 없다. 차는 서서히 교통 신호등의 파란 불 밑으로 네거리를 지나간다.

암전.

1 어머니는 왜 "가자! 가자!"라고 계속 외치고 있을까?

2 '오발탄'이 의미하는 것은 무엇일까?

제 생각은요

1 철호의 어머니에게 고향은 어떠한 이념보다도 소중한 것이기 때문이다. "난 모르겠다. 암만 해도 난 모르겠다. 삼팔선. 그래, 거기에다 하늘에 꾹 닿도록 담을 쌓았단 말이냐, 어쨌단 말이냐. 제 고장으로 제가 간다는데, 그래, 막는 놈이 대체 누구란 말이냐?"라는 어머니의 말은 실향민의 애환과 고향에 대한 그리움을 잘 보여 주고 있다. 작가는 이러한 어머니의 "가자! 가자!"라는 절규를 통해, 우리 민족이 겪은 분단의 고통을 표현했다고 생각한다.

2 오발탄의 의미는 작은 범위와 큰 범위 두 가지로 생각할 수 있을 것 같다. 작은 범위에서는 수많은 역할과 책임을 지고 있지만 무엇 하나 제대로 해결되지 않아 방향 감각을 상실한 가장 철호를 비유했다고 생각할 수 있고, 큰 범위에서는 전후 사회에 적응하지 못하고 소외당하며, 목적의식 없이 살아가는 시대의 인간상 전체를 비유했다고 생각한다.

유예

원작 오상원
각색 장현욱

전쟁 중 포로가 된 주인공이 적군의 회유를 거부하고 총살되기까지의 내용이다.
소대장은 총살되기 전 부대원들과 함께 전투를 치르다 혼자 남게 된다. 소대장은
마을에서 자기 대원이 총살되는 것을 보고 적을 쏘다가 부상을 입고 잡히게 된다.
소대장은 적군의 회유에 넘어가지 않고 흰 둑길을 걸으며 죽음을 맞이하게 된다.

소대장	인민군들의 포로로 잡힌다. 죽어 가는 대원들을 보면서 슬
	퍼한다. 인민군들이 끊임없이 회유하지만 넘어가지 않는다.
선임하사	전쟁을 좋아하고, 자기 죽음을 운명이라 받아들이며 죽는다.
포로청년	적군의 끊임없는 회유에도 넘어가지 않는 대원이다. 마을에
	서 처형당한다.

대원 1, 2 / 인민군 / 인민군대장 / 낭독자

1장   흰 둑길

낭독자   6 · 25 전쟁 중에 적의 배후까지 침투했다가 나(소대장)는 퇴로
를 차단당한다. 남은 병사는 선임하사를 포함해 9명이다.

'나'는 감옥에서 몸을 웅크린다.

낭독자   감옥에서 몸을 웅크린채 한 시간 후면 모든 것이 끝나는 것이
다. 한 시간 뒤면 그들에게 끌려 흰 둑길을 걸을 것이다. 그들
은 몇 마디를 주고받은 다음, 대장은 말할 것이다.
인민군대장 ('나'의 뒤를 따라 걸으며) 좋소, 뒤를 돌아보지 말고 똑바로 걸
어가시오.

소대장은 흰 둑길을 걸어간다.

인민군대장 준비… 발사!

수발의 총성 소리.

2장   전투 중인 산비탈

소대장   후퇴다!
선임하사   소대장님! 본대에 합류할 길은 모두 차단되었습니다.
낭독자   북으로 쏜살같이 진격은 계속되었다. 그가 인솔한 수색대는 적
의 배후 깊숙이 파고들었고, 자주 본대와의 연락이 끊어지기

시작하였다. 후퇴를 외치기 전에 이미 길은 적에 의해 차단되었다. 자주 소전투와 기아와 피로로 한 명 두 명씩 쓰러지기 시작하였고 계속되는 눈보라 속에 눈 속을 헤매다 산 밑을 더듬어 내려와 텅 빈 마을로 파고 들어갔다.

소대장 (부대원들을 가리키며) 이 마을에 있는 음식들을 찾는다. 실시!

어느 대원 하나가 집 안에서 자루를 들고 튀어나온다.

대원1 여기 감자 있습니다! (힘없이) 그런데… 다 얼었습니다….

소대장 (감자를 들고) 모두 이 감자를 먹어라!

낭독자 먹을 것은 아무것도 없었다. 그저 얼어 빠진 감자뿐…. 모두 기운에 지쳐 쓰러졌다. 일시에 피곤과 허기가 납 덩어리처럼 내린다. 눈보라는 더욱 몰아치고 밤이 다가왔다. 기습이 있을 듯한 밤이었다. 그러나 아무 일도 없이 아침이 왔지만 눈과 기아와 추위의 싸움이 계속되었다. 한 사람, 두 사람, 이 자연과의 싸움에서 쓰러지기 시작하였다.

대원1 (소대장을 쳐다보며) 소대장님…. 북한 출신입니다. 홀몸입니다. 남한에는… 그 누구도 없습니다. (쪽지를 전해 주며) 이것이… 이북 제 고향 주소입니다….

소대장 (대원의 손을 꼭 쥐며) 살아서 돌아가야지….

낭독자 우러러 쳐다보는 마지막 부하의 그 눈빛, 적막을 더듬어 가며 죽음을 재는 그 눈은 얼음장보다도 더 차가운 그 무엇이 있었다.

이제 남은 것은 6명뿐 그들은 다시 눈 속을 헤쳤다. 이윽고 평지로 도착했다. 지형과 적정을 탐지하러 내려갔던 선임 하사가 급히 달려왔다.

선임하사	(헐떡거리며) 노상에 무수히 말굽 자리와 마차의 수레바퀴 그리고 발자국 자리가 있습니다! (손에 든 것을 치켜들며) 그리고 말똥이 따뜻한 걸로 보아 우리 부대가 지나간 것이 얼마 안됩니다.
소대장	부대를 따라잡으려면 저 앞 산줄기를 타고 오르는 수밖에 없다. 은폐물을 이용하여 신속히 이동한다.
대원 2	(날아온 총알에 맞고 비명을 지르며) 소대장님! 적에게 위치가 노출된 것 같습니다!
소대장	꾸물댈 시간 없다. 이동!
낭독자	선임하사가 산기슭을 따라 오르는 순간 쓰러졌다. 그는 선임하사를 부축하고 끌며 산 속으로 산속으로 들어가다 정신을 잃고 쓰러졌을 때에는 이미 새벽에 가까워서였다. 주고받던 대화, 조그만 방, 깨어진 질화로가 어렴풋이 머리를 스쳤다. 희미하게 또 과거가 이어 온다. 눈 속의 아침은 아름답다. 해가 적이 높아졌을 때 그는 겨우 몸을 일으켰다. 선임하사는 피에 젖은 한쪽 다리를 움켜쥔채 의식을 잃고 누워 있었다, 그는 급히 선임하사를 부축하여 일으켰다.
선임하사	(눈을 뜨며) 소대장…님…?
소대장	(쓸쓸히 입가에 웃음을 지으며)….(선임하사를 껴안는다) 선임하사, 자네 하나뿐일세. 일어나게.
선임하사	소대장님, 인제는 제 차례가 된 모양입니다. 사람은 서로 죽이게끔 마련입니다. 역사는 인간을 학살해 온 기록이니까요. 난 전투가 제일 재밌습니다. 전투가 일어나면 호흡이 벅차고 내가 겨눈 총구에 적의 심장이 어른거릴 때마다 나는 희열을 느낍니다. 사람이란 별게 아니나 곧 싸우는 것을 의미하고, 싸우다 쓰

러지는 것을 의미할 것입니다.

선임하사 경련을 일으키며 펄썩 쓰러진다.

선임하사   소대장님, 제 위치는 결정되었습니다. 안심하십시오. 이 햇볕
            이 드는 떡갈나무 아래가 제 자리입니다.

선임하사 햇볕이 드는 떡갈나무 아래에 등을 대고 웃는다.

선임하사   이대로….

3장   마을

낭독자   남쪽으로 걸었다. 몇 번이고 의식을 잃고, 밤과 아침이 계속 되
           었다. 그는 자꾸 흩어지는 의식을 가다듬어 가며 발을 옮겼다.
           한 주일째 되던 저녁, 어슴푸레하게 저녁이 깃들 무렵 그는 이
           험한 준령을 정복하고야 말았다. 다음날 해가 어언간 높아졌
           을 무렵에 그는 눈을 떴다. 그는 놀라지 않을 수 없었다. 집들
           이 보이는 것이 아닌가! 이것을 모르고 눈 속에서 밤을 보냈다
           니…. 소복이 집들이 둘러 앉은 마을! 가슴이 뭉클하고 눈물이
           핑 돌았다. 그는 눈물을 머금으며 마을로 내려갔다.
소대장   (주위를 둘러보며) 아무리 황량해도 발자국 하나 없이 너무 황
           량한거 아닌가? 사람 사는 곳이 이렇게 황량해질 수는 없을 것
           같은데….

사람들의 발자국 소리와 음성이 들린다.

낭독자   소대장 한쪽 벽으로 피한 후 그 사람들을 본다. 나뭇가지나 짚
        등 은폐물을 이동하여 그 사람들 뒤로 들어간다. 그들의 주고
        받는 소리가 간간이 들려온다. 동무… 총살, 눈 앞이 아찔했다.
        야윈 얼굴에 내의 바람의 한 청년이 양손을 등 뒤로 묶인 채 맨
        발로 서 있는 것이 눈에 띄었다.

인민군   동무는 우리 인민의 처사에 대하여 이의가 있소?

포로청년 생명체와 도구와는 다른 것이오. 나는 포로가 되었을 때 비로
        소 내가 확실히 호흡하고 있는 인간이라는 것을 알았을 뿐이
        오. 나는 기쁘오. 내가 한 개의 기계나 도구가 아니었다는 것,
        하나의 생명체인 인간으로서 살아 있었다는 것, 그리고 인간으
        로서 죽어 간다는 것, 이것이 한없이 기쁠 뿐이오.

인민군   (명백하고 차가운 목소리로) 좋소. (경멸적인 어조로) 이 둑길
        을 따라 똑바로 걸어가시오. 남쪽으로 내딛는 길이오. 그처럼
        가고 싶어하던 길이니 유감은 없을 꺼요.

낭독자   청년은 돌아서 한 발자국 걷기 시작한다. 뒤에서 놈들이 총을
        잰다. 이제 몇 발의 총성과 더불어 그는 무참히 쓰러지고 말 것
        이다. 눈 앞이 핑핑 돈다. 그는 마치 저 언덕길을 걸어가고 있
        는 것이 자기인 것만 같았다. 순간 그는 총을 꽉 쥐었다. 저 걸
        어가는 사람은 피살당하러 가고 있는 나다. 쏴야 한다. 그는 사
        수를 겨누었다. 그러나 이미 그 두 총구에서는 빗발같이 총알
        이 쏟아져 나오고 있었다. 쓰러진다. 분명히 두 놈이 쓰러졌다.
        그는 다음 다음 연달아 쏘았다. 일순간이 지나자 응수가 왔다.
        의식이 자주 흐린다. 그는 고개를 푹 묻고 쓰러졌다. 그 순간

다시 겨눴지만 어깨의 급격한 진동이 지나간다. 흩어지는 의식, 놈들의 사격이 뚝 그쳤다. 그는 순간 쓰러진다. 어느 몸 한 구석이 쿡쿡 찔리고, 끈적끈적한 액체가 흘러나온다. 무언가 다가오고 머리를 쾅하고 내려치는 순간 의식을 잃었다.

4장   인민군부대

인민군대장 소속 사단은?

낭독자   소대장, 포로로 묶인 채 대답하지 않는다. 인민군대장의 "학벌은?", "고향은?", "군인에 나온 동기는?", "공산주의를 어떻게 생각하시오?" 등의 심문이 이어지지만 소대장은 침묵한다.

인민군대장 당신의 손에 조국 해방 전사가 두 명이나 죽고 여러 명이 부상을 당했소!

소대장   그 청년은 살았소?

인민군대장 그 청년을 대신해 총살이라도 선택하겠소? 그럼 뜻대로 해 주지.

낭독자   눈에 함빡 쌓인 흰 둑길이다. 몇 사람이나 이 둑길을 걸었을 거냐…. 훤칠히 트인 벌판 너머로 마주 선 언덕, 흰 눈이다. 가슴이 탁 트이는 것 같다. 사수(射手) 준비! 총탄 재는 소리가 바람처럼 차갑다. 눈 앞에 흰 눈뿐, 아무것도 없다. 이제 모든 것은 끝난다. 끝나는 그 순간까지 정확히 끝을 맺어야 한다. 끝나는 일 초 일 각까지 나를, 자기를 잊어서는 안 된다.

소대장은 총성소리와 함께 쓰러진다.

낭독자   수 발의 총성, 나는 그대로 털썩 눈 위에 쓰러진다. 이윽고, 그 모든 순간이 끝나는 것이다. 놈들은 멋쩍게 총을 다시 거꾸로 둘러메고 본대로 돌아들 간다. 누가 죽었건 지나가고 나면 아무것도 아닌 것이다. 그들에겐 모두가 평범한 일들이다. 나만이 아니라 전에도 똑같이 반복된 것이다. 싸우다 끝내 죽는 것, 그것 뿐인 것이다.

1 주인공은 어떻게 포로가 되었는지 생각해 보자.

2 이 글은 왜 1인칭과 3인칭이 쓰이고, 현재랑 과거가 혼재하는 이유가 무엇일까?

3 이 글의 주제가 무엇인지 생각해 보자.

4 소대장이 마지막에 끌려나와 사형을 당할 때 무슨 생각을 하였는지 생각해 보자.

제 생각은요

1 주인공은 도망가던 도중 인민군에게 잡힌 청년이 처형을 당하려 하자 그것이 자신인 것임을 알고 인민군을 쏘다 부상을 당하고 잡히게 된다.

2 시점이나 시제가 혼재하면 주제가 잘 드러난다

3 전쟁의 비극성과 인간 존재의 가치.

4 소대장은 끌려나와 죽음을 담담히 받아들이고 자신을 잊어서는 안 된다고 생각한다.

유예   **139**

수난이대

원작 하근찬
각색 이광희

일제 강점기 시대 만도는 일제 강제 징용으로 끌려가게 된다. 만도는 다이너마이트를 산허리에 불을 붙이고 나오던 중 연합군의 공습작전으로 다시 굴 안에 들어갔다가 다이너마이트가 터져서 한쪽 팔을 잃게 되는 불의의 사고를 겪게 된다. 그후 만도의 아들 진수는 6 · 25 전쟁에 참전했다가 수류탄 조각이 박힌 다리가 썩어 들어가 한쪽 다리를 잃고 고향으로 돌아간다. 만도는 고등어 두 마리를 가지고 정류장에서 진수가 오기만을 기다린다. 정류장에 도착한 다리 한쪽을 잃은 진수를 보고 만도는 아무 말 없이 가다가 주막에서 그에 대한 분노를 발산한다. 아들이 자신의 지금 상황을 받아들이기 힘들어하고 한탄하자 아들을 위로한다. 만도와 진수는 외나무다리에 다다르고, 만도는 아들에게 자신의 등에 업히라며 자신의 등을 내어준다. 진수는 만덕의 등에 업혀 외나무다리를 지나가고 그 위에서는 용머리재가 이 광경을 가만히 내려다본다.

| 박만도 | 일제 강제 징용을 겪고 한쪽 팔을 잃지만 그 어려운 상황을 극복하려는 긍정적이고 낙천적인 성격을 가지고 있다. |
| 박진수 | 6 · 25 전쟁을 겪고 한쪽 다리를 잃지만 극복하려는 의지를 가지고 있다. |

주모 / 코러스 1, 2, 3 / 징용 1, 2 / 감시병

만도, 무대 한쪽에서 자고 있다. 악몽을 꾸는 듯 간간히 신음소리를 낸다.
만도의 꿈, 코러스들이 등장하여 일을 하고 있다.

징용 1   우리 오늘 여기 비행장 공사 끝나면 북해도 탄광으로 갈 거라
          는 말, 사실이가?

징용 2   아니라, 기서 우리를 와 필요로 할긴데? 남양 군도가 확실하다.

징용 1   일본 놈들 돈 벌게 해 준다고 끌고 오더니 이거야 전쟁터 여기
          저기 끌고 다니니! 만도! 둘 중에 오데로 갈 것 같나?

만도   글쎄… 내는 잘 모르겠구만. 어서 고향이나 갔으면 좋겠구마.

감시병   어이 만도상, 오늘은 만도상이 다이너마이트 터뜨리는 거우다.
          빠가야로, 장신 바짝 차리라. 알간?

만도   예, 알고 있심더.

감시병   불을 붙이고 바로 튀어 나와야 돼, 할 수 있겠지?

만도   마, 그 까이꺼. 걱정 마이소.

감시병   좋아, 그럼 다른 사람들은 저 아래로 피한다.

징용들 나가고 만도는 불을 붙인다. 불이 제대로 붙은 것을 확인하고 나가
려는 찰나, "공습이다! 공습" 소리와 함께 사이렌 소리가 울리며 잠시 후 폭
발음이 들리고 만도는 쓰러진다. 만도의 비명 소리와 함께 밝은 조명.

"편지 왔습니다." 하는 우체부의 소리와 함께 편지가 던져진다. 만도 잠에
서 깨어난다.

만도   (편지를 보며) 우리 아들 진수가 돌아온다고? 그래, 내 이놈아
          살아있을 줄 알았다. (잠시 암전)

시장, 물건을 파는 사람들 모여서 얘기를 주고받고 있다.

코러스 1   그거 들었소? 욕필이네 아들이 요번 지평리 전투에서 죽었다
            카데.

코러스 2   마, 그뿐이가? 덕재네 아들들은 형재가 쌍으로 포로가 됐다 안
            카나.

코러스 3   아들 봤다고 그리 좋아했는디.

코러스 1   우리 아들은 잘 살아 있을란지.

코러스 2   잘 있겠제!

만도   아줌니, 내 고등어 한 손 주소. 전쟁 갔던 우리 아들이 오늘 온
            다고 편지가 왔구마.

낭독자   만도는 평소 자주 드나들던 주막도 지나친 채, 손에는 진수를
            위해 산 고등어를 들고 길을 나섰다. 평소였다면 두어 번 쉬어
            야만 넘었을 고개를 단숨에 넘어서고도 힘이 남았는지, 남은
            길마저 성큼성큼 걸었다. 내 건너 멀리 바라보이는 정거장에서
            연기가 물씬물씬 피어오르며 삐익 기적 소리가 들려왔기 때문
            이었다. 아들이 타고 올 기차는 아직 차례가 멀었건만, 공연히
            마음이 바빴다.

기차 소리가 들리며 기차역 조명 인.

만도   (시계를 찾으며) 시계가… (기차역 한쪽에 달려 있는 시계를 확
            인하고는 당황한다) 보자, 두 시… 두 시 이십 분? 벌써 점심때
            가 지났단 말야? 여보소, 저 시계 고장 난 거요.?

쨰액– (기차 소리). 만도가 기차 소리를 듣고 자리에서 일어나 기차에서 내리는 사람들 쪽으로 걸어가며 두리번거린다.

만도는 진수를 알아보지 못하고 지나친다. 불안한 표정으로 계속 두리번거린다.

진수   아부지!

만도가 뒤돌아 진수를 보고 놀란다. 한참 동안 말을 하지 못한다.

만도   (떨리는 목소리로) 에라이, 이놈아! (진수에게 다가가며) 이기 무슨 꼴이고, 이기. 니 다리 한짝 어찌된 기가?
진수   (울먹거리며 고개를 떨구고) 아부지!
만도   이놈아, 이놈아. (굳은 얼굴로 앞서며) 가자, 어서!

만도는 성큼성큼 앞장서서 걸어간다. 만도가 뒤도 한번 돌아보지 않는 동안 둘의 사이는 점점 멀어진다.

주막에 다다랐을 때 만도가 한 번 휙 돌아본다.

만도   (눈쌀을 찌푸리고 술집 평상에 걸터 앉으며) 으음!
주모   (씰룩 웃으며) 오늘은 서방님 혼자가 아닌가배?
만도   으음! 빨리빨리 국수 한 사발 내온나. 주모 위매, 어지간히도 바쁜가배.
만도   빨리 곱빼기로 한 사발 달라니까구마.
주모   오늘은 와 이카노? 이 술이나 한잔 먼저 하소.

주모가 건네준 술사발을 만도가 한숨을 크게 쉬고 큰 사발을 단숨에 비워 버리고 트림을 한다. 어정쩡하게 서 있는 진수를 본다.

만도   진수야! 이리 들어와 앉아 보래.

진수는 대꾸 없이 어기적 다가온다.

만도   (코 언저리를 훔치며) 저 국수 얼른 주소. 곱빼기로 잘 좀… 참 지름도 치소 잉? 마, 어서 묵어라.

주모   (히죽웃으며) 야아. (진수에게 국수를 주고 만도에게 다가가) 아들이가?

만도   (약간 고개를 끄덕이며) 한 그릇 더 묵을래?

진수   아니예

만도   한 그릇 더 묵지 와?

진수   고만 묵을랍니더.

진수, 입을 쓱 닦고 일어나 주막을 나서고 만도는 진수를 따라 나선다. 만도, 진수의 뒷모습을 보며 천천히 걸어간다.

만도   (술기운에 약간 비틀거리며) 진수야!

진수   예.

만도   니 우짜다가 그래 됐노?

진수   전쟁하다가 이래 안 됐심니꼬. 수류탄 쪼가리에 맞았심더.

만도   수류탄 쪼가리에?

진수   예.

만도	음….
진수	얼른 낫지 않고 막 썩어 들어가니까 군의관이 짤라 버립디더. 병원에서예. (사이) 아부지!
만도	와?
진수	이래 가지고 나 우째 살까 싶습니더.
만도	우째 살긴 뭘 우째 살아. 목숨만 붙어 있으면 다 사는 기다. 그런 소리 하지 마라. 나 봐라, 팔뚝이 하나 없어도 잘만 안사나. 남 보기에 좀 덜 좋아서 그렇지, 살기사 왜 못살아.
진수	차라리 아부지같이 팔이 하나 없는 편이 낫겠었어예. 다리가 없어 노니 첫째 걸어 댕기기에 불편해서 죽겠심더.
만도	야야, 안 그렇다. 걸어 댕기기만 하면 뭐하노. 손을 지대로 놀려야 일이 뜻대로 되지.
진수	그럴까예?
만도	그렇다니. 그러니까 집에 앉아서 할 일은 니가 하고, 나댕기며 할일은 내가 하고, 그라면 안되겠나, 그제?
진수	예.

진수가 한숨을 내쉬며 뒤로 돌아본다. 만도는 진수에게 지그시 웃어 준다.
곧 냇가에 도착한다. 코러스들 징검다리와 냇물이 된다.
길을 걷다 만난 외나무다리를 내려보고 진수는 잠시 멈춰 있다가 이내 바짓가랑이를 걷어 올린다.
그것을 본 만도가 진수 앞으로 다가간다.

만도	진수야, 그만두고 자아, 업자. 업고 건느면 되는거 아니가. 자아, 이거 받아라.

만도가 고등어 묶음을 진수에게 내민다. 진수가 난처해하다가 그것을 받아든다. 만도는 진수 앞에 쭈그려앉아 업히라는 시늉을 한다.

만도   자아, 어서!

진수, 슬그머니 업힌다.

만도   팔로 내목을 감아야 될끼다.

진수가 만도의 목에 팔을 감자 만도는 끙 하고 일어나 외나무다리를 조심조심 건넌다.

코러스1   외나무다리 위로 조심조심 발을 내디디며 만도는 속으로.
코러스2   이제 새파랗게 젊은 놈이 벌써 이게 무슨 꼴이고. 세상을 잘못 만나서 진수 니 신세도 참 똥이다, 똥.
코러스1   이런 소리를 주워 섬겼고 아버지의 등에 업힌 진수는 미안스러운 얼굴을 하며,
코러스3   나꺼정 이렇게 되다니, 아부지도 참 복도 더럽게 없지. 차라리 내가 죽어 버렸다면 나았을 낀데….
코러스1   만도는 아직 술기가 약간 있었으나 용케 몸을 가누며 아들을 업고 외나무다리를 조심조심 건너갔다.
코러스2, 3   이제, 죽으나 사나 두 몸이 한몸으로 사는디 누가 막아설 거여.
코러스1   눈앞에 우뚝 솟은 용머리재가 이 광경을 가만히 내려다보고 있었다. 끝.

함께 생각해 봐요

1 만도가 팔을 잃고 진수가 다리를 잃은 것은 무엇을 뜻하는가?

2 만도가 진수를 등에 업혀 외나무다리를 지나는 것은 무엇을 뜻하는가?

제 생각은요

1 민족적 수난의 집대성이라고 할 수 있다. 일제 식민지 시대의 고통과 6·25 전쟁의 비극을 겪어 나가는 두 세대의 아픔을 동시에 나타내면서 민족적 수난의 역사적 반복성을 의미 있게 함축하고 있다.

2 두 차례의 전쟁과 2대에 걸친 비극을 하나의 장면으로 나타내어 표현하면서 독자들로 하여금 전쟁이나 역사가 우리 민족에게 남겨 준 처절한 아픔과 불행을 느낄 수 있도록 한다.

수난이대 **149**

꺼삐딴 리

원작 전광용
각색 황신의

식민지 시절 친일파로 살았던 이인국은 해방이 되고 소련군이 진주하자, 감방에 갇힌다. 후에 스태코프 소좌의 혹 수술을 성공적으로 마친 후 풀려난다. 아들을 소련에 유학을 보낸 후 전쟁이 나자 남쪽으로 내려온다. 후에 병원을 개원하고 종합병원 원장까지 된 그는 미국에서 결혼을 준비 중인 딸을 방문하기 위해 도미 계획을 세운다.

일제 강점기, 소련군 점령 하의 북한, 남으로 내려오기까지 성공을 거듭했던 그는 미국에서도 그러하리라 확신한다.

등장인물

이인국	주인공. 외과의사로서 돈과 권력을 지향하며 기회주의적이고 개인주의적인 성향을 띔.
나미	미국에 가 있는 딸. 동양학을 전공하는 외국인 교수와 결혼하고자 함.
혜숙	이인국의 두 번째 부인.
원식	이인국의 첫째 아들. 당 간부의 추천을 받아 소련 유학을 가지만 생사를 알 수 없게 됨.
스탠코프	이인국이 혹을 제거해 준 소련 장교. 이인국을 감방에서 빼내 줌.
브라운	미국 대사관에 근무하는 인물. 이인국이 미국으로 가는 것을 도와줌.

감방사람 / 교화소원 / 똥 싼 사람 / 간호사 / 낭독자 / 춘석 / 소련병사

1장 이인국의 방

이인국   (터덜터덜 걸어 나오며 응접실 소파에 몸을 던지듯이 기대어
              앉는다)
              하. 두 시간 삼십 분이나 위장 속 균종 적출 수술을 했지만 이번
              엔 왠지 뒷맛이 꺼림칙한 걸. (일어나서 불안한 듯 거닌다) 게
              다가 환자는 아직 혼수상태라니.
              (관객에게 말하듯이) 내가 옛날에는 말야! 항생질의 약품이 그
              다지 좋지는 않았거든? 근데 내가 그 후진 상황 속에서도 개복
              수술의 최단시간을 세웠다 이 말이야!
              뭐? 맹장염, 포경수술? 하! 참나. 그런 건 젊은 애들이나 하는
              거고! 난 대수술에만 입원을 시키거든. 하하!
              아, 내가 또 하나 알려 줄까? 여긴 말야 근처에 병원이 어마~
              어마하게 많거든? 그런데 나의 출중한 실력 덕에, 일류 병원에
              서 손도 못 대는 것을 나는 그냥 고쳐 버린다, 이거야! (무대에
              서 나오는 척 하다가 말을 한다) 아! 그리고 말이야, 혹시라도
              말해 두는데, 괜히 아무나 소개시켜 주고 그러면 안 돼! 뭐, 우
              리 직원들이 입구에서부터 철저하게 관리를 하지만 말이야! 외
              상은 내 친구나 거물급 인사가 아니라면 꿈도 꾸지 말라고 해!
              아, 지금이 몇 시지? (양복 조끼 호주머니 속에서 회중시계를
              꺼내 시간을 본다)
              미국 대사관 브라운 씨가 오기까지 이십 분밖에 남지 않았네.
              하, 그나저나 이 시계. 이 시계는 말이야! 내가 제국 대학을 졸
              업할 때 받은 영예로운 수상품이야, 여기여기! 내 이름 보이지!
              이 시계를 받고 삼십여 년이 지났지. 그동안 소련국이 점령할

때 감옥 생활도 하고, 6·25 사변, 38선, 미군 부대, 그동안 몇 차례나 죽을 고비를 넘긴 걸까.

(책상으로 이동한다) 아! 편지. (관객석을 보며) 이 편지가 뭐냐고? 하하. 이건 내 딸 나미의 편지야. 원래는 나미코였는데, 해방하고 나서 거슬린다고 나미로 불렀어.

호적에 올릴 때는 '코'자를 완전히 떼어 버렸지. 걔도 이젠 커버려서 미국으로 가 버렸어. 아니, 그런데 그년이 개인지도를 해주고, 장학금도 받게 하니, 유학 절차의 재정 보증인을 알선해준 그놈하고 눈이 맞아 버린 거야! 어휴.

(딸 나미가 보내 준 사진을 보며) 흥. 잘들 논다.

(사진을 책상위에 던져 놓는다)

(혜숙이 있는 쪽으로 건너가며)

여보, 나미가 기어코 결혼하겠다는구려.

혜숙　　　그래요….

이인국　　기어코 그 외인 교수와 가까워지는 모양인데.

혜숙　　　별 수 있나요. 제 좋다는 대로 해야지요.

이인국　　글쎄, 하기는 그렇지만.

　　　　　(혼잣말로) 마누라를 눈앞에서 나는 새 놓치듯이 죽이지 않았던가.

　　　　　(혜숙을 보며) 여보, 저걸 좀 꾸려요.

혜숙　　　뭐 말이에요?

이인국　　(손으로 가리키며) 저 도자기 말이오.

혜숙　　　(일어나서 보자기로 싸며 말한다) 어디 가져 가서요?

이인국　　(혜숙이 싸준 보자기를 들고 가며)

　　　　　저 미국 대사관 브라운 씨 말이야. 늘 신세만 졌는데.

(천천히 밖으로 나가고, 석간신문은 문 앞에 놓여 있다) 어라? 이게 벌써 와 있네?

암전.

2-1장 해방 후 이인국의 병원

낭독자　　1945년 8월 하순, 아직 해방의 감격이 온 누리를 뒤엎어 소용돌이칠 때였다.

이인국　　어휴 이렇게 사람이 없어서야. 조수와 약제사는 고향에 다녀오겠다고 떠나고, 혜숙씨만이 남았구나.
　　　　　(가만히 누워 있다가 갑자기 일어서며)
　　　　　아유! 목욕이나 해야지!

사람들의 소란스러운 소리.

이인국　　(목욕탕 창문으로 고개를 내밀고 보며) 뭐지? 친일파. 민족 반역자. 타도하자?
　　　　　(고개를 홱 돌리고 떨며) 나야 괜찮겠지…. 갑자기 그 사람이 생각나는군. 벌써 육 개월 전 일인가.

잠시 어두워졌다가 밝아지며 회상 장면이 이어짐.
춘석이 간호사 두 명의 부축을 받으며 들어옴.

간호사　　선생님! 선생님! 응급환자에요!

이인국   뭐? 빨리 여기 눕혀!

이인국이 춘석의 상처를 보는 동안 간호사가 옆에서 이야기함.

간호사   이 사람 이름은 춘석이구요, 형무소에서 병보석으로 가출옥되
         었다는데요?
이인국   (춘석을 쓱 보며) 뭐?
         (혼잣말로) 하, 옷매무새를 보아 하니 경제 정도는 뻔한 일이
         고, 게다가 이런 사상범을 입원시키는 것은, 관선 시의원이라
         는 체면에서도 떳떳치 못할 뿐더러, 자타가 공인하는 황국 신민
         의 공든 탑이 하루아침에 무너지는 결과를 가져오는 것이지. 아
         무렴!
         (간호사에게) 응급치료는 끝났으니깐, 더 이상 남은 병실이 없
         다하고 당장 돌려 보내도록 하세요!
간호사   네? 하지만….
이인국   어허! 내보내라니깐!
춘석   안돼요…. 허억허억.

간호사 둘이 춘석을 부축하여 데리고 나간다. 춘석은 비틀거리면서도 이
인국을 노려본다.

무대 어두워 졌다 다시 밝아짐.

혜숙   (헐레벌떡 뛰어 들어오며) 인국 씨! 인국 씨! 아마 소련군이 들
         어오나 봐요.

모두들 야단법석이에요! 저는 나가서 무슨 일인지 더 알아보고 올게요!

이인국   뭐? (군은 표정으로 의자에 털썩 앉아 있다) 아! (무엇인가 생각 난 듯 바로 일어나 벽장문을 열어 안쪽에 손을 뻗쳐 액자들을 끄집어 내고 바로 액자의 뒤를 열어 두꺼운 모조지를 빼내어 찢는다)

일제 강점기 때엔 이 종잇장 하나만 있어도 얼마나 떳떳한 구 실을 했는데. 무슨 정치가 오든 그것만 있으면 시내 사람의 절 반 이상이 굶어 죽기 전에야 우리 집 차례는 아니겠지.

군중들의 만세 소리.

혜숙   (달려 들어오며) 여보, 땅꾸부대가 들어왔어요. 거리는 온통 사 람들 사태가 났는데 집 안에 처박혀 뭘 하구 있어요?

이인국   뭘 하기는?

혜숙   나가 보아요. 마우재가 들어왔어요!

이인국   으휴, 계집이란.

혜숙   불두 옆때 안 켜구. (전등 스위치를 켠다)

이인국   불은 왜 켜는 거여?

혜숙   그럼, 켜지 않구, 캄캄한데. 자 어서 나가 봐요.

이인국과 혜숙은 밖으로 나가 눈부신 빛을 피해 가로수 뒤로 숨음.
머리를 짧게 깎은 군인들이 지나가며, '우라아' 라는 소리를 내며 손을 흔듦.

이인국   (멍하니 보며) 어떻게든 되겠지….

156   연극, 소설을 만나다

잠시 어두워졌다 밝아짐.

라디오 방송 (치직거리며) 시민의 생명 재산을 절대 보장한다. 각자는 안심
　　　　하고 자기의 직장을 수호하라. 총기, 일본도 등 일체의 무기 소
　　　　지는 금하니 즉시 반납하라!

이인국 총기? 그럼 내 최신형 특제 영국제 쌍발 엽총도 바쳐야 하나?
　　　　(석간신문을 꺼내든다) 북한 소련 유학생 서독으로 탈출?
　　　　애, 아들아, 너 그 노어 공부를 열심히 해라.

원식 왜요?

이인국 야, 원식아. 별수 없다. 왜정 때는 그래도 일본말이 출세를 하게
　　　　했고 이제는 노어 가 또 판을 치지 않니. 고기가 물을 떠나서 살
　　　　수 없는 바에야 그 물 속에서 살 방도를 궁리해야지 아무튼 그
　　　　노서아 말 꾸준히 해라.
　　　　내 나이로도 이제 이만큼 뜨내기 회화쯤은 할 수 있는데, 새파
　　　　란 너희 낫세로야 그걸 못 하겠니?

원식 염려 마세요, 아버지…. (무대 밖으로 나간다)

이인국 그래. 어디 코 큰 놈이라구 별 것이겠니, 말 잘해서 진정이 통하
　　　　기만 하면 그것들두 다 그렇지.

혜숙 여보, 보통으로 삽시다. 그저 표 나지 않게 사는 것이 이런 세상
　　　　에 가장 편안할 것 같아요, 이제 겨우 죽을 고비를 면했는데, 또
　　　　재까지 높이 드는 복판에 휘몰아 넣으면 어쩔라구.

이인국 가만있어요. 호랑이두 굴에 가야 잡는 법이오. 무슨 세상이 되
　　　　든 할대로 해 봅시다. 응?

혜숙 그래도 저 어린 것을 어떻게 노서아까지 보낸단 말이에요.

이인국 아니, 중학교 애들도 가지 못해 골들을 싸매는데, 대학생이 못

가 견딜라구.

혜숙   그래도 어디 앞일을 알겠어요?

이인국   괜한 소리, 쟤가 소련 바람을 쏘이구 와야 내게 허튼 소리 하는 놈들도 찍소리를 못할 거요. 어디 보란 듯이 다시 한 번 살아 봅시다. (신문을 펴며 혼잣말 하며) 흥, 혁명 유가족두 가기 힘든 구멍을 친일파 이인국의 아들이 뚫었으니 어디 두구 보자. 아니 근데 이놈은 편지는 자주 오는데, 신문에는 아무 말도 없어? 무얼 꾸물꾸물하느라고 이런 축에도 끼지 못한담, 사태를 판별하고 임기응변의 선수를 쓸 줄 알아야지, 맹추같이…. 개천에서 용마가 난다는데 이건 제 애비만도 못 한 자식이야. 쯧쯧. 어쩌면 가족이 월남한 것조차 모르고 주저하고 있는 것이나 아닐까. 아니 이제는 그쪽에도 소식이 가서 제게도 무언중의 압력이 퍼져 갈 터인데, 역시 고지식한 놈이 아무래도 모자라.

암전.

2-2장 소련 점령 하의 치안대

낭독자   자위대가 치안대로 바뀐 다음날이다. 이인국 박사는 치안대에 연행되었다.

이인국   (무대 한가운데에 쓰러져 있다) 이럴 줄 알았더라면 어디든지가 숨거나, 진작으로 남으로라도 도피 했을걸…. 그러나 이 판국에 나를 감싸줄 사람이 어디 있담. 의지할 만한 곳은 다 나와 같은 코스를 밟았거나 조만간에 밟을 사람들이 아닌가. 일본인! 가장 믿었던 성벽이 다 무너지고 난 지금 누구를…. 그래도 어떻게 되겠지…. 그래도 다행이다. 인민재판의 첫 코에 걸리지 않은 것만 해도. 끌려간 사람들의 행방은 전혀 알 길이 없지. 즉결 처형을 당하였다는 소문도 떠돌고, 사흘의 여유만 더 있었더라면 나는 이미 이곳을 떴을는지도 모르지. 다 운명이야. 아니 그래도 무슨 수가 있겠지….

춘석   (큰소리로 등장한다) 쪽발이 끄나풀, 야 이 새끼야!

이인국   (고개만 간신히 들어 확인한다) 아니, 너는 추, 춘석? 하, 이제 죽는구나!

춘석   왜놈의 밑바시, 이 개새끼야!

        (이인국의 옆구리를 거세게 걷어찬다)

        이 새끼, 어디 죽어 봐라! (계속 차고 이인국은 고통스러워한다)

        민족과 조국을 팔아먹은 이 개돼지 같은 놈아, 너는 총살이야, 총살! 흥! 카악~ 퉤!

춘석 퇴장.

소련 병사   (조심조심 다가와서 이인국의 시계를 빼앗는다)

이인국   음? 뭐야! 누구야!

소련 병사   (힘주어 시계를 빼앗아 낸다) 에잇! 흥, 야뽄스키.

이인국   아니, 이것만은!

소련 병사   (시계를 갖고 유유히 퇴장한다)

이인국   죽음과 시계….

암전.

낭독자	감방 속은 빼곡이 찼다.
이인국	후. 친일파, 민족 반역자, 반일 투사 치료 거부, 일제의 간첩 행위. 이건 너무도 어마어마한 죄상이군, 어쩌면 무기징역이나 사형까지도 받을 수 있겠어. (벌떡 일어나서) 그럼 어쩐단 말야, 식민지 백성이 별수 있었어. 날구 뛴들 소용이 있었느냐 말이야. 어느 놈은 일본놈한테 아첨을 안 했어. 주는 떡을 안 먹은 놈이 바보지. 흥, 다 그놈이 그놈이었지. 에휴! 그런데 스탠코프라는 혹 달린 간부는 누구지?
똥 싼 청년	으아아악!
이인국	뭐야? 윽! 이건 또 무슨 냄새야? 설사?! (쇠창살을 흔들며 부른다) 이 봐! 교화소원! 이 봐!
감방사람	뭐야!
이인국	환자가…. 이것 좀 봐요! (잠시 살펴보며) 피균. 적리야. 이질!
감방사람	뭐? 적리?
이인국	적리, 이건 전염병이오, 전염병.
교화소원	(곤봉을 들고 등장한다) 이봐 너희들! 이 더러운 거 빨리빨리 치우지 못해? (조용히 이인국을 부르며) 동무는 당분간 환자의 응급 치료실에서 일하시오.
이인국	알겠소, 엥…?
교화소원	그렇게 하는 거로 알겠소. (곤봉으로 감방 사람들을 위협하며 퇴장한다)
이인국	네. 넵! (혼잣말로) 글쎄 하늘이 무너져도 솟아날 구멍은 있다니까. 의

사, 이것이 나의 천직이지! 그 스탠코프라는 사람이 혹을 달고
있다고? 내가 만약 그걸 떼어 낸다면? 하하하!

스탠코프 (무대 중앙으로 천천히 거닐며) 오랜만의 순시를 도니 옛 생각
이 나는군, 하하.

이인국 (할 말이 있는 듯이 눈치를 보며 들어온다) 스탠코프 소좌님!

스탠코프는 수술대에 누워 있고 이인국과 간호부들은 스탠코프의 혹을 떼
어내는 수술을 하고 있음.

이인국 끝났다! 성공적이야!

스탠코프 (수술대에서 벌떡 일어나며) 오! 내 혹이! 내 얼굴이! 하하하하!
꺼삐딴 리, 스바씨보! 아진! 아진 오첸 하라쇼! 감사해요! 감사
해! 하하하!

이인국 하하. 아닙니다. 저는 제 할 일을 했을 뿐인걸요. 하하.
(혼잣말로) 적과 적이 맞부딪치면서 이렇게 백팔십 도로 전환
될 수가 있을까. 노랑 대가리도 역시 본심에서는 하나의 인간
임에는 틀림없는 것이 아니겠어? 하하.

스탠코프 근데… 아까부터 혼잣말을 그렇게 많이 하시네요?

이인국 아하하. 아닙니다. 하하 요새 정신이 없어서요!

스탠코프 아! 그렇군요. 이인국 씨 내일부터는 집에서 통근해도 좋아요!

이인국 네?! 쓰바씨보, 쓰바씨보! 감사합니다!

스탠코프 혹 나한테 무슨 부탁이 없나요?

이인국 부탁이라 하심은…. 아, 시계! 제가 사실 이곳에 들어올 때 한
병사에게 제가 아끼는 시계를 빼앗겼습니다. 제게 소중한 것이
니 그것만 찾아 주시면 정말 감사하겠습니다.

스탠코프　염려 없소 독또우 리. 위대한 붉은 군대가 그럴 리가 없소. 만약 있었다 하더라도 그것은 무슨 착각이었을 것이오. 내가 책임지고 찾도록 하겠소.

이인국　아! 감사합니다! 쓰바씨보! 감사해요!
(혼잣말로) 하, 그런데 공연한 말을 끄집어 내어 일껏 잘되어 가는 일에 부스럼을 만드는 것은 아닐까.

스탠코프　안심하시오. 독또우 리. 하하.

암전.

3장 브라운의 사택, 회상 끝

이인국　하. 그렇게 많은 일들이 있었군.
이야~ 여기가 브라운 씨의 집인가? (아내가 싸준 청자기를 들고 천천히 구경하며) 대사관으로는 가 봤지만 이렇게 집에 찾아간 건 처음인데? 어? 이건 이조실록이 아닌가? 저건 대동야승? 금동불상들도 진열되어 있잖아? 설마 저것들도 다 누군가 가져다 준 것은 아닐까?

브라운　이인국 박사! 하하. 이거 참 오래 기다리셨습니까?
(반가운 듯이 악수를 한다)

이인국　아닙니다! (브라운 씨에게 청자기를 건네주며) 이거 받으시죠.

브라운　땡큐! 감사해요! 이야~ 참 이거 귀한 겁니다! 하하.

이인국　뭐 대단한 것이 아닙니다만 그저 제 성의입니다!
(혼잣말로) 휴, 좋아하는 걸 보니 제대로 가져온 것 같군. 다행이다.

브라운	혼자서 무슨 말씀을 하시나요?
이인국	하하 아무것도 아닙니다! 하하.
브라운	그런가요? 하하. 이쪽으로 오시죠! (의자로 안내하고 앉으며) 아까 보니까 영어 실력이 출중하시더군요! 닥터 리는 영어를 어디서 배웠습니까?
이인국	일제 강점기에 일본말 식으로 배웠지요. 예를 들어 볼까요? (일어나 관객을 향해서 과장된 억양으로) '잣또 이즈 아 캇또' 이런 식 이지요. 하하.
브라운	지금 발음은 정말 좋으신데요? 문법이 아주 정확한 스탠더드 잉글리시입니다!
이인국	하하 그렇습니까? 다행이네요! (혼잣말로) 스탠코프가 그런 말을 한 적이 있지 않았었나? 그러고 보니 영국에 조상을 가진 브라운 씨는 'R' 발음을 그렇게 나타내지 않는 것 같게 여겨지네?
브라운	이인국 씨? 스탠코프가 누구죠?
이인국	(당황하며) 하하. 아무것도 아닙니다. 하하. 아! 제가 얼마 전부터 개인 교수를 받고 있습니다.
브라운	아 그렇습니까? 그래서 그렇게 발음이 좋으셨던 거군요! (두리번거리며) 아! 이런, 손님을 모셔 놓고 마실 것이 없군요! 금방 다녀오겠습니다! (양주 몇 병이 놓인 쟁반을 탁자에 놓으며) 아무거나 라도 마음에 드는 것으로 하십시오.
이인국	(혼잣말로) 저걸 보니 보드카를 안주도 없이 단숨에 들이켜야 속이 시원해 하던 스탠코프가 생각나는 걸?
브라운	이인국 씨?

이인국	아! 하하 아무것도 아닙니다. 뭘 골라야 할지 몰라서 그랬습니다.
브라운	아, 그런가요? 그렇다면 이걸 마셔 보시지요. 맛이 아주 좋습니다!
	(브라운은 이인국에게 양주를 따라 주고 건배한다) 건배!

브라운은 단숨에 들이키고 이인국은 입에 맞지 않는 듯 억지로 마시는 모습을 보임.

브라운	아! 그거 국무성에서 통지가 왔습니다.
이인국	(뛰어다니며 기뻐하며) 네?! 아이고! 땡큐, 땡큐! 감사합니다! 감사해! 지성이면 감천이다! 나의 처세법은 '유 에쓰 에이'에서도 통하는구나! 하이고!
브라운	(청자병을 쓰다듬으며) 하하. 그렇게 좋으십니까?
이인국	아이고! 그럼요! 하하. 그럼 미국에 가서의 모든 일도 잘 부탁합니다!
브라운	네, 염려 마세요. 떠나실 때 소개장을 써 드리지요.
이인국	감사해요! 땡큐, 땡큐….
브라운	역사는 짧지만, 미국은 지상의 낙토입니다. 양국의 우호와 친선에 도움이 되기를 바랍니다….
	괜찮으시다면 내일 휴전선 지대로 같이 사냥이나 하러 가실까요?
이인국	아유, 좋지요 하하. 시간이 늦었으니 전 이만 가 보겠습니다!
브라운	네, 내일 뵙겠습니다!

브라운 퇴장.

이인국	아유 집에 그 영국제 총이 잘 있으려나? 하하하.

어디 나두 댕겨오구 나면 보자! 하하.

(관객석 쪽으로 걸어나오며 관객쪽을 바라보며) 흥, 그 사마귀 같은 일본놈들 틈에서도 살았고, 닥싸귀 같은 로스케 속에서 살아났는데, 양키라고 다를까…. 혁명이 일겠으면 일구, 나라가 바뀌겠으면 바뀌구, 아직 이 이인국이 살 구멍은 막히지 않았다. 나보다 얼마든지 날뛰던 놈들도 있는데, 나쯤이야….

하하. 이런날엔 이 캘리포니아산 특산 시가정돈 빨아줘야지!

(익숙하지 않은 듯 콜록거리며 시가를 빨며) 좀 독하네.

(계속 콜록거리며 빤다)

그러면 우선 비행기회사에 들러 형편이나 알아 볼까….

(퇴장하는 척 하다가 휙 돌아서서 말한다) 반도 호텔로…. 하하!

(당당한 걸음으로 퇴장하며 계속 웃는 소리를 낸다)

함께 생각해 봐요

1 역순행적 방식의 역할은 무엇일까?

2 회중시계의 역할은 무엇일까?

3 박사라는 호칭에는 어떤 의미가 담겨 있을까?

4 시간적 배경에 따른 이인국의 행동이 보여 주는 것은 무엇일까?

제 생각은요

1 현재 – 과거 – 현재로 구성된 역순행적 시간구조는 이인국의 현재와 미래의 생활방식 역시 과거와 유사한 방식으로 반복되리라는 것을 암시적으로 제시 복선의 역할을 한다.

2 이인국이 제국대학을 졸업할 때 천황으로부터 받은 것으로, 그가 이 시계를 매우 아끼는 데서 그의 반 민족주의적 사고와 역사의식의 부재를 확인하게 되고, 과거를 회상하게 만드는 매개체 역할을 한다.

3 그의 도덕적 결함을 정당화하는 이인국을 지칭할 때 '박사'라는 호칭은 그에 거리를 두자는 작가의 의식이 들어가 있다.

4 일제 강점기 때에는 친일 인사가 되고, 소련의 지배하에 있을 때는 그 언어를 공부하고, 스탠코프의 혹을 떼어주고 감옥에서 나가게 되는 일이 있었고, 브라운 씨에게 청자를 주고 도미 계획을 세우는 행동들 등 이러한 행동은 이인국의 기회주의적인 성향을 보여준다.

모래톱 이야기

원작 김정한
각색 유재원

이 글은 나의 20년 전 경험담이다. 그 당시 나의 제자였던 건우가 살고 있던 '조마이 섬'이라는 곳에 대해 관심이 생긴다. 가정방문으로 간 조마이 섬에서 사는 주민인 건우 어머니와 윤춘삼, 갈밭새 영감을 만난다. 그곳에서 자신의 땅을 갖지 못한 사람들의 한스러운 사연을 듣게 된다. 몇 달 후, 조마이 섬에 홍수가 나게 되고, 그 바람에 갈밭새 영감이 살인죄로 끌려가게 된다. 그 결과 조마이 섬에는 군대가 주둔한다.

등장인물

나	건우의 담임이자 소설가로 사건과 인물들을 객관적으로 바라본다. 소설의 관찰자 역할을 한다.
건우	중학생이자 '나'의 반 학생. 현실상황에 대한 인식이 뚜렷하다.
윤춘삼	권력에 영합하지 않고 옳다고 믿는 일을 실행한다.
갈밭새영감	우직하고 무뚝뚝하면서도 정의를 위해서는 외압에 굴복하지 않고 당당히 나서는 신념과 의지가 굳은 사람이다.
건우모	어려운 상황 속에서도 아들을 교육시키려는 열린 사고를 가졌다. 부지런하고 생활력이 강하다.

행인 1, 2

1장 조마이 섬 건우의 집

잔잔한 음악 흐르고 조명 켜진다. '나'와 '건우'가 무대 한쪽에서 등장한다.

건우	다 와 갑니더.
나	(왔던 길을 돌아보며) 집이 저쪽 나룻터에서 먼가?
건우	예, 제법 갑니더.
나	얼마나?
건우	반 시간 좀 더 걸립니더.
나	그럼 학교까지 오려면 시간이 꽤 걸리겠는걸? 그래서 지각을 자주하는군. (잠시 걸음을 멈추고 건우를 돌아보며) 갈대들이 다 자라면 지나다니기가 무서울 테지? 사람의 키를 훨씬 넘을 테니까.
건우	괜찮심더, 산도 아인데요.

'나'와 '건우'가 한쪽에서 걷고 있고, 반대편에서 건우 어머니 등장. 건우의 집 앞이다.

건우모	(달려 나오며) 인자 오나? ('나'에게 인사하며) 우리 건우 선생님 인가배요? 수고하십니더. 좀 들어가입시더. 촌집이 돼서 누추합니다만….
나	(마루 끝에 걸쳐 앉으며) 어머니 혼자 힘으로 공부시키기가 여간 힘들지 않으실텐데….

'건우' 무대 밖으로 퇴장.

건우모	할아버지는 개깃배를 타시고, 재산이랄 끼사 머 있입니꺼. 선조 때부터 물려받은 밭때기들을 나라 땅이라 캤다가, 국회의원 땅이라 캤다가…. 우리싸 머 압니꺼. 선생님, 이 동네가 길도 멀고 나룻배꺼정 타야 해서 우리 아가 가끔 지각을 합니더. 죄송합니더. 또 아 아비가 없으니 잘 좀 도와주이소.
나	생활은 어떻게 꾸려나가시는지요?
건우모	시아버님이 고깃배를 타셔서 가끔 돈을 주시고 보리농사, 밭농사 부지런히 하면 먹고 입을 수는 있습니더.

'건우' 정종 한 병 들고 등장. '건우 어머니'가 '나'에게 술잔을 따라 준다.

건우모	(일어서며) 저녁 대접하겠십니다. 편히 계십시오.

'나' 건우 방을 둘러보다 책 한 권을 발견한다.

나	섬 얘기? 저건 무슨 책이지?
건우	(책을 숨기며) 암 것도 아닙니더.
나	소설?
건우	아입니더.
나	어디 가져와봐!
건우	(마지못해 책을 가져다주며) 일기랑 또 책 같은거 보고 적은 깁니더.
나	일기는 남의 비밀이니 읽을 수는 없고, 어디 책 읽은 소감이나 보여줘 봐.
건우	(뒤적거리다 한 곳을 펴주며) 별거 아닙니더.

나	그래도 선거 때가 되면 소속 육지에서 똑딱선을 가지고 섬 백
	성을 모시러 오는 알뜰한 정당이 있다. 이들을 다만, 그 배로
	실려 가서 실상 자기네 실생활과는 무연한 정치를 위하여 지정
	해 주는 기호 밑에 도장을 찍어 주고 그 배에 실려 돌아온다는
	것이다. 현대 문명의 혜택이라곤 아직 받아 보지 못한 그들의
	생활 속에도 현대 문명인이 행사하는 선거란 상식이 깃들게 되
	고, 어느 정당이나 정치의 영향도 알뜰히 받아 보지 못한 그네
	들에게도 투표하는 임무만은 지워져야 하고 조국의 사랑이라
	곤 받아 본 일이 없어 헐벗고 배우지 못한 그들의 아들들이 먼
	저 조국을 수호해야 할 책임을 지고 훈련을 받고 총을 메고 군
	인이 되어 갔다는 것….
	(건우의 목소리가 겹쳐지며) 우리 아버지도 응당 이러한 군인
	중의 한 사람이었으리라. 그래서 언제 어디서 쓰러졌는지도 모
	르고, 따라서 국군 묘지에도 묻히지 못하고, 우리에겐 연금도
	없고….

'건우'는 부끄러운 듯이 '나'에게서 책을 뺏어 간다.

나	(건우의 손을 꼭 잡으며) 건우야! 이 땅이 이곳 사람들의 것이
	아니랬지? 그러나 두고 봐. 언젠가는 너희들이 이 땅의 주인이
	될 거야. 우선은 어떠한 괴로움이 있더라도, 억울하더라도 희
	망을 잃지 말고 꼭 참고 살아가야 해.

'건우모'가 저녁상을 들이며 등장.

건우모	선생님 이야기는 우리 건우헌테서 잘 듣고 있십더. 그라고 이 섬 저 웃바지에 사는 윤샌도 선생님 말을 곧잘 하데요. 우리 건우가 존 담임 선생님 만났다면서….
나	윤샌이라뇨?
건우모	성은 윤씨고, 이름이 머라 카더라~. ('건우'를 쳐다보며) 수딕이 할배 이름이 뭐고?
건우	춘삼이 아잉기요.
건우모	내 정신 보래. 그래 춘삼씨다. ('나'를 보며) 춘삼 어르신이 와 선생님을 잘 알데요. 부산에도 가끔 나갑니더. 쬐깐 포도밭도 가지고 있고요.
나	윤춘삼?…. 네 이제 알겠습니다.
건우모	그분하고는 어데서도 같이 지냈담서요?

부산 감옥, '윤춘삼'이 죄수복을 입은 채 무대 한쪽에 들어온다.

(목소리)	어이! 송아지 빨갱이!
나	어쩌다 송아지 빨갱이란 별명을 얻은 거요?
윤춘삼	한창 무슨 청년단인가 하는 패들이 설칠 땐데, 남에게 길러 주고 나중에 주려고 배내를 주었던 송아지를 걔네가 잡아먹은 거야, 그래서 내 분해서 배내 먹이던 사람에게 송아지 물어 내라고 화풀이를 했더니 그 사람이 청년단을 찾아가서 고자질을 하고 그것이 꼬투리가 되어 " 이새끼, 맛좀 볼테야? " 하는 식으로 잡혀 왔다우.
나	그게 다요?
윤춘삼	또 있지요. 우리 고향 조마이 섬에 문둥이 떼가 이주해 와서 내

가 걔들 몰아 내려고 싸웠지. 결국엔 경찰 신세를 지게 됐구요. 그치만 나는 아직도 내가 왜 옥살이를 하는지 영문을 모르겠다 니까요.

'나'가 다시 건우네 집으로 걸어오며,

나   좋은 사람이었지요. 아직도 사람 좋게 웃던 윤춘삼씨의 얼굴이 눈에 선합니다.

건우모   그람요! 지금도 우리집에 가끔 옵니더.

나   그렇군요. (일어서며) 그럼 전 어두워지기전에 먼저 가 보겠습니다.

'나'는 건우의 집을 나서 내려가는 길목에서 '윤춘삼'과 마주친다.

윤춘삼   (나'의 손을 잡으며) 이야! 이거 김선생 아니오? 이런 섬에 우짠 일로?

나   아이들 가정 방문을 왔다가는 길이죠. 참 오랜만이군요.

윤춘삼   가정방문? 그럼 건우네 집에도 들렀겠네요?

나   네, 이 섬에는 건우 한 애뿐입니다. 내가 맡아 있는 애로서 는….

윤춘삼   마침 잘됐다. 허허 참 세상에는 이런 수도 다 있다 카이! 인자 막 선생 이바구를 하고 오던 참인데. (뒤돌아보며 외친다) 영감님, 빨리 오시라요!

영감   (무대로 등장하며) 이 사람이 갑자기 무슨 일잉교?

윤춘삼   자, 인사 드리시오. 당신 손자 건우란 놈 선생이요.

'갈밭새 영감'과 '나'가 반갑게 인사를 한다.

윤춘삼 허허, 노상에서 이럴 수가 있나. 나도 여러 해 만이고…, 그나저나 영감 여기서 이러지말고 나룻터로 갑시다.

영감 암 그래야지, 나도 언제 한 번 꼭 찾아볼라 캤는데, 바래다 드릴 겸 마침 잘됐구먼.

윤춘삼 갈밭새 영감, 오늘 참 재수좋네. 내가 술 샀지, 또 이런 훌륭한 선생님을 만났지. 그러니 이번에는 영감이 사야 하오.

영감 (호탕하게 웃으며) 암, 내가 사야지. 이번에는 정종이다! 고놈의 따끈한!

2장 주막

셋이 장소를 옮기어 앉는다.

영감 어이 또 왔쇠이! 술은 정종! 따끈한 놈으로. 응, 알겠소? 우리 건우 선생님이란 말이어! 허허.

술상이 나오고 한 잔씩 주고 받는다.

영감 ('나'의 손을 잡으며) 비록 개깃배를 타고 있지만 나도 과히 나쁜 놈이 아임데이. 내, 선생 이바구 다 듣고 있소. 이 송아지 빨갱이한테도 여러 번 들었고 우리 손잣놈한테도 듣고 있소. 정말 정말 훌륭한 선생님이라고. 그까짓 국회의원이 다 먼교? 돈만있음 왕이라도 되는 기고? 되문 나랏땅이나 훑이고 팔아 묵고 그런 놈들이 안 많던기요? 왜, 내 말이 틀립니꺼?

나   (술을 들며 말리듯) 아이고, 그런 말씀 하지 마시고 술이나 받
      으십시오.

윤춘삼 (거들듯이) 촌사람이라고 바본 줄 알지 마소. 여간 답답해서 그
       런 소릴 하겠소.

영감   인자 딴 말은 안 하지요. 언제 또 만날지 모르이칸에 이왕 만낸
       짐에 저 송아지 빨갱이나 이 갈밭새가 사는 조마이 섬 이바구
       나 좀 하지요. (술잔을 비우며) 우리 조마이 섬 사람들은 지 땅
       이 없는 사람들이요. 와 처음부터 없기사 없겠소마는 다 뺏기
       고 말았지요. 옛적부터 우리의 젖줄같던 낙동강 물이 만들어
       준 우리 조마이 섬이 나라 뺏기니 왜놈들의 동척 명의로 둔갑
       했다카이. 그게 이완용이란 놈이 을사보호 조약이란 걸 맨들어
       낸 뒤라 카더만.

윤춘삼 쥑일놈들.

영감   이 꼴이 되고 보니 선조 때부터 둑을 맨들고 물과 싸워 가며 살
       아 온 우리들은 대관절 우찌 되는기요?

나   섬 사람들도 한 번 뻗대 보시지요?

윤춘삼 선생님을 그런 걸 잘 알면서도 그러네요. 우리 겉은 기 멀 알며,
       무슨 힘이 있습니꺼? 하도 하는 짓들이 심해서 한 번 해 보기는
       해봤지요. 그 문딩이 떼를 싣고 왔을 때 말임더. (분에 못이겨
       술잔을 들이키며) 쥑일놈들!
       그때 문둥이들과 벌어진 싸움에서 갈밭새 부자가 앞장을 안
       섰능기요. (영감님의 팔을 붙들며) 어데 그 때 문딩이헌테 물
       린 자리 한번 봅시더. (영감의 왼 팔을 억지로 걸어 올리며) 한
       놈이 영감 여길 어설피 물고 늘어지다가 그만 터졌거든! 그렇

	게 필사적인 문둥이들과 마구 싸우다 경찰들이 와서 다 잡아
	갔지. 근데 뒷일이 캥기는지 그 기막힌 동포애를 포기하고 문
	둥이들을 도로 싣고 가데요.
영감	그 바람에 저 사람이 육이오 때 감옥살이 또 안 했는기요.
윤춘삼	그거는 송아지 때문이라 캐도….
영감	누명을 써도 문딩이 빨갱이 되기 싫은 모양이제? 송아지 빨갱
	이는 좋고?
윤춘삼	(웃으며) 그런 짓들 하다가 결국 그것들이 안 망했나.
영감	(같이 웃으며) 다른 패들이 나와도 머 벨 수 있다나?
윤춘삼	그놈이 그놈이란 말이지? 입으로만 머니머니 해댔지, 밭 맨드
	라카니 제우 맨들어 논 강뚝이나 파헤치고, 나리 막는다 카면
	서 또 섬이나 둘러마실라 카이.
영감	('나'를 쳐다보며) 선생님! 우리 건우란 놈 말을 들으니 선생님
	은 글을 잘 쓴다 카데요? 글 한번 써 보이소. 멋지기! 재밌실 낌
	데이. 지발 그 썩어 빠진 글일랑 말고….
나	썩어 빠진 글이라뇨?
영감	와 그 신문 같은데도 그런 기 수타 난다 카데요. 남은 보릿고개
	를 못 댕기서 술가지에 모가지들을 매다른 판인데, 낙동강 물
	이 파아랗니 푸르니 어쩌니 하는 것 말임더.
윤춘삼	허허 이 우리 선생님이 오늘 잘못 걸렸네요. 이 영감이 보통이
	아님데이. 그래도 선비의 씨라꼬.
영감	하기싸 시인들이니칸에 훌륭하겠지, 머리도 좋고 선생도 시인
	아입니꺼. 그런데 와 우리 농사꾼이나 뱃놈들의 이바구는 통
	안 씨는기요? 추접다꼬? 글 베란다꼬 그라능기요?
윤춘삼	그만하소. 영감이 머 글이나 이르능기요. 밤낮한다는 기 곡구롱

우니 소리지. 그래 어데 그기나 한번 해 보소.

나 곡구롱 우는 소리요?

윤춘삼 어데 해 보소, 모처럼 선생을 모신 자린데.

영감 (눈을 감고) 곡구롱 우는 소리에 낮잠 깨어 니러 보니 작은 아들 글 이르고 며늘아기 베 짜는데 어린 손자는 꽃놀이 헌더, 마침 지어미 술 거르며 맛보라 하더라.

윤춘삼 이 노래 하나만은 정말 떨어지게 잘한다 카이! 갈밭새 영감 증조부가 당파 싸움 휘말려 섬에 왔는데 그분이 와서 즐겨 읊던 시조라 카이.

셋 사이에 침묵이 흐른다. 셋은 술만 마신다.

나 (침묵을 깨며) 아드님은 육이오 때 잃으셨다지요?

영감 야…. 큰놈은 그래서 빼도 못 찾기 되고 작은 놈이 사모아 섬이라 카던기요. 그곳 바다 속에 넣어 버렸지요.

나 사모아 섬이요?

영감 삼치 배를 탔거던요.

윤춘삼 와 언젠가 신문에도 짜다가 안 났던기요. '허리켄'인가 먼가 하는 폭풍을 만내 시운찮은 우리 삼치배들 마구 결단이 난 일 말임더. (화를 내듯) 낙동가 잉어가 띠이 정지 바닥에 있던 부지깽이도 띤다 카듯이 배도 남씨다가 베린 걸 사 가주고 제북 원양 어업인가 먼가 숭내를 낼라 카다가 배만 카에는 사람들까지 떼 죽음을 안 시킷능기요. 거에다가 머 시체도 몬 찾았거니와 회사가 워낙 시원찮아 오니 위자료란 기나 어디 지데로 나 왔능기요. 택도 앙이지 택도 앙이라!

영감   없는 놈이 할 수 있나. 그저 이래 죽고 저래 죽는 기지머!

암전.

3장 학교

나와 건우가 학교 앞에서 마주친다.

나   (건우에게) 어지간히 그을었구나. 할아버지와 어머니도 잘 지
          내시지?
건우   예, 수박을 자시러 오시라 캅디더.
나   글쎄, 언제 한번 가지. 벌써 다녀온 지도 두 달은 된 것 같구나.
건우   꼭 모시고 오라 카던데요?
나   (건우의 어깨를 두드리며) 그래, 오늘은 안 되고. 여가 봐서 한
          번 갈테니까, 처서가 낼 모레니까 수박도 한물 갈 때구나. 이왕
          이면 처서께 쯤 한번 가 볼까?

건우 퇴장. 나, 무대 반대쪽으로 가다가 행인들의 말을 듣는다.

행인 1   낙동강이 넘는다지?
행인 2   구포 다리가 위태롭단다!
나   (허공을 바라보며 혼잣말로) 저런…! 조마이 섬이 휩쓸려 가는
          게 아닐까? 건우네 집은 벌써 홍수에 잠기지나 않았으려나?(행
          인들에게 말을 걸며) 물이 이정도로 불어나면 건너편 조마이
          섬께는 어찌 되지요?

행인 1	조마이 섬?
행인 2	맹지면에서는 땅이 조금 높은 편이라카지만, 물이 이래 불으면 마찬가지지요. 만약 어제 그런 소동이 안 일어났으믄 밤새 무슨 탈이 났을지도 모를끼요.
나	어제 무슨 일이라도 있던가요?
행인 2	있다 뿐이라요? 문덩이 쫓아낼 때 보다는 덜했겠지만, 매립인강 먼강 한답시고 밀가루만 잔뜩 띠이 처먹고 그저 눈가림으로 해 놓은 둘을 섬사람들이 우 대들어서 막 파헤쳐 버리고, 본래대로 물길을 터놨다 카드만요, 글 안했으믄….
행인 1	쓸데없는 소리 말게. 괜히 혼날라꼬. ('나'에게) 조마이 섬에 누가 있소?
나	건우란 학생이 있어서…, (생각하다가) 아버진 없고 즈 할아버지 별명이 갈밭새 영감이라더군요.
행인 1	아, 그렁기요? 좋은 노인임더. 조마이 섬의 인물 아잉기요. 어제 아침 이곳에 지내갔는데, 그 뒤 대강 알아봤거든. 가고 난 뒤 얼마 안돼서 그 일이 일어났단 말이여.

윤춘삼이 반대편에서 뛰어온다.

윤춘삼	('나'의 손을 덥석 잡으며) 우짠 일인가요?
나	조마이 섬은 어찌 됐소?
윤춘삼	말 마이소 ('나'를 도로 다릿목 쪽으로 끌고 가며) 자, 저리 가서 이야기나 합시더.
나	아니, 섬 쪽으로 가 보려 했는데요?
윤춘삼	가야 아무것도 없소. 모두 피난소로 옮기고 남은 건 물바다뿐

임더. 우짤라고 이 놈의 하늘까지!

나   (사이 두고) 건우네 가족도 무사히 피난했겠지요?

윤춘삼   야…. 다행히 다들 목숨들만은 건졌지만은 그 바람에 갈밭새
        영감이 또 안 끌려갔능기요.

나   건우 할아버지가?

윤춘삼   비는 사흘 억수로 쏟아지지, 실하지도 않은 둑을 그대로 두었
        다가 물이 더 불었을 때 갑자기 터진다면 영락없이 온 섬이 떼
        죽음을 했을텐데, 영감이 선두를 해서 미리 무너뜨렸기 때문에
        다행히 인명네는 피해가 없었던거 아입니꺼. 둑을 파헤치고 있
        을 때 웬 깡패같은 청년 둘이 와서는 노발대발 방해하기 시작
        하더라요. 영감이 순간 화가 나서 그자를 덜렁 들어 물 속에 태
        질을 해 버렸소. 그리고 나서 경찰 둘이나 달려와서 영감을 잡
        아갔소. (안타까워하며) 정말 우리 조마이 섬을 지키다시피 해
        온 영감인데…. 살인죄라니 어쩌면 좋겠능교?

암전.

'나'(목소리) 폭풍우가 끝난 후, 갈밭새 영감은 기약 없는 감옥살이에 넘어
        가고 건우는 새 학기가 되어서도 학교에 나오지 않았다. 황폐
        한 모래톱 – 조마이 섬을 군대가 정지하고 있다는 소문만 돌았
        을 뿐….

1 작품에서의 홍수의 역할은 ?

2 작품에서의 '나'의 역할은 ?

제 생각은요

1 조마이 섬 사람들의 극한의 상황과 토지에 대한 한의 정서를 부각시키고, 인물들 간의 갈등을 심화시키는 역할을 한다.

2 작품 속에 직접 등장하여 주인공이 겪은 사건에 대해 객관적인 관찰자의 입장에서 보고 들은 것을 독자에게 전달한다.

서울, 1964년 겨울

원작 김승옥
각색 박태준

1964년 겨울, '나'는 포장마차에서 대학원생 '안'을 우연히 만난다. 자기소개를 한 후 둘은 대화를 나눈다. 자리를 옮기려는 차에 한 '사내'가 동행해도 되냐 묻는다. '사내'는 오늘 낮에 아내가 죽었고 그 시체를 병원에 팔았다는 이야기를 한다. '사내'는 죄책감에 돈을 다 쓸 때까지만 같이 있어 달라고 한다. 돈을 다 쓴 후 '사내'는 오늘 밤만 여관방에서 같이 있어 달라 한다. 다음 날 아침 '사내'가 자살했다며 '안'이 '나'를 깨우고 둘은 서둘러 여관을 떠난다.

김	육사 시험 실패로 인한 절망감과 패배감을 가지고 있음, 자신의 배경에 반해 안의 배경에 대한 부러움을 가지고 있음.
안	부잣집 장남, 대학원생 – 집안이 좋음, 냉소적이며 개인적인 사람
사내	서른 중반에 가난한 남성, 아내의 시체를 병원에 판 죄책감에 시달림, 돈에 대한 집착

1장 포장마차 안

시끌벅적한 포장마차, 엑스트라가 술과 안줏거리를 테이블에 놓는다, 김과 안이 앉아 있다.

낭독자   이미 차가워질 대로 차가워진 밤공기를 더욱 차게 만드는 서울의 밤, 어디에나 있을 법한 거리에 흔한 선술집, 포장마차에서 그날 밤, 우리 세 사람은 우연히 만나게 되었다.

김   안 형은 대학원생이십니까?

안   예, 집에 돈이 제법 있어서요, 부모님이 학비를 내주십니다. 그럼 김 형도 대학원생이십니까?

김   (쓸쓸하게) 아뇨, 육군사관학교에 지원했다 떨어져 지금은 구청 병사계에서 일하고 있습니다.

서로 조용히 술잔을 비운다. 옆에 파리가 날고 있다.(파리소리 ON)

김   안 형, 안 형은 파리를 사랑하십니까?

안   (고개를 기웃거리며 당황한 듯) 예? 아니오… 아직까진… (생각을 한 뒤 조금 후에) 그럼 김 형은 파리를 사랑하십니까?

김   예. 나는 파리를 사랑합니다. 날 수 있으니까요, 아니, 날 수 있으며 동시에 내 손으로 잡을 수 있는 것이니까요. 안 그렇습니까?

안   흠… (생각을 한 뒤) 없어요. 나도 파리밖에는….

둘 다 아무 말도 안하고 술을 따르고 마신다.

안   그럼 김 형, 꿈틀거리는 것을 사랑하십니까?

김   사랑하구 말고요. 사관학교에 떨어진 후, 나는 나와 같이 떨어
        진 친구와 하숙하고 있었습니다. 서울은 그때가 처음이었죠,
        장교가 된다는 꿈이 부서졌단 생각에 나는 큰 실의에 빠져 있
        었습니다. 꿈도 컸던 만큼 실패했을 때의 절망감은 엄청난 힘
        을 발휘하더군요. (점점 흥분하듯, 빠르게) 그때 재미를 붙인
        게 아침의 만원인 버스였습니다. 가장 흥분되고 신기한 건 어
        디든 주위의 예쁜 아가씨들이 서 있었단 사실입니다. 그 예쁜
        여자들의 손목의 살을 맞대고 있거나 허벅다리를 비비고….

안   (의도와 다른 이야기에 당황하며 말을 끊는다) 잠깐, 무슨 얘기
        를 하자는 겁니까?

김   이제 막 꿈틀거리는 것을 사랑한다는 얘기를 하려던 참이었습
        니다. 만원버스 안에서 자리를 잡고 앉아 있는 여자 앞에 섭니
        다. 손잡이를 잡고 나서, 내 앞에 앉아 있는 여자의 아랫배 쪽을
        천천히 흘겨봅니다. 시간이 조금 가면 그 여자의 아랫배가 조
        용히 오르내리는 것을 볼 수 있습니다. 그걸 보고 있으면 왠지
        마음이 편안해지고 맑아지는 것 같습니다.

안   꽤나 음탕한 얘기군요.

김   전 음탕한 얘기가 아니라 생각합니다. 안 형은 꿈틀거리는 것
        을 사랑하지 않으십니까?

안   그저 꿈틀거리는 것이죠. (혼잣말하듯 조용히) 이를테면 데모
        처럼….

김   데모가요? 데모….

안   서울은 모든 욕망의 집결지입니다. 아시겠습니까?

김   … 아직 잘 모르겠습니다.

긴 침묵 조용히 술을 살짝 마신다.

안   (다급하게) 다른 이야기를 합시다.

김   (가만히 생각하다 무언가 생각난 듯) 평화시장 가로등 중 동쪽
        에서 여섯 번째만 불이 켜져 있지 않습니다. 그리고 화신백화
        점 육 층의 창문은 세 개만 불이 켜져 있고요.

안   (잠깐 당황해 하다 곧이어 웃으며 받아친다) 오늘 저녁 7시 50
        분 서대문 버스 정류장에는 열일곱 명의 여자와 다섯의 어린아
        이, 스물한 명의 젊은이와 여섯의 노인이 있었습니다.

김   (감탄하며) 아.

안   (점점 빠르게) 지난 십사일 저녁에 단성사 옆 골목 쓰레기통 위
        에는 초콜릿 포장지가 두 개 들어 있었습니다.

김   (응수하듯) 적십자병원 정문에 호두나무 가지가….

목소리가 작아지고 BGM 점점 높아진다.
계속 이야기하는 시늉을 한다.

낭독자   자신만이 아는 이야기를 하며 서로 조금씩 연대감을 느끼고 있
        었다. 시간이 흐르고, 자리를 나가며 끝날 것 같던 인연은 다른
        한 남자의 등장으로 조금 더 길어지게 된다.

김   이제 한잔만 하고 슬슬 일어나죠.

안   그러는 것이 좋겠습니다. 슬슬 일어나시죠.

지갑을 꺼내, 주인을 부르며 일어나려는 차에 한 사내가 다가온다.
김과 안은 의문의 눈빛으로 쳐다본다.

사내   (주저하며 애절하게) 미안하지만, 제가 함께 가도 괜찮을까요? 돈은 충분히 있습니다….

김과 안, 서로 한 번 마주보고 상관없다는 듯이 고개를 끄덕인다. 둘이 먼저 자리에 앉고, 후에 사내가 옆으로 와 앉는다.

사내   (억지로 웃는 듯) 두 분 식사는 하셨습니까? 괜찮으시다면 제가 사겠습니다.
안   (단호하게) 아뇨, 먹었습니다.
사내   그래도 뭘 드시는 것이 어떠신지….
김   (난처한 듯 고민하다) 그렇다면 아주 비싼 걸 시켜도 괜찮겠습니까?
사내   예 괜찮습니다. 돈을 다 쓰기로 결심했으니까요.
김   (당황하며) 아, 그냥 통닭이랑 술이면 됐습니다.

사내가 주인을 불러 통닭과 술을 시킨다.
그릇이 나오자 사내가 바로 술을 한잔 들이킨다.

사내   (한탄하듯) 사실, 오늘 낮에 아내가 죽었습니다.

안과 김은 무관심한 듯 조의를 표했다.

사내   아내가 아이를 낳지 못하기 때문에 둘이서 챙기며 참 재미있게 살았습니다.

안	(예의상 묻는다) 그런데 어쩌다가…?
사내	급성 뇌막염이었습니다. 아내는 전에도 급성 맹장염, 급성 폐렴도 앓은 적이 있었지만 잘 이겨냈는데… (울먹거리며) 이번 급성에는 죽고 말았습니다. 저는 아내와 결혼한 후로, 친정과는 단 한 번도 왕래가 없었습니다. 그래서 저는 아내의 친정이 어딘지 모릅니다… 그래서 어쩔 수 없었습니다.(고개를 푹 숙인다)
김	… 뭘 말입니까?
사내	(아무 말도 안한 채 고개를 푹 숙이며) 아내의 시체를 팔았습니다… 어쩔 수 없는 선택이었어요… (봉투를 테이블이 툭 놓으며) 사천 원을 주더군요. 방금까지 병원 앞에서 피어 오르는 연기만 보다 온 겁니다. 아내는 어떻게 된 걸까요. (고개를 들며) 저어 이 돈을 다 쓸 때까지만 같이 있어 주십시오. 가능하다면 이 돈을 오늘 다 써 버리고 싶군요.
김, 안	(마지못해 고개를 끄덕이며) 그러시죠.
사내	감사합니다.

2장 거리

셋은 어깨동무를 하고 비틀비틀 걷고 있다. 김은 혀가 풀린 채로 아무 말이나 막 하고 있고 사내는 우는지 웃는지 잘 모를 소리를 내고 있다. 안은 두 사람 사이에서 한숨을 쉬며 둘을 부축하고 있다.

낭독자	세 남자는 거리를 방황하며 알록달록한 넥타이도 하나씩 사고, 사내의 아내가 좋아하던 귤도 한 봉지 사고, 목적지 없이 택시

를 타고 가다 마침 눈에 띈 소방차를 쫓아 불구경을 하러갔다. 그렇게 돈을 막 썼지만 사내의 가슴속에 통쾌의 감정보다는 허무함만이 가득 차있었다… 사내는 그 허무함에 타들어가는 건물에 불길로 남은 돈을 전부 던져 버렸다.

안   이제 돈을 다 써 버렸군요. 이제 우린 이만 가겠습니다.

김   안녕히 가십시오.

김과 안, 뒤돌아 걷는다. 잠시 후 사내가 팔을 붙잡는댜.

사내   (애원하듯), 제발 오늘 밤만 같이 있어 주시면 안되겠습니까? 여관, 여관에서라도 하룻밤만 같이 있어 주십시오.

안   여관이라면 제가 돈을 낼 테니 어서 가기나 합시다. (재촉)

낭독자   세 남자는 안이 원래 묵으려 했던 여관으로 갔다. 밤은 점점 깊어가고 바람은 계속 차가워졌다.

3장 여관

사내   많이 춥네요. 괜찮습니까?

안   예, 춥네요. 방은 한 사람씩 따로 잡는 게 좋겠죠?

김   (사내를 힐끔 보고) 모두 한 방에서 자는 게 어떻습니까?

안   (피곤해서 신경질을 내듯이) 난 지금 아주 피곤합니다. 방은 각각 따로 잡기로 하죠.

사내   혼자 있기 싫습니다.

안   혼자 주무시는 게 편하실 겁니다.

김   화투라도 사다가 노는 게 어떻겠습니까?

안   (귀찮은 듯이) 하시고 싶으면 두 분이나 하세요. 전 이만 잡니다.

안, 퇴장 후, 문 열었다 닫는 소리.

김   나도 이제 그만 자야겠습니다. 안녕히 주무세요.

사내 혼자 방에 들어가 슬프게 운다.
암전 후, 사내의 울음소리.

무대 밝아진다.
문 두드리는 소리.
김이 일어나 문을 열고 안이 들어온다.

안   그 양반 역시 죽어 버렸습니다.
김   (크게 놀라며) 예?
안   방금 그 양반 방에 들어가 봤는데 역시 죽어 있었습니다. 우리
         도 빨리 짐을 챙겨 나가는 게 좋을 거 같습니다.

김이 빠르게 옷을 챙기고 둘이 함께 나간다.
뛰어 오다 중앙에서 멈춘다.

안   젠장, 그렇게 죽다니, 난 진즉부터 그가 죽을 걸 알고 있었습니
         다. 혼자 놓아 두면 죽지 않을 줄 알았는데, 그게 내가 할 수 있
         는 유일한 방법이었습니다.
김   하여튼 우린 그만 여기서 헤어집시다. 전 이만 가 보겠습니다.

낭독자　　'안'과 헤어진 후 버스에 타 안을 보니 안은 앙상한 나뭇가지 사
　　　　　　이로 내리는 눈을 맞으며 무언가 곰곰이 생각하고 있었다.

1 사내가 자살할 것을 알았음에도 '안'이 말리지 않은 이유와 사내의 죽음에도 '김'과 '안'의 반응이 무뚝뚝한 이유는 무엇일까?

2 세 남자는 고유한 이름 없이 '김', '안', '사내'와 같은 일반명사로 불린다는 점은 무엇을 상징할까?

제 생각은요

1 '안'이 사내를 혼자 놓아 둔 것은 그의 삶에 더 이상 관여하고 싶지 않았기 때문이다. '김'과 '안'이 사나의 죽음에도 무뚝뚝한 이유는 타인의 삶에 관심이 사라지고 공감하지 못하는 현대인의 모습을 보여 주고 있기 때문이다. 그런 그들에게 사내의 죽음은 그저 한낱 귀찮은 일일뿐이기 때문일 것이다.

2 서로의 이름을 모른 채 자신들의 이야기를 하는 것은 현대로 오면서 생긴 익명성을 나타내는 장치라고 생각한다.

동행(同行)

원작 전상국
각색 신희철

어느 눈 내리는 날, 와야리라는 마을을 향해 억구와 사내가 동행한다. 억구는 청년
기에 있던 전쟁에서 어떤 위원회의 부위원장을 맡아 득수란 어릴 적의 증오 대상
이었던 남자를 죽이고, 후일 국군이 다시 돌아올 것을 알고 있던 마을 사람들에게
아버지가 살해당한 후 그들로부터 도망친 과거를 가지고 있다는 것을 이야기한다.
이에 사내는 중학 시절 죄책감 탓에 담을 넘지 못해 토끼를 구하지 못해 후회하고
있는 과거를 털어 놓는다. 사내는 억구가 근처에서 있었던 살인 사건의 범인임을
알게 되고, 억구도 또한 그것을 인정하지만, 사내는 갈등 끝에 어릴 적과는 달리 법
보다 연민을 택해 억구를 보내 준다.

1장 눈길 (1)

눈바람 소리.

억구와 사내, 무대 좌측에서 등장, 우측으로 천천히 걸어간다. 눈 밟는 SE 재생.

억구는 위축된 걸음걸이를 하며 걷고, 사내는 바른 자세로 그 뒤를 따라간다.

중앙 근처에서 천천히 발을 멈춘다.

사내	(딱딱하고 차분한 목소리로) 정말 이렇게 동행을 얻어 다행입니다.
억구	(대화를 억지로 진행하려는 듯, 어색하게) 예, 밤길을 혼자 걷기는 조금 막막했지요. (뒤를 돌아 사내와 마주본다) 참, 선생은 춘천에서 오셨다지? 혹시 어제 근화동에서 살인 사건이 있었단 걸 아시우?
사내	(뜸들이다) 살, 인이라면… (불현 듯) 아, 네! 알고 말구요. 우연히 현장까지 봤습니다만.
억구	(추궁하듯) 혀, 현장? (불안하게) 그 술집에, 가 보셨다구…?

억구, 뒤돌아 한 걸음 옮기고 다시 사내를 향해 돌아보았다가 다시 돌며 말을 잇는다.

억구	근데, 그, 경찰에선 그 살인범을 잘 잡아 낼 수 있을 것 같아 보입니까? 단서라든지….
사내	(조금 당황스러운 듯)글쎄요. 그런데 노형은 아까 원주에서 오신다고 하셨는데…어떻게 벌써 그 사건을? 소문이 벌써…?
억구	(뒤를 돌아보며 주춤한다. 공격적인 시비조로) 아니, 내가 언제

원주에서 온다고 했나?

사내   아, 그러십니까? 죄송합니다.

억구, 헛기침을 하며 발을 뗀다. 두 사람이 함께 무대를 크게 돌며 걷는다.
억구, 멈춰 서서 숨을 돌린다. 사내, 억구의 옆에 가 선다.

사내   (우측 정면을 손가락으로 가리키며) 저어기, 저 너머가 바로 와
                야리겠습니다 그려? (작게) 초행이라 잘 모르겠어서….

억구   (혼잣말하듯, 정면 방향을 손가락질하며) 가만 있자, 이 길로
                곧장 가면 어지간히 돌게 될 테지? (사내를 향해 고개를 돌린
                다, 우측을 가리키며)선생, 우리 이리로 가로질러 갑시다.

사내   (어리둥절) 가로질러 가자구요? (갈수록 목소리가 작아진다)
                하지만 저긴 그냥 눈밭인데? 좀 돌아가더라도 큰길이 낫지 않
                나 싶은데요.

억구   (혼자 앞질러 오른쪽으로 걸어간다) 맘대로 하쇼. 난 일루 갈 테니.

사내   (망설이듯)아, 여보시오,노형, 잠깐! (걸어가는 억구를 쫓아간다)

잠시 어두워졌다가 밝아진다. 좌측에서 억구와 사내가 걸어온다.

억구   (거침없이 걷다가 멈춰 서서) 강이 있구만, 여길 건너야 할 텐
                데….

사내   (억구를 뒤이어 따라와 옆에 서서) 얼음이 잘 얼었을까요? 물이
                많진 않을 것 같습니다만… (조심스럽게 한 발씩 건드려 보며
                앞으로 나아간다)

억구   (먼저 몇 걸음 걸어가다가 뒤를 돌아보며) 여긴 안 될 것 같—

(갑자기 무릎을 꿇는다)

얼음 깨지는 소리.

억구   (무릎 꿇은 채로 다시 뒤돌아 건너편으로 걸어가며) 어, 물
차다! (몇 걸음 걸어가다 일어선다)

물길 헤치는 소리

억구   (건너편의 억구를 향해) 젠장, 이리로는 안 되겠습니다. 여긴
물살이 빨라서…. (잠시 무대 뒷방향을 응시하다가 뒤돌아 우
측으로 움직인다)

사내   (허둥지둥하다 무대 뒤쪽―상류를 향해 걸어가다가, 건너편으
로 건너간다. 허둥지둥 억구를 쫓아간다) 노형, 그 옷 그렇게
젖어서 어쩝니까? 진작 이 위로 건너실걸.

억구   (멈춰 서서) 제기랄, 누가 아니래요. 그런데 옷은 벌써 얼어붙
는데 발이 통 안 시렵다니…. (잠시 생각하는 듯 하다가) 그래,
꼭 그날 밤도 이랬지! 제기랄. (급히 기분이 나빠진다)

사내   (의문스러운 듯이 억구를 바라보며) 그날 밤이라뇨?

억구, 대답 없이 좌측을 향해 움직인다.

2장 외딴집

억구   (자꾸 두리번거리더니 이내 우뚝 멈춰 선다. 탄식하듯이) 하,

이거 아무래도 길을 잘못 잡았지. (사내를 향해 고개를 돌린다) 미안하우, 제-기랄, 이놈의 고향을 와 본 지도 꽤 오래 되어서….

사내   그럼 여기가 고향?

억구   (사내를 무시) 에라, 내친 김에 좀 더 올라가 볼 수밖에….

우측으로 움직인다.

둘 모두 숨을 거칠게 헉헉댄다. 고개를 들어 집을 한 번 바라보고, 그쪽으로 다가가 억구가 문을 두드린다. 반응이 없다. 더 거칠게 문을 두드리자 발소리가 난다.

남편   (잠에 절은 목소리로) 거 누구요? 그만 잠에 푹 빠져서….

아내   (문을 열고) 뉘세유?

억구   거 말 좀 물어 봅시다. 구듬치 고개가 어디쯤 되우?

남편   구듬치 고개를 찾는 걸 보니 누군지 몰라도 와야리를 가는 가 본데, 여보쇼, 길을 영 잘못 잡았수다. 좀 돌더라도 큰길로 갈 것이지 미련하게시리 눈길에 고개를 넘다니 (혀를 찬다)

억구   (문을 세게 치며, 공격적으로) 아니 이 봐, 누가 어디로 가든 무슨 상관이야? 거 집주인 이리 나와 보슈!

아내   에구, 손님, 참으세유, 우리 으른은 몸이 불편해서 못 나오세유. 구듬치를 넘으려면 저 앞에 개울을 따러서 한참 내려가셔야 해유.

억구   알았수다. 실은 나도 와야리 사람이유. 댁은 여기서 얼마나 산지 모르겠으나 최억구라구 아슈? 그게 나유….

남편, 집 안에서 발을 구른다.

남편	(놀라 소리친다) 최억구라고! 분명 억구랬다! 아니, 그 사람이 와야리를 제 발로 찾아오다니 정신이 있나?

당황하는 아내를 뒤로 하고, 억구는 무심하게 좌측으로 걸어간다.

사내	(억구를 쫓아가며) 노형, 여기서 발이라도 좀 녹여 가지고 가십시다. 발이 얼어서는 곤란합니다.
억구	(혼잣말하듯) 곤란할 것도 없수다⋯.
사내	(머쓱한 듯, 헛숨을 삼키며 쫓아간다)

무대가 어두워졌다가 밝아진다.
두 남자가 불을 피우고 앉아 있다.

억구	(사내를 돌아보며, 누그러진 목소리로) 그러고 보니 선생이 와야리를 왜 가는지 여쭤 보지도 않았네유. 이 엄동설한에 와야리는 왜 가시는 거유?
사내	(곤란한 듯) 예, 어, 그냥 좀 사적으로 일이 있어서요. 말씀드리기는 좀⋯.
억구	혹시 휴양이라도? 아까 피를 토하시던데.
사내	(당황) 네? 휴양이요? 아, 네, 몸이 좀⋯. 약도 많이 썼지만 좀처럼 좋아지질 않더군요. 자기 몸은 자기가 가장 잘 안다고들 하지 않습니까?
억구	그럼 결국⋯.
사내	(말을 억지로 돌린다) 참, 선생은 고향이 와야리라면 거기 친척이 참 많겠습니다 그려.

억구   (착잡해져) 친척? 친척이라, 제기랄. 하, 가친이 계시죠. 우리
       아버지 말입니다. (허탈하게 웃는다)

사내   아, 그렇습니까, 춘부장께서 아직 계시는군요. 부럽습니다.

억구   (다그치듯) 아직 계시다구요? 부럽다구요? (쓴웃음이 새어나오
       며 고개를 숙인다)

사내가 잠시 억구를 바라보더니 품에서 담뱃갑을 꺼내 하나를 억구에게
건네고 자신도 입에 문다. 이어 담뱃갑을 품에 집어넣고 성냥을 꺼내 억구
와 자신의 담배에 불을 붙이고 서로 한 모금씩 빤다.

억구   (한숨을 쉰다) 그런데, 와야리를 가려면 꼭 저놈의 고개를 넘
       어야 한단 말이우? 제기랄, 저놈의 고개를 내가 꼭 넘어야 하는
       이유가 도대체 무언데?

사내, 어리둥절하게 억구를 바라본다. 억구, 사내를 힐끔 보더니 담배를 대
충 던져 버리고 발로 밟아 끈다.

억구   (주변을 빙 둘러보며) 제기랄, 어렸을 적만 해도 여기엔 토끼도
       숱했는데…눈이라도 좀 빠지면 두어 마리 때려잡기는 예삿일
       도 아니었지만….

사내   (천천히 말을 뗀다) 토끼 얘기가 나왔으니 생각이 납니다만….

억구, 사내를 향해 돌아본다.
암전.

3장 토끼몰이

사내(NAR.) 중학교 이 학년 때인가, 전교생이 학교 뒷산으로 나무를 심으
러 나갔을 때의 일이었습니다.

무대 밝아진다.

중학생1 토끼 잡았다! (작은 토끼 인형을 치켜든다)

중학생들, 좌측으로 몰려간다. 어린 사내는 조금 떨어져서 바라본다.
우측에서 생물선생 입장, 중학생2에게서 토끼 인형을 건네받아 높이 들어
중학생들에게 구경시켜준다. 이후 어린 사내에게 토끼 인형을 들려 준다.

생물선생 (이죽거리며) 잘 갖고 있어라, 생물 시간에 해부할 테니까.

어린 사내, 뒤돌아 헛구역질한다.

중학생2 해부한 다음에는 술안주로 해 먹겠지!
생물선생 요놈. (낄낄댄다)

어린 사내를 제외하고, 나머지가 웃는다.

중학생3 (웃다가 불현 듯 손가락질하며) 저기 어미 토끼다!

모든 이들의 시선이 손가락으로 가리킨 방향으로 향한다.

생물선생　(유쾌) 어미다, 어미! (어린 사내를 향해) 임마, 새끼 놈을 어미
　　　　　가 보도록 번쩍 들어 봐라.

중학생4　(어린 사내 옆에 서서) 야! 이쪽으로 온다!

중학생들, 시선이 어린 사내 쪽으로 일제히 따라간다. 어린 사내, 어미 토
끼 방향을 보고 헛숨을 들이키며 주춤한다. 그대로 전원 동작 정지

사내(NAR.)　그놈은 나를, 내 손의 자기 새끼를 그 빛나는 눈빛으로 노려보
　　　　　고 있었습니다.

어린 사내　(크게 물러나며) 으아앗!

중학생들, 시선이 어린 사내의 뒤로 이동했다가, 이내 어린 사내를 향해 토
끼를 놓친 것에 대해 비난한다. 어린 사내, 토끼가 떠나간 방향을 멍하니
바라보다가 자신의 손에 들려있는 토끼 새끼(인형)를 바라본다. 그 뒤로
국어선생이 다가온다.

국어선생　거, 인간이나 동물이나, 모성애는 무섭거든. (입맛을 다시고, 어
　　　　　린 사내를 향해 곁눈질하며) 햐, 그놈 꽤 크던 걸.

암전.

4장 눈길(2)

억구　하아, 그때 선생님께선 욕 꽤나 먹게 됐수다? 술안주를 놓쳤으니.

사내　욕이야, 이미 먹은 욕보다도 다음 생물 시간에 벌어질 일을 생

각하니 그날 밤은 잠이 통 오질 않더군요. 그 어미 토끼의 눈빛하며, 배를 쩨이는 새끼 토끼의 환상이 자꾸 눈앞에 아른거려서… 결국 난 생물 선생네 토끼장 위치를 짐작하면서 잠자리를 빠져나오고야 말았습죠.

억구   (음흉) 하, 그 토끼 새낄 구해 주셨겠구만? 그러구 보면 선생도 어릴 적엔 어지간히 거 뭐랄까….

사내   (말을 끊으며) 글쎄 그게 그렇게 되지는 못하구….

억구   (말을 끊으며) 여하튼, 잘 들었수다. 그럼 선생, 이번엔 내 얘길 한번 들어 보실라우? 이렇게 눈이라두 푹 내린 날이면 늘 생각이 납니다만, 나 억구란 놈은 원래부터가 악종이었습니다. 이건 내가 아홉 살인가 그럴 때 일인데….

암전.

5장 억구의 집 앞

우측에서 눈을 굴리는 시늉을 하며 어린 억구 등장, 뒤따라 소녀 등장 그대로 무대를 한 바퀴 돌다가 중앙에 멈춰 선다.
억구, 땀 닦는 시늉을 한 번 하고 뿌듯한 미소를 짓는다.

어린 억구   (팔을 크게 벌리며) 눈이 이− 따만큼 커졌다!

소녀   (어린 억구 옆에서 재촉하듯) 더 크게 해 봐, 더 크게!

어린 억구   (떨떠름하고 당황스럽게) 어… 더?

어린 억구, 힘겹게 눈덩이를 밀지만 얼마 움직여 보지 못하고 힘에 부친다.

어린 억구   (소녀를 의식하며 작은 목소리로) 이 이상은 안 커지는데….

좌측에서 어린 득수 등장, 어린 억구의 것보다 훨씬 큰 눈덩이를 굴리는 듯, 묵직하게 움직이며 동작이 크다.

소녀   (어린 득수를 향해 달려가) 우와, 크다! (어린 득수의 뒤에 서서 어린 억구의 눈덩이를 손가락질하며) 에게, 쪼그매….

어린 억구, 눈에 띄게 풀이 죽는다.

소녀   (다시 손가락을 들어 어린 억구를 가리킨다) 득수야, 쟤 꺼 하구 막 싸워 봐! 누구 게 이기나!

어린 득수   (의기양양) 에이− 잇! (힘차게 어린 억구를 향해 눈덩이를 굴려간다)

눈 부서지는 소리. 어린 억구, 절망해서 고개를 내리깐다.

어린 득수   내가 이겼다!

소녀, 방방 뛰며 기쁜 듯 손뼉을 친다.

어린 억구   (고개를 깔고 있다가 이내 분노해서 어린 득수를 노려보며 달려든다) 이 새끼가!

어린 억구와 어린 득수, 바닥에 쓰러져서 엎치락뒤치락 하다가 이내 떨어진다.

소녀, 도망치듯 우측으로 퇴장.

어린 억구가 어린 득수의 장갑을 입에 물고 있다.

어린 득수, 어린 억구의 얼굴을 잠시 쳐다보더니 자신의 왼손을 보고 비명을 지른다.

어린 득수   으아– 악! 피다! 내 손, 내 손! (울며불며 소리지른다)

어린 억구, 계속해서 입안의 장갑을 **빼**내려 하지만 **빠**지지 않는다.

계모, 우측에서 당황한 채로 등장해 어린 억구옆에 선다.

계모   (어린 득수를 바라보며) 아니, 손등이…. (어린 억구를 보며)너! 네가 이랬지! 너는 광에 사흘은 갇혀 있어야 하겠다. (어린 억구의 뒷덜미를 잡아 일으켜 세운다)

어린 억구, 아직도 장갑을 **빼**내려 하고 있다.

암전.

6장 눈길(3)

억구   그대로 나는 꼬박 이틀 반나절 간 광에 처박혀 지냈수다. 캄캄하지, 춥지, 그러면서도 이 망할 장갑 쪼가리는 어떻게 빠지지를 않아, 제기랄, 그때부터 감옥이란 데는 이렇겠거니 짐작하고 있었던 게 아니우? (잠깐 쉬었다가) 난 기어코 득수를 죽이고 말았습니다. 그 뭐야, 사변 때, 파리새끼 죽이듯 사람 죽이던 때, 빨갱이들한테 속아 넘어가서 감투는, 무슨 위원회 부위원장이니 하는 걸 맡겨져서는 그대로 써먹히다가… 그러다가 그놈이 죽어 버렸습니다. 득수 놈, 그 날 다쳤던 왼손에는 장갑을 끼고 있었는데, 차마 그걸 벗기지는 못했고… 울화통은 더 치밀고… (한숨) 여하튼, 난 득수를 죽이고 말았다. 이겁니다. 그런데 내가 죽인 사람은 그게 끝이 아니요, 끝까지 그 감투를 못 벗고 육친까지, 그래, 억구란 놈은 제 애비까지 죽게 만들었다 이 말이요.(잠시 쉬며 마음을 가라앉히려 한다) 어느 날 밤, 마을 사람들이 죽창과 횃불을 들고 우리 집으로 왔습니다. 우리 부자를 빼고, 동네 사람들은 모두 국군이 머지않아 돌아온다는 걸 알고 있었던 거죠. 결국 자기들 손으로 우리 부자를 처치해 버리자는 생각을 했던 겁니다. 내 아버님이 먼저 죽창에 찔려 죽고, 나는 어떻게든 도망쳐 와야리를 떠서, 오늘에야 십 년만에 아버님을 찾아가는 겁니다. 비록 무덤이지만….

이때부터 사내는 코트 오른쪽 주머니를 신경 쓰기 시작한다.

사내 그럼, 노형은 이제 와야리 사람들을 만날 생각이십니까?
억구 (어이없다는 듯) 허, 선생, 내가 와야리 사람들을 만나겠느냐구? (따지듯) 만-나-겠-느-냐-구? 그래, 안 될 것도 없지. 난 와야리에서 태어나서 거기서 자라 양친도 거기서 돌아가시구, 나도 사람인데 내가 왜 그 사람들을 못 만난단 말이우? (진정하고) 난 어제도 춘천에서 와야리 놈을 하나 만났수다. 내가 죽인 거나 다름없는 그 득수놈의 동생을 만났다 이겁니다ー. 반갑다고 술집엘 데려가서 우리 아버질 어떻게 했냐고 물으니, 그 놈, 술이 확 깨서는 내 비위라도 맞춰 볼 양으로 고분고분한 말투로다가, 지네 조상 산소에 모시고 매년 벌초까지 해왔다고 합디다.

사내   네! 득수라는 사람 동생을 어제 만나셨다구요? 그 김득칠이를….

억구   (흠칫한다) 예, 어제 그놈을 만났지요. 그런데 선생이 어떻게 그놈 이름을 아슈?

사내   김득칠, 김득칠이가 맞죠? 나이는 서른 셋, 직업은 공무원. 김득칠이는 어제 근화동에서 살해됐습니다.

억구   (몸을 반대편으로 휙 돌린다) 나두 아오. 득칠이가 소주병에 맞아 죽은 건 나도 안단 말이오. 선생은 지금 내가 득칠이를 그렇게 했다고 생각하는 거요?

사내   (잠시 침묵하다가 옷매무새를 고치며) 오해가 있는 것 같습니다. 어제 근화동에서 현장을 우연히 봤다고 하지 않았습니까? 형사들이 죽은 사람의 신분증을 들고 김득칠이니 하길래 그래서 어제 만났다는 분이 그 사람 같아 한번 물어 본 것 뿐입니다. (헛기침을 한 번 하고) 그건 그렇고, 노형은 그동안 어떻게 지내셨습니까? 와야리를 떠난 그날 밤 이후로 말입니다.

억구   무슨 말인 지 알겠구만. (쓴웃음을 지으며) 결국 선생이 궁금한 건 사람을 죽이고 지 애비도 죽인 빨갱이가 그동안 그 대가를 치렀느냐 이거죠? 탈옥이라도 한 거 아니냔 말씀이죠? (끅끅거리며 나지막하게 웃는다)

억구, 잠시 고개를 숙였다가 든다.

억구 　　　나두 처음엔 자수할 생각이었죠. 그러나 그럴 때마다 그 광 속
　　　　　이 자꾸 생각난단 말이오. 얼어붙는 손, 칠흑 같은 어둠, 빌어먹
　　　　　을 장갑 쪼가리…. 난 그 추위와 어둠 속으론 다신 돌아가고 싶
　　　　　지 않았습니다. 결국 나는 거기선 끝까지 그 장갑 쪼가리를 빼
　　　　　낼 수 없었던 게니….

사내, 잠시 고민하듯 주저하더니 억구의 어깨를 두어 번 치고 일어난다.

억구 　　　(옷을 털고 일어나며) 보쇼, 징역이니 사형 같은 것에 죄를 뒤
　　　　　집어 씌워 놓고, 정작 저지른 놈은 시치미를 뚝 뗄 수 있다고 생
　　　　　각하시우? 안 될 것은 아닐지도 모르지. 허나 나는, 한 번 광에
　　　　　갇힌 기억이 있는 나는 그게 안 된단 말이요. 제엔장! (모닥불
　　　　　을 걷어차 끈다) 내 어느날 창관엘 간 적이 있었소. 부끄럽수만
　　　　　난 푼돈이라두 생기면 그런 데라도 가지 않군 못 배겼거든. 뭐
　　　　　든지간에 열중할 수 있다는 것은 나에겐 여간 대견한 일이 아
　　　　　니라. 그런데 그날따라 걸려든 계집이 이건 정말이지 주무르
　　　　　다 패대기친 메주를 가져다가 붙여 놓은 얼굴이더이다. 아무리
　　　　　못났대두 일단 끼고 누웠으려니 사람 정이란 게 묘해서, 이런
　　　　　저런 얘길 주고받게 되었죠. 대부분 그 계집의 신세타령이었다
　　　　　만…. 그런데 그 계집이 갑자기 울면서 얘기를 하는데….

7장 창관

억구와 유녀, 중앙에 이불을 덮고 선다.
적색 조명.

유녀, 울고 있다.

억구   (당황한다) 왜 울어? 그렇게 살기 힘드나?

유녀   (울음기가 줄어든 채로 방실거린다)아니… 그게 아니라 기뻐
           서… 기뻐서 그래요….

억구   뭐?

유녀   내가 죽으면… 다시 살아나는 거에요…. 그러면, 잘 살 생각
           만 나서, 그 생각만 하면 가슴이 벅차 오르는 거에요… 국회의
           원 외동딸로 태어나서, 귀 크구 얼굴 잘 생기구 기막히게 인자
           한…그런 아버지를 두고… 개구쟁이 남동생도 하나 두고… 저
           를 잘 따르는 애였으면… 그 애는 영화배우를 하는 게 좋겠는
           데….

억구   (어이가 없어서) 차라리 까마귀 머리가 희어지는 걸 기다리
           지….

유녀   (억구를 노려보며) 무슨 말을 그렇게 해요?

억구, 돌아눕는다.

8장 눈길(4)

억구   그 년이 말하던 다음 세상 보다야, 나는 이왕 이 세상에 난 김에
           태어난 값 만큼은 하고 가고 싶었수다. 그래 한번쯤은 인간답
           게 살자구 생각해서, 그 절망의 구렁텅이에서 벗어나려구 끊임
           없이 발버둥쳤습니다. 아마 나만한 놈도 드물 걸.

억구와 사내, 다시 걷기 시작한다.

억구   쳇, 하지만 그 결과가 뭔지 아시우? (중앙에 멈춰 선다. 목소리
       가 진정된다)자, 이제 됐수다. 여기가 큰길입니다. (한숨을 쉰
       다, 사내를 돌아본다)선생, 나는 어제 득칠이, 그 득수 동생 놈
       을 죽였소. 그놈을 죽인 이유는 나도 아직 잘 모르겠수다… (쓴
       웃음을 짓는다) 자, 보쇼. 선생은 지금 사람을 몇이나 죽인 흉
       악범과 있는 거요. 이제 나를 어떻게 하겠수? (양복 윗주머니를
       권총 손잡이를 만지듯 만지작거린다)

사내, 몇 걸음 물러나 억구를 노려보며 코트 주머니에 손을 넣는다.
그대로 몇 초간 대치하다가 억구, 가슴주머니에서 손을 떼고 뒤로 돌아선다.

억구   (한 방향을 손가락으로 가리킨다) 저 산에 아버님 산소가 있답
       니다. 난 지금 거길 가는 겁니다. 가서 우선 눈을 치워 드려야
       죠. 그리고 술이나 한 잔 올리면서 얘기나 들으렵니다. 그 얘길
       들으면서 그 옆에 몸을 뉘이고자 합니다. 이제 그분을 버려두
       고 달아나진 않을 겁니다. (반대 방향을 손가락으로 가리키며)
       저기로 가면 거기가 바로 와야리입니다. 가서 우선 구장네 집
       을 찾아 몸을 녹이시우. 그럼 난…. (산소 방향으로 걸어간다)

사내, 억구가 거의 우측 끝까지 갈 때 까지 억구를 바라본다.

사내   (억구를 향해 달려가며) 노형! 잠깐!

억구, 주춤하더니 사내를 향해 돌아선다.
사내, 코트 주머니에 손을 넣고 고개를 들어 하늘을 향해 눈을 감는다.

사내(NAR.) 생물 선생네 집에 찾아갔던 그날 밤, 나는 끝까지 담을 넘지 못
했다. 충분히 넘을 수 있을 높이였으나, 담을 넘는 것이 나쁜 것
이라고, 그러면 나쁜 놈이 된다고 알고 있었던 나는 넘어선 안
된다고 생각했었다. 생물 선생이 어제부터 들여왔을 지도 모를
사나운 개나, 어쩌면 밤잠이 깼을 지도 모르는 생물 선생 따위
를 상상하며 무서워하다가 나는 토끼를 구하지 못하고 돌아와
야 했다.
억구 아니 선생, 왜 남을 불러 놓구 하늘만 쳐다보슈?
사내(NAR.) 나는 개나 선생이 아니라, 담을 넘고 나쁜 놈이 되는 것을 무서
워했던 것이었다.

사내, 자세를 바로 하고 한 걸음 물러선다.

억구 선생, 발이 시립니다. 이러다 내 온 몸이 얼어붙게 해야겠소?
원, 이 사람도…. (다시 돌아 떠나려 한다. 가슴 주머니에 소주
병이 보인다)

소주병 부딪히는 소리.

사내 (억구의 어깨를 잡으며) 노형, 잠깐!

억구, 다시 사내를 향해 돈다.

사내, 잡고 있던 주머니에서 담뱃갑을 꺼낸다.

사내(NAR.) 나는 오늘이야말로, 담을 넘는다.

억구   주시는 겁니까?

사내   (미소지으며) 예, 드리는 겁니다. 아까 두 개피를 피웠으니 열여덟 개피가 남아 있을 겁니다. 눈이 이렇게 많이 왔으니 올해는 담배도 풍년이겠지마는, 지금 드린 담배는 하루에 꼭 한 개씩만 피우셔야 합니다. (뒤돌아 떠나간다)

억구   (멍하니 담뱃갑을 들고 있다가 문득 정신차리며 앞으로 한 두 걸음 나가며) 하루에 한 개씩 피우라구요? 하루에, 한 개씩, (한 글자씩 천천히) 꼭 한 개씩 피우라구요? 흐흐흐.

1 '사내'의 과거 이야기에서 '토끼'와 '담장'은 각각 무엇을 상징하는가?

2 '득수'는 '억구'에게 어떤 존재인가?

3 '사내'의 정체는 무엇인가?

4 '억구'의 과거 이야기에서 드러난 자신과 '사내'에게 비친 그의 모습에서의 차이점은 무엇인가?

5 담배 열여덟 개비를 하루에 하나씩 피우라는 것은 어떤 의미인가?

제 생각은요

1 '사내는 과거 토끼를 구하기 위해 담장을 넘으려 했으나 결국 그렇게 하지 못했다. 이는 과거의 사내의 연민이 추구하던 존재(토끼)와 수단의 위법성에 의해 제시되는 보편적 정의(담장을 넘는 것) 간의 갈등을 의미하며, 사내가 결국 담장을 넘지 못했다는 것은 개인적 윤리에서 나오는 의지력이 보편적 윤리에서 나오는 외부 압력을 이겨 내지 못하였다는 뜻이다. 소설 후반에 두 힘 간의 지배관계가 뒤바뀌는 것은 전쟁 직후, 모든 이가 피해자인 상황에서는 보편적 윤리보다는 개인적 연민을 따라야 함을 시사함과 동시에 사내가 비의지적인 사회의 일부에서 주체적인 개인으로 성장하였다는 것을 보여 준다.

2 9살 무렵의 득수는 억구에게 있어서 소녀와 자존심, 노력을 모두 앗아간 증오와 질투의 대상이었을 것이다. 이후 청년이 된 후에 북의 명령으로 억구가 득수를 살해하면서 억구에게 살해의 기억은 '복수'가 아니라 '죄'이자 '전쟁'으로 남게 된다. 자신이 전쟁 피해자로 만든 득수의 모습은 억구에게 애증이 뒤섞인 모습으로 기억되었을 것이다.

3 '현장의 정보나 피해자의 신상을 가족관계까지도 알고 있다는 점, 범죄자인 억구에게 두려움이 아니라 적대심을 느낀다는 점, 큰 키와 트렌치코트에 중절모라는 클리셰적인 외형을 따져 보았을 때, 그는 형사일 가

능성이 높다. 따라서 사내의 외야리행은 피해자의 고향에서 피해자와 주변인에 대한 정보를 얻는 것이 이유임이 유력하다. 아마 오른쪽 주머니에는 담배뿐만 아니라 수갑이나 권총이 들어있었을지도 모른다. 사내가 형사가 맞다고 가정한다면, 마지막에 사내가 떠나가는 것은 수사 중인 사건의 진상을 억구에게 들어 알았으나 체포할 생각이 없다는 것을 표현하는 것이 된다. 사내의 내적 갈등과 억구의 사내에 대한 경계가 지나칠 정도로 보였던 것 또한 이러한 이유로 설명될 수 있다.

4 억구는 사연이 있었다고는 하나 죄를 저지른 자신을 전범이자 살인자로 평한다. 그러나 그의 과거사를 들은 사내는 그런 억구에게 동정과 연민을 품게 된다. 억구가 보여 준 모습은 끝내 사내에게 '좋은 사람'이라는 각인을 주었기 때문이다. 이는 억구가 피해자와 가해자의 면모를 동시에 가지고 있기 때문이다. 결국 그도 또한 전쟁에 휘말린 인간이었기에, 사내는 억구를 피해자이자 동료의 관점에서 이해하려 들지 않을 수 없다.

5 사내는 억구가 오늘 술을 바치고 자살하리라는 암시를 깨닫고 있었다. 범죄자를 체포해야 한다는 의식과 억구가 살았으면 한다는 마음이 겹쳐 갈등하던 사내는 담배 열여덟 개비를 주며 꼭 '하루에 한 개'씩 피우라고 말한다. 이는 우회적으로 사내에게 죽지 말라고 말하는 것이다. 적어도 18일간, 담배를 피우는 동안은. 여담이지만, 사내는 피를 토한 적이 했다고 했다. 토혈이 아니라 각혈이라고, 사내는 폐결핵이나 폐암을 앓고 있다는 것이다. 요양을 왔다는 것은 형사로서의 목적을 숨기기 위한 거짓말이겠지만 약이 잘 듣지 않았다는 것은 사실일지도 모른다. 그런데도 불구하고 담배를 피운다는 것은, 이 사내도 살날이 얼마 남지 않은 것일지도 모른다. 그렇기에 억구가 조금이라도 더 살았으면 한 것이 아닐까.

병신과 머저리

원작 이청준
각색 이윤지

의사인 형은 외과 수술 중 한 소녀를 숨지게 해 그 충격으로 병원 일을 팽개치고,
소설을 쓰기 시작한다. 소설의 내용은 자신이 6·25 때 탈출하는 과정을 그리고
있었다. 이등중사 오관모는 신병 김 일병을 일방적으로 성적, 신체적으로 폭행하
였는데, 김 일병이 전쟁 중 팔이 잘려 상처에서 고약한 냄새가 나자 폭행을 그만두
고 쓸모가 없어졌다고 생각해 죽이려고 한다. 형이 쓴 소설을 몰래 읽고 있던 '나'
(동생)는 여기까지의 내용에서 형이 더 이상 소설을 쓰지 않자 뒷부분의 마무리를
오관모가 김 일병을 죽이는 것으로 끝내 버린다. 그러나 형은 자신이 관모를 총으
로 쏴 죽이는 것으로 소설을 다시 고쳐 쓴다. 형은 원고를 찢어 불태우며 혜인의
결혼식에서 관모를 만난 이야기를 꺼내며 동생에게 '병신 머저리'라며 욕한다. '나'
(동생)는 형의 호령에 황급히 방에 들어오게 되고, 아픔이 오는 곳을 알고 소설로서
치유하는 형과는 달리 아픔만 있고 아픔이 오는 곳이 없는 '나'(동생)의 환부는 어디
인지 생각한다.

형	의사, 6 · 25 사변 참전 중 오관모가 당시에 김 일병을 죽이는 것을 방치했던 경험이 있다. 최근 자신에게 치료받던 소녀가 죽자 그 충격으로 병원 문을 닫는다. 그러나 소설 쓰기를 통해 서서히 비극적 체험을 극복하게 된다.
나	화가, 혜인을 사랑하면서도 자신의 감정을 잘 알지 못한다. 어떤 일에든 무기력과 패배감을 지녀 형이 소설로 인해 아픔을 극복했을 때 자신에게 생긴 아픔이 어디서 오는지조차 모르는 것을 깨닫는다.
혜인	'나'(동생)가 사랑한 존재. 청첩장과 편지를 전해 동생의 미련함을 돋보이게 하는 인물이다.
오관모	부하인 김 일병에게 구타와 폭력을 행사하며 성적으로도 학대하다가 김 일병이 전쟁 중 팔이 잘리는 부상을 입자 죽이려 하는 인물로 인간의 이기심과 생존 본능을 잘 보여 주는 인물이다.
김일병	6 · 25로 벌어진 암담하고 현실에서 고통받는 인물이다, 당시의 처참했던 전쟁의 모습을 잘 보여준다.

낭독자 / 소녀거지

1장 '나'의 화실

나   (화실에서 혼자 담배를 피우며) 무슨 소설을 쓴다고… (새 담배
            를 꺼내 불을 붙이고 한 모금 마시고 연기를 내뱉으며 혼자 고
            민하는 듯한 표정으로 화실 의자에 앉아 있다)

낭독자   형이 소설을 쓴다는 기이한 일은 , 달포 전 그의 칼날이 열 살
            배기 소녀의 육신으로부터 그 영혼을 후벼내 버린 사건과 깊이
            관계가 되고 있는 듯했다. 그러나 그 수술은 처음부터 절반도
            성공의 가능성이 없었던 것이었다. 어느 병원에서나 일어날 수
            있는 그 일이 형에게는 하나의 사건이었다.

혜인 등장.

나   (담배를 끄고 힘없이 앉아 있다)

혜인   (문을 열고 들어와 나의 앞에 앉아 청첩장을 내민다) 청첩장 드
            리러 왔어요.

나   (실없이 웃는다)

혜인   모렌데, 오시겠어요?

암전.

2장 형의 서재

나, 형의 서재에 들어와 눈치를 살피다가 책상에 놓인 원고 뭉치를 들고 읽
는다.

형(목소리) 나는 어렸을 때 노루 사냥을 따라 나선 적이 있었다. 그 즈음부
터 고향마을에는 가을부터 이듬해 초봄까지 꼭꼭 사냥꾼이 찾
아 들었다. 그들은 가을에는 멧돼지를 겨울과 봄으로는 노루
사냥을 했다. 눈이 산들을 하얗게 덮은 어느 겨울날, 방학을 맞
아 고향 마을로 돌아와 있던 내가 그 몰이꾼들에 끼어 함께 사
냥을 따라 나선 일이었다. 그날은 이상하게도 한낮이 기울 때
까지 아무것도 걸리는 것이 없었다. 그때 능선 넘어서서 갑자
기 한 발의 총소리가 울려왔고, 나는 총소리를 듣자 목구멍으
로 넘어가던 것이 갑자기 멈춰 버린 것 같았다. 총알은 노루를
제대로 맞추지 못하고 스쳐 버렸다. 상처를 입은 노루는 설원
에 피를 뿌리며 도망쳤고 사냥꾼과 몰이꾼은 눈 위에 방울방울
번진 핏자국을 따라 노루를 쫓았다. 나는 차라리 노루가 쓰러
져 있는 것을 보기 전에 산에 내려가 버리고 싶었지만 나는 망
설이기만 할 뿐 해가 저물 때까지도 일행에서 벗어나지 못하고
있었다.

나, 고개를 갸우뚱하더니 원고 뭉치를 책상에 내려 놓고 서재를 나간다.

암전.

3장 '나'의 화실

나, 그림을 그리고 있고, 형이 취해서 들어온다.

형   (술을 먹은 듯 비틀거리며 들어오더니 그림을 그리는 동생에게

다가가 말을 건다) 홈! 선생님이 그리는 사람은 외롭구나. 교합
작용이 이루어지는 기관은 하나도 용납하지 않았으니….

나   (형을 향해 고개를 돌리며) 그건 아직 시작인걸요.

형   (그림과 동생을 번갈아 쳐다보며) 뭐, 보기에 따라서는 다 된
        그림일 수도 있는 걸…. 하나님의 가장 진실한 아들일지도 몰
        라. 보지 않고 듣지 않고 오직 하나님의 마음만으로 살아가는.
        하지만, 눈과 입과 코, 귀를 주면 달라질 테지. 헌데, 선생님은
        어느 편이지?

나   (형을 무시하고 그림을 그린다)

형   홍, 나를 무시하는군. 사람의 안팎은 논리로만 구명될 수 있는
        것이 아니라는 건 예술가도 이 의사에게 동의해 줄 테지. 그렇다
        면 내 얘기도 조금은 맞는 데가 있을는지 몰라. 어때, 말해 볼까?

나   (형을 의아하게 쳐다본다) 도대체 무슨 말을….

잠시 암전.

낭독자   이상하게도 형은 나의 그림에 대해서 이야기를 하고 있었다.
        그날 저녁, 모처럼 술을 사겠다는 형을 따라 화실을 나와 근처
        를 지나고 있을 때였다. 우산을 써도 좋고 안 써도 좋을 만큼 비
        가 내리고 있었다. 사람은 우산을 썼지만 우리는 쓰지 않고 걸
        었다.

거리, '나'와 형 걷고 있다.

소녀거지 (머리를 어깨 아래로 박고 두 팔을 앞으로 내밀어서 손을 벌리

고 있다)

형	(소녀의 내민 손을 무심히 밟고 지나간다)
소녀거지	(아픈 소리를 내지도 못하고 멍하니 걸어가는 형의 뒷모습을 쳐다본다)
나	아까 형님은 부러 그러신 것 같았어요.
형	(시치미를 떼며) 뭘?
나	(귀찮아하는 목소리로) 아까 그 아이의 손을 밟아 버린 거 말입니다.
형	(잠시 당황한 표정을 하다가 다시 고쳐 동생을 쳐다본다)
나	하지만 별수 없더군요. 형님도. 발이 말을 잘 듣지 않았던 모양이죠. 아이가 별로 아파해 하지 않은 것 같았어요. 형님은 나 때문에 뒤를 돌아보지 못해서 모르실 테지만.

형, 아무 말도 하지 않는다. 암전.

4장 형의 서재

나, 서재에 들어와 다시 원고 뭉치를 들고 읽고 있다.

| 낭독자(소리) | 형은 그 다음 날부터 소설을 쓰기 시작했고, 그러자 나는 그림에 손을 델 수 없게 되어 버린 것이다. 형의 이야기의 본 줄거리는 대강 다음과 같은 것이었다. 그것은 6·25 사변 전의 국군 부대 진중에서부터 시작되었다. |
| 형(목소리) | 김 일병이 오관모의 매질을 가지런한 자세로 흔들리지 않고 받아 내고 있었다. 나는 그 옆에 서 있다가 김 일병과 눈이 마주치 |

고 알 수 없는 감정에 계속 쳐다봤다. 동성애자인 오관모의 요구를 거절하자 괜한 트집으로 김 일병을 구타하는 것이었다. 이상한 일이었다. 나는 왜 그렇게 초조하고 흥분했었는지, 또 나는 누구를 편들고 있었는지, 그런 것을 하나도 모른 채, 그리고 그 기이한 싸움은 끝이 나지 않은 채 6 · 25 사변이 터지고 말았다.

나(목소리) 이야기는 거기서 한 단이 끝났다. 그러나 아직 이야기의 초점은 드러나지 않고 있었다. 이야기의 초점이란 형이 패잔 때 죽였노라고 했던, 그를 죽였기 때문에 그 먼 탈출에 성공할 수 있었노라던 일에 대한 것 말이다. 하지만 나중까지 가 보면 형은 이야기를 위해서 사건을 상당히 생략하고 초점을 향해 치밀하게 이야기를 집중시켜 가고 있음을 알 수 있다.

5장 전쟁 중 동굴

형, 겨드랑이 부근에서 팔이 잘린 김 일병을 부축하며 동굴 안으로 들어와 두리번거린다.

오관모 (웃으면서 형과 김 일병에게 총을 겨눈다) 어떤 놈들이 주인 허락도 없이 남의 집을 기웃거리고 있어! (총을 내리며) 고기가 먹고 싶던 참이라 마침 방아쇠를 당길 뻔했다. (훌쩍 뛰어와 형이 부축하고 있던 김 일병의 팔을 들춰 본다) 이런! 넌 별로 쓸모가 없겠군.

형 (김 일병을 동굴 안 구석에 눕혀 놓는다)

오관모	잠시 따라 나와. (형에게 슬며시 말한다)

오관모, 형, 전투 지역에 흩어져 있는 식량을 들고 나른다.

오관모	포성은 인제 안 오려나 보지? (산을 앞장서 오른다)
형	겨울을 나면서 천천히 기다려야지 (숨을 몰아쉬며 말한다)
오관모	요걸로 얼마나 지낼까? (웃으며 자기의 어깨에 멘 쌀자루를 툭툭 쳐 보인다)
오관모	입을 줄이는 수밖에 없지? (표정을 확 바꾸고 말하고는 휙 몸을 돌려 다시 산을 오르기 시작한다)
형	(의아한 얼굴로 생각을 하며 관모를 뒤따른다)
오관모	(다시 발을 멈추고 돌아서서 말한다) 다 내게 맡기고 너 같은 참새 가슴은 구경만 하면 돼. 위생병은 그런 일에는 적당치 않으니까. 한데… 언제가 좋을까?
오관모	(모든 것을 미리 정해 놓은 듯 형의 얼굴을 찬찬히 들여다보며 말한다) 첫눈이 오는 날이 좋겠어. 그 사이에 포성이 오면 또 생각을 달리 해도 될 테니까.

잠시 암전.

낭독자	초가을로 접어들었는데도 눈은 무척 더디었다. 이제 김 일병에게는 포성의 이야기를 해도 그 기이한 눈빛을 하지 않았고 건빵 가루로 쑤어 준 미음을 받아먹던 것도 이미 사흘 전의 일, 포성에 대한 희망은 까마득한 채 드디어 첫눈이 내리게 된 것이다.

무대 밝아지면 다시 동굴. 김 일병 누워 있다.

오관모, 동굴 밖에서 천천히 걸어 올라오고 있다. 형, 동굴 밖 관모를 보고 급히 김 일병에게 다가가 눈을 들여다본다.

형   눈이 오고 있다, 김 일병. (부드러운 목소리로 눈을 쳐다보며) 김 일병, 눈이 오고 있어. (좀 더 큰소리로 말하고 김 일병의 팔에 감겨있는 천을 풀어낸다)

김 일병   힘없이 동굴 천장만 바라본다.

형(목소리) 눈물을 되삼켜 버린 듯 김 일병의 눈은 다시 건조해졌고, 눈동자가 뜻 없이 한 점을 응시할 때, 그때 나는 김 일병이 죽어도 좋다고 생각했다.

암전.

나   도대체 형이란 자는… (분노에 가득 차 원고 뭉치에 자신의 마음대로 글의 마무리를 하고 서재를 나가 버린다)

낭독자(나) 생각 할 수 있는 욕설은 모조리 쏟아 내고 싶었다. 그것이 꼭 (목소리)을 두고 하는 생각만은 아니었으나 욕할 생각이라도 하고 있지 않으면 한순간도 견뎌낼 수 없을 것 같았다. 이 알 수 없는 노여움에 나는 형의 소설 뒷부분을 관모가 김 일병을 죽이는 것으로 마무리했다.

6장 '나'의 화실

나, 멍하니 아이들을 기다리며 화폭을 바라보고 있다 형, 문에 기대어 잘못 들어선 사람처럼 방안을 휘둘러본다.

형	혜인인가… 그 아가씨 결혼식엔 안 가니? (나에게 다가오며)
나	형님의 관심은 그런 데 있는 게 아닐 텐데요. (화폭에 닿은 손가락을 뗀다)
형	아가씨를 뺏긴 것 외에는 넌 썩 현명한 편이다. (웃으며)
나	제게 감사하러 오신 것 같지는 않군요.
형	그럼. 더욱이 그런 오해를 하고 있을까 봐서. (손가락으로 화폭을 꾹 눌러 구멍을 내고 넓혀 간다)
나	(자리에서 일어선다)
형	좀 똑똑한 아우를 두고 싶을 뿐이야. 화를 내지 말았으면 해. 난 너의 기분 나쁜 쌍통을 상대하기엔 지금 너무 기분이 좋아 있어. 다만 이 그림은 틀렸어. 난 잘 모르지만. 틀림없이 넌 뭔가 잘못 알고 있어. 늦었을지 모르지만 난 결혼식엘 가 봐야겠어. 신랑도 아는 처지라 말이다. (말을 마치고 나간다)
나	(형이 사라진 문을 바라보다가 갑자기 서랍에서 혜인의 편지를 꺼내 읽는다)
혜인(목소리)	인제 갑니다. 새삼스럽다구요? 하지만 그젯밤 선생님은 제가 이제 정말로 떠나간다는 인사말을 하게 해 주지도 않으셨지요. 저를 위해 축복해 주시라고는 하지 않습니다. 결혼식을 하루 앞둔 신부의 편지라고 겁내실 필요는 없어요. 어떤 일도 선생님은 책임을 지려고 하지 않으셨고, 저는 선생님에게 책임을 지워 보려는 모든 노력에서 한 번도 이긴 적이 없으니까요. 선생님의 해답은 언제나 모든 것이 자신의 안으로 돌아가는 것뿐이었으니까요. 내일 저와 식을 올릴 분은 선생님의 형님 되시는 분을 6·25 전쟁의 전상자라고 하더군요. 그분의 말을 듣고 정말로 저는 선생님에 대해서는 알 수가 없었어요. 선생님

의 형님은 아직도 상처를 앓고 있었지만 그 에너지가 어디서 근원했건 자기가 주장해 왔고, 자기의 여자를 위해서 뭔가를 찾아왔어요. 하지만 이유를 알 수 없는 환부를 지닌 어쩌면 처음부터 환부다운 환부가 없는 선생님은 도대체 무슨 환자일까 하고요. 몇 번의 입맞춤과 손길을 허락한 대가로 말씀드리는 것은 아닙니다. 제가 치료를 해 드릴 수 있었으면 하고 생각했었지만, 그것은 결국 선생님 자신의 힘으로밖에 치료될 수 없는 것이라는 것을 알게 되었습니다. 그리고 이제 저는 어떻든 행복해지고 싶으며, 그러기 위해선 누구보다 먼저 자신이 자신을 용서해야 하리라는 조그만 소망 속에 이 글을 끝맺겠어요. 영영 문을 열지 않을 성주에게, 혜인 올림.

암전.

7장 동굴 안

오관모   (김 일병을 일으키며) 잘려 나간 팔 핑계를 하고 드러누워 처먹고만 있을 테냐, 오늘은 네놈도 같이 겨울 준비를 해야겠다. (김 일병을 끌고 동굴을 나가려 한다)
형   (관모의 팔을 잡았다가 관모가 노려보자 고개를 숙인다)
오관모   (독살스런 눈으로 형을 쳐다본다) 넌 구경이나 해.

형, 관모, 김 일병. 김 일병이 앞에서 걸어가고 관모는 그런 김 일병을 재촉하는 사이에 멈추어 선다.

김 일병   (관모와 형을 신경쓰지 않고 힘겹게 걸어간다)

조명은 형과 관모의 주변만을 비춘다.

형   (잠시 멈추어 뒤돌아서서 걸어가려 하다가 뒤통수의 느낌을 느끼고 멈춘다)

오관모   (총을 형의 머리에 겨누며 웃으며) 어딜 가는 거야? (사이, 총을 내리고 형을 쳐다보며) 너 같은 참새가슴은 보지 않는 게 좋아. 모른 체하고 있으랬지 않았나?

형, 관모를 무시하고 가려 한다.

오관모   가지 마라! (총구를 다시 머리에 겨눈다) 포성이 다시 올 희망은 없다. 먹을 게 없어지면 우리가 찾아가야 한다. 난 아직 네가 필요하다. 그것은 너도 마찬가지다.

형   (아무 말도 없다)

오관모   돌아서라.

형   (돌아서자마자 관모에게 총을 겨누고 쏜다)

탕, 탕! (거의 동시에 크게 울린다)

오관모   (관모도 형에게 총을 쏘지만 조준을 제대로 하지 못해 형을 맞추지 못하고 쓰러진다. 관모의 가슴에 생긴 검은 점이 점점 커진다)

| 형 | (피투성이 얼굴로 웃는다) |

암전.

8장 집 앞 마당

| 낭독자(나) | 선 채로 소설을 읽고 있는 나는 비로소 싸늘하게 식은 저녁상 과 싸늘하게 기다리고 있는 아주머니를 의식했다. 나의 추리 는 완전히 빗나갔다. 열한 시가 조금 지났을 때에 대문이 열리 고 형이 들어오는 소리가 났다. 형은 몹시 취해 있었고 원고 뭉 치와 다른 무언가를 챙겨 문 밖을 나섰다. 붉은 화광이 창문에 비쳤다. |

형, 종이를 찢으며 한 장 한 장 뜯어 내어 불에다 던져 넣는다. 아무 표정이 없다. '나', 문밖으로 뛰쳐나온다.

형	(동생을 보고 비죽 비죽 웃다가 다시 원고지 쪽으로 눈을 돌 린다) 병신 새끼! (다시 동생을 쳐다본다) 너의 그 귀여운 아가 씨는 정말 널 싫어했니?
나	생각하다가 순순히 머리를 끄덕인다.
형	병신 새끼… (계속해서 원고지를 찢어 넣는다. 시선은 계속 동생 을 향해 있다) 그래 도망간 아가씨의 얼굴이 그리고 싶어졌군!
형	다 소용없는 짓이야… 오해였어. (중얼거리는 투로 말한다)
나	(원고를 불태우는 이유를 묻는 것이 소용없을 것이라 생각해 방에 들어가려 한다)

형	거기 있어! (벌떡 몸을 일으키는 체하며 호령을 친다) 기껏해야 김 일병이나 죽인 주제에… 임마, 넌 이걸 읽고 있었지… 불쌍한 김 일병을… 그 아가씨가 널 싫어한 건 너무 당연했어. (눈은 동생을 계속 쏘아보고 있고 손으로는 계속 원고를 뜯어 불에 넣고 있었다) 임마, 넌 머저리 병신이다. 알았어? (소리를 꽥 지른다) (당연하다는 듯 고개를 두어 번 끄덕이며 말한다) 그런데 말이야… (동생에게 다가가 귀에다 입을 대고 말한다) 넌 내가 소설을 불태우는 이유를 묻지 않는군….
나	(형의 정색한 목소리에 형의 얼굴을 보려 하자 형의 손이 귀를 잡고 놓아주지 않아 보지 못하고 가만히 있는다)
형	그런데 너도 읽었겠지만, 거 내가 죽인 관모 놈 있지 않아. 오늘 밤 나 그놈을 만났단 말야.(잠시 말을 끊었다가 동생을 찬찬히 살펴보며 만난다) 그래 이건 쓸데없는 게 되어 버렸지… 이머저리 새끼야! (동생의 귀를 쭈욱 밀어 버린다)

(다시 원고지를 집어 불집에 집어넣는다) 한데 이상하거든… 새끼가 날 잘 알아보질 못한단 말이야… 일부러 그런 것 같도 않았는데…? (불을 보면서 계속 중얼거리며) 내가 이놈을 아주 죽여 없앴으니 내일부턴 일을 하리라고 생각하고 자리를 일어서 홀을 나오려는데… 그렇지 바로 문에서 두 걸음쯤 남았을 때였어. 여어, 너 살아 있었구나 하고 누가 등을 탁 치지 않나 말야. (혼자 중얼거리듯이) 놀라 돌아보니 아 그게 관모놈이 아니냔 말야. 한데 놈이 그래 놓고는 또 영 시치미를 떼지 않아. 이거 미안하게 됐다구… 두려워서 비실비실 물러나면서… 내가 그 사이 무서워진 걸까… 어쨌든 나는 유유히 문까지는 걸어 나왔어. 그러나… 문을 나서서는 도망을 쳤지… 놈이 살

아있는데 이게 무슨 소용이냔 말야. (나머지 원고 뭉치를 마저 불 집에 집어넣고 나서 동생을 힐끗 보며) 이 참새가슴 같은 것, 뭘 듣고 있어. 썩 네 굴로 꺼져!

나　　(화들짝 놀라 방으로 쫓겨가듯 들어간다)

9장 '나'의 밤

잠시 무대 어두워진다.

낭송자(나)　비로소 몸 전체가 까지는 듯한 아픔이 전해 왔다. 그것은 아마 형의 아픔이었을 것이다. 형은 그 아픔 속에서 이를 물고 살아 왔다. 그는 그 아픔이 오는 곳을 알고 있었을 것이다. 그리하여 그것을 견딜 수 있었고, 형은 곧 일을 시작하게 될 것이다. 형은 관모의 출현이 착각이든 아니든, 사실로서 오는 것에 순종하여 관념을 파괴할 수 있는 힘이 있었다. 무엇보다도 형은 그 아픈 곳을 알고 있었으니까. 나의 아픔은 어디서 온 것인가. 형은 6·25의 전상자이지만, 아픔만이 있고 그 아픔이 오는 곳이 없는 나의 환부는 어디인가. 나는 지금 엄살을 부리고 있는 것인가. 어쩌면 그것은 나의 힘으로는 영영 찾아내지 못하고 말 없는 얼굴일지도 모를 일이었다. 나의 아픔 가운데에는 형에게서처럼 명료한 얼굴이 없다.

암전.

함께 생각해 봐요

1 형과 동생의 차이를 생각하기

2 6 · 25 전쟁이 인간성에 어떤 영향을 미쳤을까를 작품 속 인물을 통해 알아보자.

제 생각은요

1 형은 6 · 25 전쟁으로 인한 아픔을 가지고 그 아픔이 어디서 오는지 알고 소설로서 치유하려 하지만 동생은 그런 아픔도 없으며 혜인을 다른 사람에게 빼앗기는데도 가만히 자신의 감정을 알지조차도 못한다. 이런 내용에서 형과 '나'의 차이는 전쟁을 직접 체험한 세대와 그렇지 못한 세대의 차이로 해석될 수 있다고 생각한다.

2 형의 소설 속 내용은 전쟁의 참담한 현실과 인간의 잔인함이 잘 드러나 있다. 김 일병이 삶에 대한 희망을 잃고 비참하게 죽는 것과 현실에서는 아무것도 하지 못한 형의 모습에서 전쟁의 현실을 알 수 있으며, 오관모가 김 일병을 괴롭히고 이기적으로 죽이는 것에서 잔인한 인간성을 느낄 수 있었다.

선생님의 밥그릇

원작 이청준
각색 김수민

옛 중학교 시절 엄격하기로 소문났던 노진이라는 담임 선생님이 한 가난한 제자 (문상훈)의 도시락통을 확인한 뒤 매끼 밥그릇의 절반을 덜어 놓고 먹기로 제자(문 상훈)와 약속한다. 37년 뒤 은사의 회식 자리에서 제자들은 여전히 밥그릇의 절반 을 덜어내시는 선생님의 모습을 보고 가슴 깊이 파고드는 진한 감동을 받는다.

등장인물

노진 선생님	학생들과 친구처럼 지내며, 따듯한 배려로 제자들에게 기억되는 교육자
문상훈	가난한 형편에 빈 도시락을 들고 다니던 학생. 선생님과의 약속을 가슴에 품고 선생님의 은덕과 사랑을 가슴에 품고 살아감. 현재는 운수회사에 다닌다.
제자들	중학교 1학년 3반 동창 친구들

낭독자 / 학생 1, 2

1장 교실

50년대 지방 도시 중학교 1학년 3반 근엄한 표정의 선생님들 앞에 움츠러 든 반 아이들.

노진   오늘 아침 운동장 조회 때 줄 똑바로 서지 않았다가 나한테 호 명당한 일곱 명 일어서 봐. 너희가 오늘 청소 당번이다. (조금 뒤) 아참! 오늘 체육시간에 체육복 안 입고 나간 사람 몇 명 있 었다는데, 누구누군가? 너희들 오늘 무엇을 해야 하는 녀석인 줄 알고 있겠지?

낭독자   항상 그런 식이었다. 어떤 때에는 갑자기 책가방 속을 검사하 여 구슬을 가지고 다니는 아이들 골라 내시기도 하였고, 종례 들어오시는 걸 모르고 미처 자리에 앉지 못한 아이들의 이름이 줄줄 불리게 될 때도 있었다. 그러니 우리는 어디서 어떤 벌칙 으로 그날의 청소 당번이 정해지게 될지 몰라 늘 마음을 놓을 수가 없었다. 그러나 그것도 곧 일종의 즐거운 유희나 게임 같 은 것이 되었고, 우리도 그만큼 안정을 얻어 갔다.

2장 식당

시끌벅적한 효과음.
어느 날 오후, 저녁 회식 자리에 상훈, 제자 1, 2, 선생님과 앉아 있다.

제자 1   (즐거운 목소리로) 하하, 나는 그때 저고리 단추랑 이름표가 비 뚤어졌다고 청소 당번이였다니깐!

제자2   나는 내가 반성해야 할 죄의 가짓수를 다 알지 못한다고 엄청
        혼나고 일주일 동안 연속으로 벌 청소였어!
노진   (민망한 듯 웃으며) 허허 내가 그랬었나?

술잔이 몇 번 씩 비워지고 식사가 나오기 시작한다.

노진   (나가는 심부름꾼에게) 저기요, 빈 그릇 하나 좀 갖다 주세요.

심부름꾼이 그릇을 가져다 주고, 노진은 자신의 밥을 반쯤이나 덜어 놓
는다.

제자3   근력이 썩 좋아 보이지 못한 편이신데, 진지라도 좀 많이 드시
        지 않으시구요.
제자4   전에도 선생님께선 늘 수저를 드시기 전에 먼저 진지를 덜어
        내시던데, 혹시 소식요법이라도 계속 하고 계신 거 아니신지
        요?
노진   (가볍게 웃으며) 아니 이 나이에 무슨 건강 요법은…, 어쩌다
        몸에 익숙해진 내 젊었던 때부터의 버릇이랄까?(갑작스럽게
        진지한 목소리로) 문상훈 군, 내 자네한텐 아직도 할 말이 없
        네. 그래, 자넨 그동안 큰 어려움 없이 잘 지내왔던가?
문상훈   (숙연한 목소리로) 예, 선생님. 그동안 선생님의 은덕으로 제
        자신을 이만큼이나 이끌어 온 것 같습니다. 근데 전 선생님께
        서 그때 하신 말씀을 오늘까지 이렇게 잊지 않고 계실 줄은 몰
        랐습니다.

3장 교실

학교 종소리가 울리고 다시 50년대 교실이다.

노진   오늘도 도시락 통 비어 있는 놈들이랑 아까 종례 때 자리에 앉
            아있지 않았던 놈들이 청소당번이다! 일단 도시락통 검사한다!
            다들 책상 위에 올려 놔!

낭독자   매일 반복되는 도시락 통 검사는 그 어려운 시절 자취방을 얻
            어 지내는 시골 출신 아이들이나 집안 형편이 어려운 아이들
            에게는 여간 힘들고 거북한 부담이 아닐 수 없었다. 어린 시절
            의 건강을 보살펴 주시려는 선생님의 뜻은 충분히 이해를 하면
            서도 그 서글픈 허기 속에 벌 청소까지 안겨 주는 선생님의 처
            사가 더없이 야속하기만 하였다. 그런데 선생님의 잦은 도시락
            통 검사 행사가 어느 날 일어난 한 무참스런 사건을 계기로 언
            제부턴가 슬그머니 자취를 감추게 되었다.

학생1   선생님! 문상훈은 도시락을 싸 오지 않았으면서도 일어서지 않
            고 있어요!

문상훈   (얼굴을 붉히며 화난 목소리로) 무슨 소리야! 여기 꺼내 놓은
            거 안 보여?

학생2   (문상훈에게 말하며) 도시락은 매일 가지고 다니면서, 네가 점
            심시간엔 도시락을 꺼내 먹는 걸 한 번도 못 봤어. 넌 종례시간
            에만 도시락을 내놓고 벌 청소를 빠지더라.

노진   (상훈에게 다가가며 미심쩍은 얼굴로) 도시락 통 뚜껑 열어 봐라.

선생님 말씀에 상훈이 우물쭈물 도시락 통을 조금 열어 보인다. 노진은 도

시락 통을 본다.

노진   (침묵 뒤) 자, 오늘은 모두 돌아가라. 문상훈은 잠깐 남아라.

무대 잠시 어두워졌다가 밝아진다.
모든 아이들이 간 뒤 문상훈과 노진만 교실에 남아 있다.

노진   이제부터 선생님은 매끼마다 밥그릇의 절반을 덜어놓고 먹기
        로 했다. 비록 너나 네 어려운 이웃들에게 그것을 직접 나누진
        못해도 누가 너를 위해 늘 자신의 몫의 절반을 나누고 있다는
        것을 기억해라. 그 밥그릇의 절반만큼만 한 마음이 언제나 너
        의 곁에 함께하고 있음을 알고 앞으로의 어려움을 잘 이겨 나
        가도록 하거라.

노진은 문상훈의 어깨를 한 번 툭 건드려 주며 교실을 나간다.

4장 식당

조용한 분위기의 회식 자리.

문상훈   (침묵을 깨며) 그리고 다신 그 일을 아는 척 않으셨지만 전 그
        이후로 언제 어디서나 선생님의 절반 몫의 그 양식을 제 곁에
        가까이 느끼며 지내 왔습니다. 그리고 선생님의 사랑과 은덕은
        저뿐만 아니라 여기 우리들 모두가 그간 알게 모르게 함께 누
        려왔을 것으로 믿어 왔고요. 하지만, 선생님께서 그때의 일을

선생님의 밥그릇   **239**

잊지 않으시고, 지금까지도 늘 그렇게 지내오고 계실 줄은 정말 몰랐습니다.

노진　(쑥스러운 듯, 어정쩡한 어조로) 그야 내 딴엔 제법 생각이 없었던 일이 아니었지만, 아직 너무 세상사를 몰랐었다 할까? 그런 일을 당하고 보니 내 자신이 너무 설익고 모자라 보이기만 하더구먼. 우선 내 지닌 몫부터 절반만큼씩 줄여 나눠 가져 보자는 생각에서였을 뿐인데, 그것을 그렇게 크게 받아들여 주었다니 내가 오히려 고맙고 민망스러워지네그려, 요즘같이 교육계가 어려운 마당에선 제 몫의 밥그릇을 절반으로 줄여 살기도 그리 쉬운 일만은 아닐 것같이 보이네만, 그렇다고 그게 어디 이런 식의 칭찬까지 받아야 할 일인가,허허

제자1　그런 사연이 있는 줄은 정말 몰랐네요.

제자2　저도 그저 소식요법을 계속 하고 계신 줄 알았는데 처음 알게 된 일이라 많이 놀랐습니다. 선생님의 사랑과 은덕은 상훈이 뿐만 아니라 여기 우리들 모두가 그간 알게 모르게 함께 누려 온 것이군요.

노진　이거 원 맛있게 먹은 거 체하겠다.

문상훈　제가 건배하겠습니다. 절반의 밥그릇을 위하여!

모두 같이 건배하며 웃는 사이, 무대 서서히 어두워진다.

1 이 소설에서 중학교 담임 선생님이 한 가난한 제자에게 했던 약속을 평생토록 지킨다는 이야기 속의 선생님이 지키고 있는 행위는?

2 문상훈이라는 제자는 어째서 빈 도시락을 들고 다녔을까?

제 생각은요

1 매끼마다 밥그릇의 절반을 덜어 놓고 먹기로 한 행동이다. 어려운 이웃들에게 그것을 직접 나누진 못해도 늘 자신의 몫의 절반을 나누고 있다는 것을 보여 주기 위해 행해 왔다.

2 도시락을 가져오지 않으면 청소 당번이 되지만 넉넉한 형편이 아니던 터라 밥을 준비할 수 없었기 때문이다.

선생님의 밥그릇   **241**

눈길

원작 이청준
각색 오승택

고향 집에 왔다가 바로 올라가겠다고 하는 '나'의 결정에 노인은 아쉬워하지만 금방 체념을 하고 '나'는 그런 노인의 체념에 짜증스러워한다. 고등학교 1학년 때 형의 주벽으로 집이 몰락한 뒤 노인과 '나'는 서로에게 부모 노릇, 자식 노릇을 못한 채 살아왔고 그렇기에 '나'는 노인에게 빚이 없다고 생각한다. 그런데 노인이 예전과는 달리 주택 개량 사업을 통해 집을 고치고 싶다는 소망을 드러내자 '나'는 당혹스러워하며 모른 척한다. 노인에 대한 '나'의 태도에 불만을 느낀 아내는 노인에게서 옛집에 대한 이야기를 이끌어 내고 그 과정에서 '나'는 옛집에서 노인과 마지막 밤을 보냈던 날을 떠올린다. 노인은 집이 팔린 사실을 감추기 위해 집에 옷궤를 남겨 놓은 채 '나'를 맞고, 다음 날 새벽 노인과 '나'는 눈길을 헤치며 차 타는 곳까지 나갔던 것이다. '나'가 떠난 뒤 노인이 홀로 눈길을 되돌아오던 이야기를 들으며 '나'는 노인의 애틋한 사랑을 깨닫고 죄책감에 눈물을 흘린다.

나(아들)	부모와 자식의 관계를 물질적인 것으로만 이해하며 자신에 게 물질적 도움을 주지 않은 어머니에게 매정하게 대한다.
어머니	집안을 지키지 못한 것과 자식에게 부모 노릇을 하지 못한 것에 대 해 부끄러움을 느끼며 '나'에 대한 미안한 마음에 부 담을 주지 않으려 한다.
아내	'나'와 노인 사이의 중재자로 노인에게 매정하게 대하는 남 편의 태도에 불만을 가지고 있으며, 노인에 대해 연민을 느 낀다.

1장 어머니 집

나, 아내, 어머니가 점심상에 앉아 있다.

나	내일 아침 올라가야겠어요.
어머니	내일 아침 올라가다니, 이참에도 또 그렇게 쉽게?
나	(양말을 벗으며) 예, 방학을 얻어 온 학생 팔자도 아닌데 남들 일할 때 저라고 이렇게 한가할 수가 있나요. 급하게 맡아 놓은 일도 있고요.
어머니	그래도 그 먼 길을 이렇게 단걸음에 되돌아 가야 되겠니? 하룻 밤이나 차분히 쉬어 가도록 하거라.
나	오늘 하루는 쉬었잖아요. 아직도 서울이 천리 길이라 오는 데 하루, 가는 데 하루….
아내	(나를 원망스럽게 쳐다보며) 급한 일은 우선 좀 마무리를 지어 놓고 오지 않구선….
어머니	그래, 일이 그렇게 바쁘다면 가 봐야 하기는 하겠구나. (한숨을 쉬며) 에미라고 이렇게 먼 길을 찾아와도 편한 잠자리 하나 못 마련해 주는 내 맘이 아쉬워 그랬던 것 같구나.

어머니는 무연스런 표정으로 장죽 끝에 풍연초를 꾹꾹 눌러 담는다. '나'는 방에서 나와 퇴장한다.

조명 서서히 어두워짐.

낭독자	고 1 때 형의 주벽으로 가계가 파산을 겪은 뒤, 그리고 마침내

그 형이 세 조카아이와 그 아이들의 홀어머니까지를 포함한 모든 장남의 책임을 내게 떠맡기고 세상을 떠난 뒤부터 일은 줄곧 그렇게 되어 온 셈이다. 노인과 나는 주고받을 것이 없는 처지였다. 노인 또한 그것을 잘 알고 있었다. 그렇기에 나에 대해선 원망과 소망도 있을 수 없었다. 하지만 웬일인지 노인의 눈치가 이상하였다. 아무래도 엉뚱한 꿈을 꾸고 있는 듯하였다. 지붕 개량사업이 애초의 허물이었다. 집집마다 모두 도단 아니면 기와를 얹는단다.

2장 어머니 집 단칸방

집 짓는 밤일을 하는 남정네들의 합창소리가 들리고 나, 아내, 어머니가 단칸방에 누워 있다.

어머니	동네가 너도나도 집들을 고쳐내느라 밤잠을 설치고 저 난리들이구나.
나	관에서 하는 일이라면 이 집에도 몇 번 이야기가 있었겠군요?
어머니	(풍년초 한줌을 쏘아 박으며) 그렇지… 이장이 찾아와 뜸을 들이고, 면에서 나와서 으름장을 놓고 가고, 나중엔 숫제 자기들 쪽에서 사정 조로 나오더라.
나	그래서 어머니는 뭐라고 우겼어요?
어머니	사정을 해 오면 나도 똑같이 사정을 했지… 늙은이도 사람인디 나라고 어디 좋은 집 살고 싶은 맘이 없겠소? 그러고 싶지만 이 오막살이 흙집 꼴에다 어디 기와를 얹고 말 것이 있겠소…그랬더니 몇 번 더 발길을 스쳐지나가더니 그담에 흐지부지 말이

없더라.

나 　　(씁쓸하게) 그 친구들 아마 이 동네를 백퍼센트 지붕 개량으로
　　　　모범마을을 만들고 싶어 그랬던 모양이군요.

어머니 　그래 말이다. 차라리 지붕에 기와나 도단만 얹으랬으면 우리도
　　　　눈 딱 감고 해 보고 싶더라만, 이런 집은 성주를 다시 할 집이라
　　　　그렇제….

어머니는 한동안 꺼져가는 장죽불에만 신경을 쓰고 있다. 소망을 숨기기
어려운 듯 한숨을 삼킨다.

어머니 　(무심결에 덧붙이는 말투로) 이참에 웬만하면 우리도 여기다
　　　　방 한 칸쯤이나 더 늘여 내고 지붕도 도단으로 얹어 버리고 싶
　　　　긴 하더라만… 나라에서도 보조금을 오만 원이나 내 주겠다고
　　　　하고….

나는 대구 없이 눈을 감은 채 듣고 있다.

어머니 　하지만 다 소용없는 일이다. 세상일이 그렇게 맘 같이만 된다
　　　　면야 나이 먹고 늙은 걸 설워 안 할 사람이 있겠냐. 나이를 먹으면
　　　　애기가 된다더니 이게 다 나이 먹고 늙어 가는 노망기 한가지제.

조명이 잠시 어두워졌다가 다시 서서히 밝아진다.

3장 마당가

오늘 아침 마당가에서 아내가 세숫물을 떠서 들고 나오다가 나를 만난다.

아내   당신, 어젯밤 어머니 말씀에 그렇게 밖에 대답 못 해드려요?
나   (참견 말라는 듯 아내를 째려본다)
아내   당신은 참 엉뚱한데서 독해요, 말씀이라도 좀 더 따뜻하게 위
         로를 드릴 수 있었을 텐데 말예요.

'나', 듣기 싫다는 듯 퇴장. 무대가 잠시 어두워졌다가 다시 밝아지면 '나' 등
장하려다가 아내와 어머니가 하는 이야기를 엿듣게 된다.

아내   전에 사시던 집은 터도 넓고 칸 수도 많았다면서요?
어머니   옛날 살던 집이야, 크고 넓었제. 하지만 이제 와서 그게 무슨 소
         용이냐? 남의 집 된 지가 20년이 다 된 것을….
아내   그럼 어머니, 방이 이렇게 비좁은데 이 옷장이라도 어디 다른
         데로 좀 내놓을 수 없으세요? 이 옷장을 들여 놓으니까 좁은 방
         이 더 비좁잖아요.
낭독자   바로 그 옷궤 얘기였다. 17, 8년 전 고등학교 1학년 때였다. 술
         버릇이 심해져 가던 형이 전답을 팔고 선산을 팔고, 마침내 집
         까지 마지막으로 팔아 넘겼다는 소식이 들려왔다. 나는 일이
         어떻게 되어 가는지 알아보고 싶어서 옛날에 살던 마을을 찾아
         가 보았다. 집은 텅텅 비어진 채였고, 식구들은 어디론지 간 곳
         이 없었다. 먼 친척 간 누님의 말을 들으니, 어머니가 뜻밖에 날
         기다리고 있다는 것이다. (문 쪽을 바라보고 있는 어머니가 보

이며) 어머니는 그 집에서 똑같이 저녁을 지어내 왔고, 하룻밤을 함께 지냈다. 어머니는 그렇게 그 빈집을 드나들며 먼지를 털고 걸레질을 해온 것이다. 그리고 그 흔적으로 안방 한쪽에다 이불 한 채와 옷궤 하나를 예대로 그냥 남겨 두고 있었다. 나는 그 옷궤만 보면 빚 문서를 만난 듯 기분이 새삼 꺼림칙스러워지곤 하던 물건이었다.

어머니   옷궤를 내놓으면 몸에 걸칠 옷가지는 다 어디다 간수하고야? 어디다 내놓을 데가 생긴다고 해도 옷가지 나부랑 일 간수해 둘 데는 있어야 할 것 아니냐?

아내   어머님은 아마 저 옷장에 그럴 만한 사연이 있으신 모양이군요. 시집오실 때 해 오신 건가요?

어머니   (옷궤 얘기는 더 이상 하고 싶지 않다는 듯이) 내력은 무슨….

아내   (갑자기 침묵을 깨며) 어머님께선 지난 일로 저까지 속을 상하게 할까봐 그러시는 모양인데요. 그래도 별로 소용이 없으세요. 저도 이야기를 대강 다 들어 알고 있단 말예요.

어머니   (놀라며) 이야기를 들어? 누구한테서?

아내   (엿듣고 있던 나를 지목하는 듯이) 그야 물론 저 사람한테지요. (울먹이며) 그러니 어머님 이제 좀 속 시원히 말씀해 보세요. 자식들한테까지 어머님은 어째서 그렇게 말씀을 참아 넘기려고만 하세요?

어머니   그래 그 아그도 아직 그날 밤 일을 잊지 않고 있더냐?

아내   그래요. 그런데 저 사람은 벌써 잊어 가고 있거든요. 그래서 저는 어머님한테 진짜 이야길 듣고 싶은 거예요. 어머님의 그날 밤 진짜 심경을 말씀이에요.

어머니   (마지못한 어조로) 마음이 어떻기야, 거기서 하룻밤 저 아그를 재워 보내고 싶어서 싫은 골목 드나들며 마당도 쓸고 걸레질도 훔치며 기다려온 에미였는디, 더운 밥 해 먹이고 하룻밤을 재우고 나니 그만만 해도 한 소원은 우선 풀린 것 같더구나.

나   (헛기침을 한 번 하며 장지문 앞으로 모습을 드러내며 나선다)

나, 아내, 어머니가 막걸리 한 되가 올려진 저녁상에 앉아 있다.

어머니   (상을 가져오며) 그래, 정 내일 아침으로 길을 나설라냐?

나   (짜증스런 말투로) 가야 할 일이 있으니까 간다는 거 아니겠어요?

어머니   그래 알았다. 저녁 하고 술이나 한잔하고 일찍 쉬거라.

조명 서서히 어두워졌다가 다시 밝아진다.

4장   어머니 집 단칸방

나는 서서히 눈을 뜨고 아내와 어머니가 하는 말을 엿듣는다.

어머니   웬 눈이 그리도 많이 내렸던지 잠시 눈을 붙였다가 새벽녘에 일어나 보니 바깥이 온통 눈 천지로구나…. 눈이 왔더라도 어쩔 수가 있더냐. 서둘러 밥 한술씩을 끓여다가 속을 덥히고 그 눈길을 서둘러 나섰더니라…. 처지가 떳떳했으면 날이라도 밝은 다음에 길을 나설 수 있었으련만, 그땐 처지가 부끄럽고, 저주스럽기만 했던지… 그래 할 수 없이 새벽 눈길을 둘이서 나섰지만, 산길이 멀기는 또 얼마나 멀더냐. 어찌 어찌 장터거리로 들어서서 차부가 저만큼 보일 만한 데까지 가니까 그때 마침 차가 미리 불을 켜고 차부를 나오는구나. 그 운전수란 사람들은 어찌 그리 길이 급하고 매정한지 눈 깜짝할 사이에 저 아그를 홀쩍 실어 담고 가 버리는구나.

아내　그럼 길을 혼자 돌아가시던 그때 일을 기억하세요?

어머니　그럼, 눈길을 혼자 돌아가다 보니 그 길엔 아직도 우리 둘 말고는 아무도 지나간 사람이 없지 않았겠냐. 둘이 걸어 온 발자국만 나란히 이어져 있구나.

아내　어머님은 그 발자국 때문에 아들생각이 더 간절하셨겠네요?

어머니　간절하다 뿐이겠냐? 그 발자국들에 아직도 도란도란 저 아그의 목소리나 따듯한 온기가 남아 있는 듯만 싶었지. 금세 저 아그 모습이 뛰어나올 것만 싶었지야. 하다 보니 나는 굽이굽이 외지기만 한 그 산길을 저 아그 발자국만 따라 밟고 왔더니라.

아내　어머님 그때 우시지 않았어요?

어머니　울기만 했겠냐? 내 자석아, 내자석아 부디 몸이나 성히 지내거라 부디부디 너라도 좋은 운 타서 복 받고 살거라… .눈앞이 가리도록 눈물을 떨구면서 눈물로 저 아그 앞길만 빌고 왔제….

나는 자는 척을 하고 돌아누우며 눈물을 참는다.

아내　(나를 보고 흔들며) 여보, 이젠 좀 일어나 보세요. 일어나서 당신도 말을 좀 해 보세요.

어머니　가만 두거나. 아침 길 나서기도 피곤할 것 인디 곤하게 자고 있는 사람 뭣 하러 그러냐.

무대 조명 어두워지며 어머니만 비춘다.

어머니   (침묵 뒤 차분한 목소리로) 그런디 이것만은 니가 잘못 안 것
         같구나. 그때 내가 뒷산 잿등에서 동네를 바로 들어가지 못하
         고 있었던 일 말이다. 그건 내가 갈 데가 없어 그랬던 것이 아니
         란다. (아련한 눈으로) 아침 햇살이 활짝 퍼져 있는데 눈에 덮
         인 우리 집 지붕까지도 햇살 때문에 볼 수가 없더구나. 더구나
         동네에선 아침 짓는 연기가 한참인디 그 햇살이 부끄러워 차마
         어떻게 동네 골목을 들어설 수 있더냐. 그놈의 말간 햇살이 부
         끄러워 그럴 엄두가 안 생겨나더구나. 시린 눈이라도 좀 가라
         앉히고자 그래 그러고 앉아 있었더니라….

서서히 암전.

1 이 작품에서 '웃궤'란 어떤 의미를 가진 소재일까?

2 '눈길'은 어떤 의미를 담고 있는가?

제 생각은요

1 이 작품에서 '웃궤'는 어머니에게는 집을 지키고 있다는 의미, 아들에 대한 사랑을 베풀 수 있었던 옛집에서의 마지막 밤을 회사하게 해 주는 매개체 등 좋은 의미를 가지는 소재이지만 '나'에게는 몰락한 집안을 떠오르게 하는 매개체, 어머니에 대해 빚을 졌다고 느끼게 하는 물건

2 아직 깜깜한 새벽길, 급히 상경하는 자식이 안쓰러워 자식과 함께 나선 눈길, 그러나 자식이 상경하고 난 뒤 눈물을 흘리며 돌아서는 눈길은, 몰락한 집안의 '어머니'가 겪어 온 인고의 생애 전체를 포괄하는 의미를 지닌다.

어둠의 혼

원작 김원일
각색 신용하

늘 숨고 어디론가 헤메고 다니다 불쑥 나타나곤 했던 아버지가 순경에게 잡혔다는
소문이 장터 마을에 퍼지게 되고, 모두 아버지가 총살을 당할 것이라고 말하지만
갑해는 당장의 배고픔과 아버지라 부를 사람이 없어지는 것이 슬플 뿐 큰 관심을
가지지 않는다. 이전부터 아버지를 찾기 위해서 순경이 집안을 쑥대밭으로 만들고
어머니를 지서로 끌고 가는 등 갑해는 아버지에 대한 원망과 분노만이 커져 갔었
기 때문이다. 그런데 아버지가 이제 지서에 잡혔으니 더 이상은 집에 순경들이 밀
어닥치지 않을 것이라고 생각하였다. 이튿날 식량을 구하러 이모 댁에 가신 어머
니를 찾아 나서는 과정에서 아버지가 해 주셨던 이야기와 아버지가 하셨던 행동을
회상하며 아버지가 왜 여태껏 도망만 다녀야 했는데, 빨갱이라는 것이 얼마나 나
쁘길래 잡히면 총살을 시키는 것인지, 아버지는 왜 그런 행동을 하게 된 것인지 등
아버지에 대한 궁금증이 점점 커져 갔다. 그리하여 이모 댁에 도착한 갑해는 아버
지의 소식을 듣기 위해서 지서로 향하게 되고 그곳에서 이모부 손에 의해서 아버
지의 시신을 직접 마주하게 된다. 갑해는 흐느껴 울며 무작정 강가로 향해 달렸고,

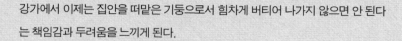

강가에서 이제는 집안을 떠맡은 기둥으로서 힘차게 버티어 나가지 않으면 안 된다는 책임감과 두려움을 느끼게 된다.

갑해	아버지에 대한 원망과 연민, 애정을 가지고 있고, 아버지의 죽음으로 인해서 가장으로서의 책임감을 느끼는 등 이러한 감정을 통해 정신적으로 성장하게 된다.
아버지	사상에 빠져 가족을 돌보지 아니하고 좌익활동을 하다 끝내 사망함.
어머니	아버지를 대신하여 가족의 생계를 돌보고, 남편의 죽음을 통해 정신적으로 굳건해진다.
이모	갑해의 가족에게 양식을 지원해 주고, 슬픔에 빠진 어머니를 위로한다.
이모부	지서로 온 갑해에게 아버지의 시신을 직접 확인시켜 준다.

장터주민 1, 2 / 낭독자

1장 장터마당

장터주민1 그 소문 들었어?

장터주민2 무슨 소문?

장터주민1 그 갑해 아버지 말이야… 어제 수산리 장날 장거리에서 사복 입은 순경한테 드디어 잡혀 버렸대.

장터주민3 마저 마저 어제 지서에 오라로 묶여가는 걸 내가 똑똑히 봤어.

장터주민2 그럼 이제 총살 당하는 거야?

장터주민1 당연하지 저번에 병쾌 아버지 일 기억 않나? 병쾌 아버지와 그를 따랐던 읍내 젊은이 7명이 총살을 당했는데 갑해 아버지는 그 일에 앞장섰으니 당연히 총살을 당하지 않을까?

갑해 (혼자 중얼거리며) 그럼 이제 이년 넘게 집을 비우고 산도둑같이 텁석부리, 선생님처럼 국민복을 입고 경찰을 피해서 잠깐 나타났다 사라지는 아버지의 요술도 이제 끝이 되어 버린 거야? 그럼 이제 아버지의 연기는 연기처럼 자취 없이 사라지게 되는거야? 그럼 이제 우리 오누이는 아버지라 부를 사람이 없어지게 되겠네.

낭독자 갑해는 아버지의 요술의 뜻을 미처 자신이 깨닫기 전에 아버지가 돌아가신다는게 슬플 뿐 지금 당장 해결해야 하는 배고픔이라는 절박한 괴로움에 떨고 있었다.

2장 갑해의 집

어머니 갑해야, 분선아, 엄마 잠깐 나갔다 올게 누나 잘 챙기고 있어라.

갑해 (영어숙제를 하며) 어디 가시게요?

어머니   (대문을 박차고 나가며) 이미 많이 양식을 꾸어 먹어서 빌리기
         쉽지 않지만 뒤질놈은 뒤지더라도 어디서든 양식을 꾸어 와서
         죽이라도 해먹어야지.

갑해   (멀어져 가는 엄마의 뒷모습을 바라보며) 더 이상 꿀 데도 없을
         터인데….

잠시 무대 어두워졌다 밝아진다.

갑해   (걱정하듯 혼자 중얼거리며) 두 시간이나 지났는데 엄마가 왜
         안 오시지. 에이 또 이모님 집에 가셨겠지. 뭐 믿을 곳이 이모
         님 집뿐이니 이모님께 넋두리를 늘어 놓고 있을게 분명해. 이
         모님은 우리 어머니를 곧잘 닦아 세우지만 마음씨가 착하니,
         또 언제나처럼 어머니께 서방 잘못 만난 불쌍한 것아 하면서
         쌀 한 되쯤, 보리 두 되쯤 주시면 그걸로 죽이라도 쒀 먹으면 모
         래까지는 배곯는 걱정은 안 할 수 있겠다.

갑해   (곰곰히 생각하며) 만약 아버지가 돌아가시면 아버지가 몇 해
         동안 돈이나 먹을거리를 집으로 가져오진 못했지만 지금까지
         어머니가 이모님 집에서 꾸어 온 많은 양식이 다 갚지 못할 빚
         이 될텐데, 그리고 나도 이제 아버지가 없는 소년으로 남을 텐
         데 아버지는 도대체 왜 그런 일을 한 거지?

낭독자   갑해는 아버지가 왜 그 일에 적극 나서게 되었는지, 사람들이
         모두 쉬쉬하며 두려워하는 그 일에 왜 아버지가 발 벗고 나서
         서 뛰어들게 됐는지에 대해서 그 내막을 자세히 몰랐다. 그 내
         막에 대해 알기 위해 아버지의 행동을 곱씹어 보던 중 갑해는
         초등학교 2학년 때 그와 그의 아버지가 들길에서 했었던 말을

떠올리게 된다.

3장 들길, 초여름 새벽

갑해와 아버지, 들길을 산책하고 있다.

갑해   (아버지가 뛰어오르는 청개구리 한 마리를 잡아 손등에 올려 놓으시는 것을 보며 신기해하며) 우와 개구리 등판은 반들반들거리고, 얇은 흰 뱃가죽이 팔딱 팔딱 뛰어요, 아버지!

아버지   (갑해를 쳐다보며 그윽하게) 갑해야, 요 꼬마 놈은 날마다 높이 뛰기 연습을 한단다. 첫날은 반 뼘 정도 뛰지만, 이튿날은 쬐금 더 높이 뛰거든, 한 달쯤 뒤면 한 뼘쯤 뛰고, 두 달쯤 뒤면 두 뼘을 뛰고, 그 다음다음 달은….

갑해   (아버지의 말을 가로채며) 그러면 나중에는 하늘에 닿겠네요?

아버지   (고개를 좌우로 흔들며) 아니지 아니지, 하늘에 닿아 보려 뛰지만 하늘에 닿지는 못한단다. 왜냐하면 하늘은 끝이 없으니깐.

갑해   그럼 청개구리는 죽을 때까지 뛰겠네요?

아버지   그렇지, 죽는 날까지 높이뛰기를 하지.

갑해   (고개를 갸우뚱거리며) 도대체 그럼 왜 그런 연습을 해요?

아버지   그건 아버지도 모른단다. (청개구리를 다시 풀숲에 놓아 주며) 청개구리만 알겠지.

갑해   (속으로 중얼거리며) 뭐야, 재미없어. (아버지를 바라보며) 아버지 아버지, 이 지구가 생기고 맨 처음, 달걀이 먼저 나왔게예, 닭이 먼저 나왔게예?

낭독자   갑해는 아버지께서 닭이 먼저라면, 그 닭이 어디서 나왔느냐,

달걀이 먼저라면 그 달걀을 누가 낳았느냐라는 연속적인 질문
을 준비해 두고 있었다.

아버지 (당황한듯 헛기침을 한 후 생각에 빠지고선 갑해를 바라보며)
내가 맞혀 보마.

갑해 (자신만만한 표정으로 아버지의 입을 쳐다보며) 그래예, 맞히
보이소.

아버지 답은 간단하지. 닭이 먼저냐 달걀이 먼저냐 하는 답은 말이야,
아무도 몰라.

갑해 (실망한듯한 표정을 지으며) 피, 그런 답이 어딨습니꺼, 지도
그런 답은 할 수 있습니더.

아버지 너도 학교에서 배웠겠지만 닭과 달걀의 조상을 쭉 따라 올라가
면, 글쎄, 몇 억 년쯤 거슬러 오르면, 암놈 수놈이 한몸이었을
때가 있었지. 원생동물 시기가 있었거든. 그땐 사람이 생겨나
지 않았을 때여서, 과연 어떤 게 먼저 세상에 나왔는지 아무도
알 사람이 없지. 그러니까 그 답은 모른다는 것이 옳은 답이야.

갑해 (풀이 죽어 조그만 소리로) 그래도 어데 모른다는 기 맞는 답일
수 있습니꺼?

아버지 아니야, 넌 답이란 반드시 맞다, 아니면 틀렸다 두 가지뿐인 줄
알지?

갑해 그래예, 모른다는 거는 답도 아이고 아무것도 아니라예. 모른
다는 거는 증말 모르이까 모른다고 말하는 기지예.

아버지 (부드러운 어투로) 아냐, 옛날 옛적, 닭과 달걀 중 누가 먼저 생
겼느냐란 질문에는 모른다가 답일 수 있어. 더러는 모른다는
답이 백 점일 때도 있단다. 너도 이다음에 크면 알게 되겠지만,
이 세상에는 참으로 수수께끼가 많지. 어느 게 옳고, 틀린지 정

답을 모르는 일이. 모두 제가끔 하는 일만이 옳은 일이라며 열심히 매달리니깐. 어떤 일에는 목숨까지 던져 가며 말이다.

낭독자 초등학교 2학년 때 아버지와 했던 이야기를 회상해 봄으로써 지금 다시 생각해 보니 아버지가 해 왔던 그런 일이 꼭 청개구리 하는 짓을 닮았다. 죽을 때까지 뛴다던 청개구리의 높이뛰기, 아버지는 얼마만큼 높이 뛰고 언제까지 뛸까, 그때까지만도 갑해는 아버지가 죽는다고 상상조차 해 보지 못하였다.

4장 다시 갑해의 집

갑해, 분선, 누나 셋이 엄마를 기다리고 있다.

갑해 (바닥으로 고개를 떨구며) 하… 땅거미가 깔리네, 곧 사방이 어두워지겠네. (얼굴을 찡그리며) 난 어둠이 두려워. 깜깜한 밤이 싫어. 빨리 내일 새벽이 왔으면 좋겠어. 금병산 산마루 위로 해가 솟아 날이 훤해질 때까지 또 밤을 설치겠지. 그리고 날이 밝으면, 내 어릴 적에 왜 그런 청개구리 이야기를 들려 주었냐고 묻기 전, 아버지는 돌아가셔서 이 세상에 없겠지.

낭독자 갑해는 열흘 전쯤 새벽에 순경이 집을 덮쳐 아버지의 행방을 물으며 머리채를 잡아끌며 순경들이 어머니를 끌고 간 그날, 눈물 콧물 범벅이 된 채 울며 새운 그 밤의 두려움이 지독하게 남아 있었기에 갑해는 어둠을 무서워하였다. 그러나 숨어 다니던 아버지가 순경에게 잡혀 총살당할 거라는 소문을 들은 갑해는 이제는 순경들이 집 안으로 밀어닥치지 않을 것이고 자신의 집이 빨갱이 집이라고 사람들이 말하지 않을 것이라고 생각하였다.

갑해   (짜증을 내며) 그나저나 자식들이 굶고 기다리는 줄 알면서 어
        머니는 도대체 왜 안 오시는 거야? 살아있는 아버지를 마지막
        으로 만나기 위해서 지서로 가셨나? 그렇다면 어머니도 펑펑 우
        실라나? 아니야 아니야, 어머니는 늘 아버지 험담만 퍼부었어. 조
        금 전에도 처자식 이렇게 고생만 시키니 죽어도 싸다고 아버지
        에 대한 악담을 퍼지로고 나가셨으니 지서로 갔을 리 없지.
갑해   (어머니를 그리워하는 표정으로) 다시 숫자나 세자. 하나…
        둘….

누렁이 갑해 앞을 지나간다.

갑해   마치 우리 오누이들처럼 갈빗대가 도드라진게 언제 보아도 야
        위어 있구나.
낭독자   야윈 누렁이를 보면서 갑해는 자신이 학교에 갔다 올 때, 갑자
        기 하늘이 노랗게 보이고, 다리에 힘이 빠져 조회 시간이나 학
        교에서 돌아올 때 몇 차례 쓰러졌던 기억이 떠올랐다. 그리고
        자신의 꼬르륵 소리가 나는 배를 보며 '넌 가정환경만 좋으면
        똑똑해서 대학까지도 갈 수 있었을 텐데'라고 선생님께서 하신
        말씀을 떠올리게 된다.
갑해   … 아흔아홉… 백… 백까지 세었는데 어머니는 안 오시네. (장
        터마당으로 가는 다리를 보다가 다리 건너에서 만수 동생이 제
        기차기를 하는 모습을 보며) 만수 저 놈 오늘은 배가 볼록한 것
        을 보아하니 오늘은 저녁밥을 오지게 먹은 모양이구나. 우리
        집은 왜 이렇게 가난하지? (아버지를 원망하는 표정으로) 우리
        아버지는 농사꾼도, 장사도, 월급쟁이도 아니기 때문이겠지.

갑해	(울음소리가 나는 쪽마루 쪽으로 고개를 돌리다 대추나무 뒤쪽 하늘을 보며) 대추나무 뒤쪽 하늘은 짙은 보라색이야. 보라색은 아버지가 바깥에서 숨어 다니며 하는 그일, 어머니의 피멍 든 모습, 말라붙은 피, 깜깜해질 징조 같아서 싫어. 저 짙은 보라색이 모든 형체를 어둠으로 지우다, 끝내 아무것도 볼 수 없는 밤이 오겠지… 이 세상에 밤이 없는 곳은 없나? 그럼 환한 밝음 아래 놀다가 그 밝은 세상에서 잠잘 텐데.
분선	(우는 언니를 달래며) 언니야, 와 자꾸 우노. 울지 마래이. 어무이 곧 올 끼다. (우는 언니의 손을 잡으며) 언니, 니 자꾸 그래 울모 범이 와서 콱 물어 간데이.
갑해	(누나가 더 큰 소리로 운다) 아오 저거는 서러운 목소리가 아니라 그냥 소리만 내지르는 고함이잖아. 도대체 제대로 먹지도 못하는데 눈물 콧물은 어디서 저렇게 많이 나오는거람. 우리 누나는 바보 천치니깐 그렇겠지 뭐. (배를 잡고 천천히 걸어가며) 배가 잠에서 깨지 않게 천천히 대문 쪽으로 어머니오시나 보러 가야겠다.
분선	(어머니의 말투를 따라하며) 오빠야, 니는 와 자꾸 밖에 나가노. 니도 언니 좀 달래거라. 내사 증말 몬살겠데이.
갑해	(짜증난 말투로) 문 앞에서 어무이 안 기다릿나. 니가 누부야 달래거라. 내사 마 말할 기운도는 없는기라. (분선이 옆, 마루에 앉으며) 니 자꾸 말 시키이까 배가 잠을 깰라 안 카나.
누나	(더욱더 큰 소리로 운다)
분선	(동그란 눈을 힘없이 깜박거리며 대문 쪽을 본다)
갑해	(누나의 울음소리가 듣기 싫어 귀찮아 하는 듯한 말투로) 누부야, 저게 바라. 어무이 쌀자루 들고 오네. 기분 좋아서 덩실덩실

춤추미 오네.

누나 　(울음을 그치고 대문 쪽을 쳐다본 후 어머니가 없자 화가 난 듯
　　　더 큰 소리로 운다)

분선 　(뾰로통한 말투로) 오빠 니 와 자꾸 거짓말하노. 나중에 하느님
　　　한테 천벌 안 받는가 보래이.

봄을 싣고 오는 바람이 분다. 한기를 느낀 분선은 어깨를 떨고. 갑해 역시
콧마루가 찡해져 코를 만진다.

갑해 　(우울한 어투로) 아 나도 울고 싶다. 코 끝이 찡하네. (무엇인가
　　　를 결심한 듯한 표정으로) 아냐, 아냐. 우리 가족은 지난 겨울
　　　그 추위에도 불 지피지 않고 찬방에서 저녁밥을 굶은적도 많고
　　　우리 막둥이 분선이도 울지 않는데 내가 울면 안 되지. 울면 더
　　　배고플 뿐이야. 참자, 참어. (분선이를 쳐다보며) 분선아, 지금
　　　무슨 달인 줄 아나?

분선 　(갑해를 쳐다보며 당연하다는 어투로) 사월 달이지, 머꼬?

갑해 　오늘이 무슨 요일인 줄 아나?

분선 　금요일이지러.

갑해 　모래 공휴일날 나무하러 갈 때, 니도 따라갈래?

분선 　(고개를 끄덕이며) 가꾸마, 인자 쑥은 늙어서 몬 뜯을 끼라.

갑해 　그래도 진달래는 다 안 졌을 끼다. 참꽃 따 묵고 칡도 캐 묵자. 찰
　　　칠기는 얼매나 맛있다고. 장터에는 벌씨러 칠기장수가 나왔더라.

분선 　(대문 방향을 쳐다보며) 근데 어무이는 왜 안 오노. 언니가 이
　　　래 울어쌓는데 (울먹울먹해진 목소리로 언니를 바라보며) 언니
　　　야, 내 노래 불러 주꾸마, 뜸복새 불러 주께 울지 마래이.

낭독자   분선이는 4학년으로 공부도 잘하고 밥만 양껏 먹을 수 있다면 늘 반1등과 부급장도 할 수 있는 아이였다. 장터 마당 주변 사람들 또한 분선이를 예쁜 가시나라고 칭찬하였고, 동네 사람들이 모두 말도 제대로 못하는 아기 같은 자신의 언니를 싫어하였지만 분선이 만큼은 언니를 늘 챙기는 언니의 든든한 착한 동무였다.

분선, 떨리는 목소리로 언니에게 노래를 부른다.

갑해   (울먹울먹하는 표정으로 중얼거리며) 누나 울음소리도 거슬리고, 집도 어둠에 묻혀 가고, 나도 울컥해서 더 이상은 집에 못 있겠다. (마루에서 일어나 천천히 걷는다)

분선   (쓸쓸한 음정으로 노래 부르며) 우리 오빠 말 타고 장에 가시면 (노래를 멈추고 갑해를 쳐다보며) 오빠야, 또 어데 가노? (곧 울 것 같은 소리를 낸다)

갑해   (걸음을 멈추지 않고 입속말로) 분선아, 나는 너만큼 착하지 몬해. 나는 누나를 달랠 수 없어.

분선, 물기에 젖은 눈동자로 갑해의 앞을 막고 선다.

갑해   (앞을 막은 분선을 보고 멈추며) 어무이 찾으러 안 가나. 퍼뜩 찾아와야 밥해 묵지러. 이모님 집에 가모 어무이 있을 끼라. 내 얼른 모시고 오꾸마. 어무이 오모 우리 쌀밥 해 묵자.

분선, 얼굴을 아래위로 끄덕인다.

5장 마을 길

갑해, 음침하게 느껴지는 꽃밭을 지난다.

갑해   (꽃밭을 바라보며) 꽃밭까지 어둠이 삼킨다는 것은 하느님이 세
       상을 만들 때 잘못 만든 것 같아. 겨울 한철 빼고 꽃밭은 늘 푸르
       고 색색의 꽃이 알록달록 피어 있어야 해. 그리고 그 향기를 좇아
       나비와 벌이 찾아와야 해. (당찬 어조로) 아니 아니, 꽃밭 주의만
       은 겨울이 닥치지 않고 잎이 푸르고 꽃은 늘 피어 있어야 해.

갑해, 우물터를 지나가다 아낙네들이 하는 말을 듣게 된다.

아낙네1 (재잘재잘 웃으며) 똑똑한 사람 죽는구먼. 우짜모 몇 해 사이
        사람이 그렇게 변해 버릴 수가 있나.
아낙네2 아이들이 불쌍한 기라. 천치 분임이는 두고라도, 갑해랑 분선
        이가 안 그렇나. 쯧쯧.

갑해, 못들은척 지나친다.

갑해   (걸음을 빨리하고 눈에는 눈물이 고이며) 저 소리 정말 듣기 싫
       어. 근데 저 말을 들으니깐 배만 고프지 않으면 지서로 가 보고 싶
       다. 지서에 잡혀가면 무조건 맞기부터 한다던데… 잘 계시려나?

찬수 아버지 갑해를 쳐다보며 등장.

찬수 부	이 자식아, 네 아비가 죽는데 넌 지금 어디를 싸돌아 댕겨?
갑해	(아무 말 못하고 꿍하니 서 있는다)
찬수 부	미친놈의 세상. 뭣 때문에 싸움질인지 몰라. 죽어라 죽어. 뒈질 놈은 뒈져 버려. 극좌 극우가 없어져야 편안한 세상이 될 테니깐.
찬수 부	(골목 아래로 내려가다 멈춰서며) 제가 무슨 볼셰비키라고 오 뉴월 개처럼 제물이 되겠다는 기고. 차라리 항일 운동이나 하다 순국하지, 해방된 마당에서 동포 손에 개값도 못 하고 왜 죽어.

찬수 아버지 퇴장.

갑해	(억울한 듯이 입속말로) 아버지가 도대체 무슨 죄를 졌기에 왜 도망만 다니는지 모르겠어. 빨갱이란 얼마나 나쁜 사람이기에 잡기만 하면 총살시키는지, 나는 제대로 알고 있지도 않다고. 아버지가 왜 그런 일에 나서게 되었을까에 대해서도 아무도 말 해주지도 않고 말이야. (멀리 바라보며 나지막하게) 달걀이냐, 닭이냐에 대한 질문에서 아버지가 대답한 답을 깨칠 때쯤의 나 이가 들면, 그 모든 진상을 알게 될 테지.

6장 주막

색시	(안타까워하는 말투로) 갑해구나. 앞으로 너들 우째 살라카노?
갑해	우리 어무이 여기 있지예?
색시	(갑해의 머리를 쓰담으며) 저기, 이모님과 얘기하고 계시지 않 냐? 이모님께서 양식도 좀 챙겨 주셨구마.

갑해, 안심하며 어머니와 이모가 이야기하는 곳으로 간다.

어머니　　（흐느끼는 목소리로） 성님, 인자 우리는 우예 살꼬예. 밉든 곱
　　　　　든 서방인데, 저래 죽고 나모 세 자식 데불고 우예 살꼬… （훌
　　　　　쩍거리며 운다）

이모님　　（어머니를 달래며） 네 형부가 지서로 갔구마는 그런 큰 죄를 졌
　　　　　으이 무신 할 말이 있겠노. 시집 한 분 잘못 간 죄로 니가 이래
　　　　　험한 꼴을 당하는구나.

어머니　　（흐느끼며） 아이고, 내가 전생에 무신 죄를 많잉 졌다꼬 이런
　　　　　생고생을 당할꼬. 성님, 내 팔자 와 이래 험한교. 어무이는 내
　　　　　귓밥 커서 살아생전 벨 탈 읎이 잘살 끼라 카더마는, 와 이래 요
　　　　　모양 요 꼴로 망쪼가 들었을꼬.

갑해　　　（눈치를 보며） 어무이!

어머니　　（울음을 멈추고 화가 난 표정으로 갑해를 노려보며） 이늠으 빌
　　　　　어묵을 자슥아. 집에 처박히 안 있고 머 하러 나왔노?

이모　　　（갑해를 불쌍하게 쳐다본 후 어머니를 보고） 불쌍한 아아가 무
　　　　　신 잘못을 저질럿다고, 쯧쯧. 갑해야, 여게 온나 （갑해를 손짓
　　　　　하여 옆에 앉히고 어깨를 토닥인다） 갑해야, 배고프제? 니는 여
　　　　　게서 밥 좀 묵고 가거라. 갑해야, 갑해야. 니사 얼매나 똑똑하
　　　　　노. 그라이게 이모부가 니 중핵교 공부시키 줄라 안 카나. 크거
　　　　　들랑 큰사람이 되거래이. 니 애비맨쿠로 미친 짓 하지 말고, 열
　　　　　두 대문 담장 치고 살거래이. 니 그래 장하게 되는 거 볼때꺼정
　　　　　내가 살아야 할 긴데… （바닥을 보며 한숨을 내뱉는다）

어머니　　이늠으 팔자, 나는 와 이래 서방 복도 읎노. 자식 새끼들만 없어
　　　　　도 헌서방이 나따나 얻어 가지러. 아이구, 내 팔자야. 설움도 많

고 한도 많데이.

이모   (우는 어머니를 흘깃 보며) 마 치아라, 이것아. 자슥들이 불쌍
치도 않나. 어서 가거라. 가서 밥이나 해 믹이라. 니사 그래도
부모 덕에 한창 클 때 배사 안 곯았지러. 아이들이 무신 죄가 있
노. 그 미친갱이 서방이사 큰 물질 때 떠내려 보냈다 치고 악착
같이 살 생각은 않고 무신 탄식이 그래 많노. 인자 허리끈 졸라
매고 머든지 해 봐라. 발 벗고 나서모 산 입에 거미줄 치겠나.
이것아, 니도 악심 안 묵으모 장래 팔자 더 함할 끼데이.

어머니, 코를 풀고 무언갈 다짐한 표정으로 앞에 놓인 자루를 들며 일어난다.

갑해   (어머니가 든 자루를 받으며 입속말로) 기분 좋다. 저 자루가
쌀이든, 보리이든 이제 밥 먹을 수 있겠다.

어머니   (갑해의 머리를 쥐어박으며 화를 내며) 빌어묵을 밥통아. 그래
머슴아라는 기 밤이모 집 지킬 줄 모르고 지집아둘 놔 뚜고 머
하러 나왔노? 에미가 서방 정해 갈까 바 찾아 댕기나, 도둑질하
로 갈까 바 찾아 댕기나.

이모   (갑해와 어머니 사이를 가로막으며) 갑해 너무 쥐어박지 마래
이. 니나 얼른 가서 기다리는 딸년들 밥 해 먹이라. 갑해는 여
기서 선짓국에 밥 한술 말아 믹이고 보내꾸마.

어머니   (거친 숨을 몰아쉬며) 니 쪼매 있다 집구석에 들오기마 해 바
라. 뻬가죽을 안 남길 끼다.

어머니, 이모님 집을 나선다.

이모	갑해야, 배고푸제. 쪼매마 기다리레이. 내 얼른 국밥 한 그륵 맹
	글어 오꾸마.
갑해	(입맛을 다시고 있다가 이모님이 국밥을 내오자 금세 국물 한
	방울 안 남기고 먹는다)
이모	(측은하다는 말투로) 더 주까?
갑해	(아쉬운 얼굴이지만 머리를 흔들며) 마 갠찮습니다. 이모님, 자
	알 묵었심더. (이모를 보며 웃는다)
이모	갑해야, 니 지서에 한분 가 바라. 이모부님 지서로 내려갔으이
	께 거게 있을 끼다. 내 애비 우예 됐는고 소식 알아 온나.
갑해	그라게예.

갑해, 활기차게 걸어나간다.

7장 갑해의 집, 새벽

| 낭독자 | 활기차게 걸어가던 갑해는 지난겨울 어머니와 아버지가 싸우 |
| | 던 날을 생각한다. |

갑해, 밤중에 화장실을 가다 담배를 피고 있는 아버지를 멀리서 바라본다.

어머니	(아버지를 바라보고 울며) 아이들 데불고 부산이든 서울이든
	떠나서 살자꼬예. 내는 더 이상 지서로 불려 가 매질당할 수 없
	고, 남 손가락질 받고 살 수 읎습니다.
아버지	(방문 쪽에만 눈길을 주고 대답하지 않는다)
갑해	(이불 속으로 몸을 숨기고 순경이 곧 닥칠 것 같이 두려워한다)

어머니   (목소리를 점점 높이며) 지서에 자수하든, 멀리 도망가든 한 길을 택하란 말임더. 그래, 임자가 사람 탈을 쓴 인간인교, 아니모 짐생인교. 짐생도 지 식구들 이래 내삐리지는 안 할 낌더. 지금 당신은 하는 행동이 사상에 미친 작자, 떠돌아댕기는 거리 구신 들린 서방아닌교?

아버지, 슬그머니 자리를 일어난다.

어머니   (아버지의 다리를 붙잡으며) 날 쥑이고 가, 쥑이고 가란 말이다. 이 미친 사내야, 자슥새끼들하고 날 쥑이고 내삐. 내 죽어서 혼백이라도 임자 따라댕기미 망하게 하고 말끼다! (매우 화를 내며) 그늠으 짓이 처자슥보다 그래 중하모 일쩍 불알 떼 놓고 그 짓 하제 멋 때메 처자슥 이 꼴 만들고 그늠으 사상에 미처!

아버지, 오누이 쪽을 한 번 바라본 후 어머니의 손을 뿌리치고 집 밖으로 뛰쳐나간다. 어머니, 아버지를 따라 달려나간다.

순경2   (호각소리를 내며) 잡아라! 저쪽이다. 활터 쪽이도!
순경2   (총을 겨눈 후 쏘며) 쥑이라, 쥑여! 갈겨 버려! (고함을 지르며 쫓아간다)
갑해   (소리 죽여 울며) 도대체 왜 아버지가 저래 목숨 걸고 도망만 다녀야 하는긴데. (억울한 듯이 울며) 내는 모르겠다고.
낭독자   쑥대밭이 된 집안을 바라보며 갑해는 아버지에 대한 증오와 연민이 뒤섞여 울음 터져 버렸다.

8장 지서

갑해, 지서 앞 의용경찰 대원을 향해 걸어간다.

갑해   (조심스럽게) 아제예, 우리 아부지 말입니더… 우리 아부지 우
         예 됐어예?

의용경찰 빨갱이 자슥 늠이구나. 아부지 찾으러 왔다 이 말이제? 니 아부
         지 버얼써 골로 갔어.

갑해   죽었어예?

의용경찰 그래, 뒈졌어.

갑해   울 아버지가 벌씨러 총살당해 뿌릿다 이 말이지예?

의용경찰 (너부죽이 웃은 후 장총으로 갑해를 겨누며) 니도 죽고 싶나?
         죽기 싫으모 퍼뜩 집에 가. 가서 이불 둘러쓰고 잠이나 자!

갑해   (겁먹은 표정으로 울먹이며) 아닙니더. 이모부님 찾으러 왔심더.

이모부, 어깨를 늘어뜨린 채 절룩거리며 지서 정문에서 나온다.

갑해   (이모부님의 두루마기 자락에 매달리며) 이모부님요, 증말로
         우리 아부지 총살당해 뿌렸습니껴?

이모부   (아무 말 없이 갑해의 손을 잡고) 갑해야, 니 아부지는 이제 이
         시상 사람이 아이다. 먼 데로, 아주 먼 데로 영원히가 뿌렸어.

갑해   (눈물, 콧물 흘리며) 증말 죽었습니껴? 순사가 총으로 쏴 쥑이
         뿌렸습니껴?

이모부   (갑해의 들먹이는 등을 쓸고 잡은 손을 더 쎄게 쥐며) 갑해야!
         (결심한 듯한 표정으로) 가자, 니 아부지 보이 주꾸마.

이모부, 갑해의 손을 잡고 나무 밑 시신 앞으로 간다.

이모부   (느릅나무 밑 시신에서 걸음을 멈추고) 이거다. 이기 니 아부지
         시신이데이. 똑똑히 보거라. 이렇게 죽었으이께 앞으로는 아부
         지를 절대 찾아서는 안 된다. 인자 알겠지? (갑해의 손을 놓고
         시신을 덮고 있는 가마니를 뒤집는다)

갑해   (흐느끼며) 아부지가… 이렇게 돌아가시다이, 이렇게 죽고 말
         아 뿌리다이! (손을 잡는 이모부를 뿌리치며) 아부진 거짓말쟁이
         다. 거짓말만 하다 돌아가셨어. 아이다, 죽지 않았어! 거짓말처럼
         죽은 체하고 있는 기라! (한숨 쉬며) 연기처럼 사라져 버렸어.
         내한테 그래 어려운 수수께끼만을 남기고 돌아가 뿌렸어.

낭독자   달빛 아래 희미하게 드러난 아버지의 얼굴은 피 칠갑을 한 채
         표정이 찌그러져 있고, 눈을 부릅뜨고, 턱은 부은 채 입은 커
         다랗게 벌려져 있었다. 갑해가 어릴 적 아버지 무릎에 앉아 장
         난 질을 하던 그의 가슴은 두려운 보라색으로 변해 있고, 그의
         두 팔과 두 다리는 아무렇지 않게 내던져져 있었다. 갑해는 살
         아가는 데 용기를 가져야 하고 어떤 어려움과 슬픔도 이겨 내
         야 한다는 두려움에 떨고 있었다. 보이는 것, 보이지 않는 모든
         것이 안개 저쪽같이 신기한 세상, 갑해가 알아야 할 수수께기
         가 너무 많은 이 세상을 건너갈 때, 갑해는 이제 집안을 떠맡은
         기둥으로 힘차게 버티어 나가지 않으면 안된다는 결심이 갑해
         의 가슴을 적시고, 눈물로 그 느낌을 달랬다. 아버지께서 돌아
         가신 그해 초여름, 이 땅에 전쟁으로 이모부님께서 돌아가시고
         갑해는 이모부님이 왜 아버지의 시신을 자신에게 확인시켜 준
         것인지 또한 알지 못하였다.

272   연극, 소설을 만나다

1   갑해가 보라색과 어둠을 싫어하는 이유가 무엇일지 생각해 보자.

2   이모부가 갑해에게 그의 아버지의 시신을 직접 확인시켜 준 이유가 무엇일지 생각해 보자.

제 생각은요

1   갑해가 보라색을 싫어하는 이유는 아버지가 바깥에서 숨어 다니며 하는 그 일, 어머니의 피멍 든 모습, 말라붙은 피, 깜깜해질 징조에다가 지서에서 확인한 아버지의 시신의 가슴이 두터운 보라색으로 변해 있었고, 그의 두 팔과 두 다리는 아무렇지 않게 내던져져 있는 것을 본 후 보라색에 대한 트라우마가 생겼고, 어둠을 싫어하는 이유는 순사가 어두운 새벽에 집 안에 들어와 아버지의 행방을 묻기 위해서 어머니를 때리고 집 안을 쑥대밭으로 만들던 안 좋은 기억 때문에 어둠을 싫어하게 되었다. 그리고 갑해는 보라색이 진해지면 어둠이 된다고 생각하였기 때문에 집 안 대추나무까지 무서워하게 되었다.

2   갑해가 더 이상 아버지에 대한 집착이나 미련을 가지지 말고 아버지 없이 갑해가 가장이 되어 집안을 이끌어 나아가야 하는 현실을 깨닫게 해주고 싶었고 아버지와 같이 잘못된 사상을 가지고 있으면 결국에는 죽음을 맞이해야 한다는 메시지를 갑해가 깨달았으면 하였기 때문이다.

흐르는 북

원작 최일남
각색 홍유정

젊은 시절 북에 미쳐서 재산을 탕진하고 여기저기를 떠돌아다니던 민 노인은 노년에 이르러 자수성가한 아들의 집으로 들어와 살게 된다. 아들의 고향 친구들이 모인 날, 민 노인은 그들의 간청으로 오랜만에 북을 잡고, 이 일로 아들 내외로부터 심한 타박을 듣는다. 대학에 다니는 손자 성규의 축제에서 하는 봉산탈춤 공연에 성규의 부탁으로 민 노인은 북을 잡게 되고, 성규가 데모에 참가했다가 잡혀가게 되자 곤란한 처지에 빠지게 된다.

민 노인	주인공. 가족을 버려둔 채 평생을 북을 치며 떠돌다가 늙어서 아들 집에 얹혀살게 된다.
민 대찬	민 노인의 아들. 고학으로 자수성가하여 고급 관리가 된 인물. 자신의 지위와 체면 때문에 민 노인이 북을 치는 것을 싫어한다.
성규엄마	민 대찬의 아내로서 시아버지에 대해 냉정하고 무시하는 태도를 보인다.
성규	민 노인의 손자. 대학생. 가족 가운데 유일하게 할아버지의 삶을 이해한다. 데모 도중 잡혀간다.
수경	할아버지와 친밀한 손녀. 할아버지의 삶을 진정으로 이해하지는 못한다.

1장 방안

조명 밝아지면 민 노인과 성규, 방에 앉아 있다.

성규   오늘 밤 손님이 온대죠?

민 노인   그렇다나 보더라. 며칠 전부터 늬 애비가 냄새를 풍기더라구.

성규   할아버지. 이번엔 밖에 나가시지 말고 집에서 버텨 보시지 그
                래요.

민 노인   싫다. 그러다가 저지난 짝 나면 어쩌게.

성규   잠자코 계시면 되잖아요.

민 노인   왜, 나하고 따로 만나는 게 싫으냐?

성규   무슨 말씀을요. 좋다마다요. 다만 이런 일이 있을 때마다 할아
                버지께서 따돌림을 당하는 것이 언짢다 이 말입니다.

민 노인   천만에다. 방구석에 처박혀 술에 젖은 혀 꼬부라진 소리나, 돼
                지 먹따는 노래를 듣고 있느니 보다야 훨씬 낫지. 밤 외출을 해
                도 좋은 당당한 명분이 생긴 데다, 늬 애미가 군자금도 다소 쥐
                어 줄 것이고, 흐흐.

성규   히히히, 아무튼 좋습니다. 마침 오늘은 강의가 8교시에도 있거
                든요. 끝나는 대로 곧바로 달려갈게요. '중역의자'로 가신 댔죠?
                그렇잖아도 할아버지께 드릴 말씀이 있습니다.

민 노인   그래?

2장 성규의 집

무대 밝아지면 며느리 주방에서 요리를 하고 있고 민 노인 현관 앞에서 구

두를 찾고 있다.

며느리	(비스듬히 몸만 돌린 채 시선은 도마 위의 요리를 보며) 나가시게요?
민 노인	(신발을 신으며) 응, 좀 볼일이 있어서.
며느리	(물기 없는 건조한 어투로) 잠시만요. (고무장갑을 벗은 손으로 오천 원짜리 한 장을 건네주며) 이거 가지고 가세요.
민 노인	(놀란 목소리로) 너무 많아. 아직 남은 돈도 있는데.
며느리	많기는요, 오늘 밤은 나가 계시는 시간이 길 텐데요.
민 노인	그래도 그렇지.
며느리	아니에요, 잘 다녀오세요.
민 노인	(주머니에 돈을 받아 넣고 현관문을 밀치고 나서며) 알았다.

안에서는 두 개의 자물쇠를 제깍 제깍 잠그는 소리가 들린다.

3장 포장마차 안

낭독자	포장마차 '중역의자'는 조금 이른 시간이어서 그런지 텅 비어 있었다. 성규도 아직 보이지 않았다. 민 노인이 사장이라고 부르는 주인은 그릇을 챙기다 말고 아는 체를 했다.
김 사장	(앞치마에 손을 닦으며 웃으면서) 회장님, 오랜만에 뵙습니다. 그 사이 미양에라도 걸리셨습니까?
민 노인	문자를 모르는 놈은 서러워서 못 살겠군. 누가 훈장 출신 아니랄까봐 그러우. 김 사장은 그게 탈이야. 사람은 처지가 바뀌면 말도 달라져야 한다구.

김 사장	(소주병과 안주 한 접시를 민 노인 앞으로 밀어 놓으며) 누가 아니랍디까. 민 회장님같이 허물 없는 분에게나 던지는 문자지요.
민 노인	회장을 너무 무시하는 군. 홍합 몇 점으로 어떻게 소주 한 병을 다 비우나. 조금 있으면 약속한 술친구 한 사람이 더 올 건데.
김 사장	그래요? 손자청년. 그 젊은이도 요새는 코빼기도 볼 수 없더군요.
민 노인	손자가 되었건 맹자가 되었건, 오늘은 안주 한 접시 더 놓으시오. 돼지 갈비를 굽는 게 좋겠소.
김 사장	그러지요. 우리야 다다익선으로 많이 팔면 되니까.

성규 등장.

성규	아저씨, 항상 느끼는 건데요, 가게 이름이 중역의자일 바엔 나무 걸상 대신 안락의자를 갖다 놓으면 좋지 않을까요. 서민 대중들에게 중역이 된 기분을 충족시켜 줄 뿐만 아니라, 장안의 화제가 될 겁니다. 버스를 내려 걸어오는 동안, 섬광처럼 떠오른 아이디어라구요.
김 사장	충고는 고마운데, 그 생각은 나로서는 구문이야. 처음엔 나도 고물 소파나 회전의자를 마련할까도 했지. 근데 수지타산이 안 맞아.
성규	(궁금해 하는 표정으로) 왜요?
김 사장	우선 포장마차의 기본 개념인 기동성을 살리는데 불편하기 짝이 없고, 손님들의 출입이 신속해야 하는데, 푹신한 맛에 일단 앉았다 하면 엿가락처럼 떠날 줄을 모를 것 아닌가?

성규	대신 매상이 오를 것 아닙니까?
김 사장	그렇지 않아요. 이 장사는, 택시 기사들이 기본요금에 다소 우수리가 붙는 거리를 좋아하는 이치와 비슷하거든. 손님의 회전이 빠른 쪽이, 죽치고 앉아 시간을 이죽거리느니보다 장사로서는 훨씬 낫지.
성규	딴은 그렇기도 하겠네요.
민 노인	(성규의 잔에 술이나 마시라는 듯 술을 부어 주며) 너 지난번에 만난다던 처녀하고는 어떻게 됐냐?
성규	(쓸쓸한 표정으로) 걔 말이죠. 그저 그래요.
민 노인	그게 무슨 뜻이냐? 포기했다는 말로 들린다.
성규	(술을 한 잔 마시며) 포기라기보다도, 그 동안 제가 딴 일로 바빴거든요.
민 노인	그 처녀에 대한 생각을 아주 버린 건 아니란 말이지?
성규	그런 셈이에요.
민 노인	젊은 녀석이 어찌 그리 대답이 시원찮으냐?
성규	제가 어쨌게요. 그건 그렇구요, 할아버지. (말소리를 낮추며 민 노인에게 속삭이듯) 부탁이 있어요.
민 노인	(덤덤한 표정으로) 뭔데?
성규	다음 주 토요일 오후, 우리 동아리 아이들이 봉산탈춤 발표회를 갖기로 했거든요. 학교 축제의 하나에요.
민 노인	(무슨 상관이냐는 표정으로) 그런데?
성규	할아버지께서 북장단을 맡아 주셨으면 하구요.
민 노인	뭐라구? 그건 나와 번짓수가 달라. 해본 적도 없구.
성규	한두 번만 맞춰 보시면 될 건데요.
민 노인	연습까지 하고? 아서라. 더구나 늬 애비가 알면 큰일난다.

성규	염려 마세요. 저하고 비밀만 지키면 되잖아요. 애들한테도 다 말해 놓았고 지도교수의 허락도 받았다구요.

성규　염려 마세요. 저하고 비밀만 지키면 되잖아요. 애들한테도 다 말해 놓았고 지도교수의 허락도 받았다구요.

민 노인　임마, 그런 건 너희들끼리 해도 되잖아. 나까지 끌어내지 않아도.

성규　누가 그걸 모르나요. 자리를 더 좀 빛내 보자 이겁니다.

민 노인　나는 무대나 안방에나 앉아 봤지, 넓은 마당에서는 북을 쳐 본 경험도 없어.

성규　그게 그거 아닙니까. 말을 안 꺼냈다면 몰라도, 이제 와서 제 체면도 좀 봐 주셔야죠.

민 노인　이 녀석들 보게, 애비는 애비대로 내 북 때문에 체면이 깎인다는 판에, 자식은 또 북으로 체면을 세워 달라니 무슨 조화속인지 어지럽다.

성규　아버지와 저와는 생각이 다르다니까요.

민 노인　그 말도 못 알아듣겠다.

성규　설명하자면 길구요. 이번 일은 꼭 좀 해 주셔야겠습니다. 이런 말씀 드리기 뭐하지만, 제 딴에는 모처럼 할아버지께서 신바람 내실 기회를 드리자는 의미도 있습니다.

민 노인　얼씨구, 이 녀석 봐라.

성규　단역이라고 생각하시면 안돼요. 물론 춤이 주이기는 하지만, 할아버지 말씀대로 그 녀석들의 춤을 할아버지의 무릎 밑에 꽉 잡아 넣으면 판이 더욱 어울릴 것 아닙니까?

민 노인　북만 가지고 장단을 맞추는 건 아니잖니?

성규　물론이지요. 북 말고도 장구, 꽹과리, 피리 등 여섯 가지 악기가 동원되지만요, 할아버지가 떡 버티고 앉아, 노상 말씀하시는 강약약강의 뜻을 잘 터득한 북으로 그것들을 끌고 가면서 휘어 잡을 수도 있습니다.

민 노인   나는 남의 북으로는 못친다.

성규   염려 마세요. 제가 누구의 눈에도 띄지 않도록 할아버지 북을 감쪽같이 학교로 모셔다 놓겠습니다.

민 노인   (성규의 설득에 기울어지는 자신을 발견하고 놀라며) 아니, 이 녀석이?

4장 민 노인의 방.

낭독자   포장마차에 다녀온 이튿날 오후, 동네 영감들과 실없는 잡담을 나누고 돌아온 민 노인은 자기 방 옷장 위에 비닐로 싸 얹어 두었던 북이 없어진 걸 알았다. 언제 어떻게 가지고 나갔는지 짐작이 가지 않았으나 그렇다고 낭패스러운 기분이 들지 않는 것도 이상하다면 이상했다. 그 다음 날 아침엔 학교에서 만나자고 제멋대로 통고를 해온 것이다.

무대 밝아진다.

성규   (천 원짜리 지폐 몇 장을 쥐어 주며) 이건 교통비에요. 진행비라는 게 쬐끔 있거든요. 어렵게 여기지 마시고 바람 쐬는 셈 치고 한번 들러 주세요. 저희들은 매일 손을 맞추어 보지만, 할아버지는 그러실 필요도 없겠고, 분위기나 익혀 주시면 족하겠죠.

민 노인   아니다. 아무리 그렇다 해도 연습 없이는 무대에 서는 법이 아녀. 하물며 내가 북을 멀리한 지가 얼만데.

성규   같이 해 주시면 더욱 좋구요. 참, 제가 어저께 북 내갔습니다.

민 노인   안다.

성규	그럼 이따 뵙기로 해요. 애들이 영광이래요, 히히.
민 노인	아무리 단역이라고 해도, 아무 옷이나 걸치고는 못 나간다. 모시 두루마기를 입지 않고는 북채를 잡을 수 없어.
성규	물론이지요. 할아버지 옷장에서 꺼내 놓으세요. 제가 따로 가지고 갈게요.
민 노인	두 시부터라고 했지?
성규	네.
민 노인	이따 만나자.

5장 공연장

봉산탈춤 효과음 속에 해설자 낭독.

낭독자	일찍 점심을 먹고 여느 날의 걸음걸이로 집을 나선 민 노인은 나이에 어울리지 않는 설레임으로 흔들렸다. 아직은 눈치를 채지 못한 아들 내외에 대한 심적 부담보다는 자기가 맡은 일 때문이었다. 시간이 되어 옷을 갈아 입고 아이들 속에 섞여 원진을 이루고 있는 구경꾼들을 대하자, 그런 생각들은 어디론지 녹아내렸다. 물어물어 처음 가 본 손자의 대학은 민 노인에게 우선 크고 넓은 것의 시원함을 댓바람에 안겨 주었다. 서너 명의 친구들과 함께 미리 교문 근처에 기다리고 있던 성규는 민 노인을 보자 손을 번쩍 들어 보였다. 성규의 어거지 성화에 밀려온 꼴이기는 해도 가볍게 떠맡고 나선 데 조금은 후회도 되었다. 북을 끼고 둥둥 치면서는 더 그랬다. 노장이 나오고 취발이가 등장하는가 하면, 목중들이 춤을 추며 걸쭉한 음담패설

등을 쏟아 놓을 때마다 관중들은 꺄르르 웃었다. 째지는 소리를 내는 꽹과리며 장구에 파묻혀 제 값을 하지는 못해도, 민 노인에게는 전혀 괘념할 일이 아니었다.

6장 그날 밤 집 안

낭독자　그날 밤, 민 노인은 근래에 흔치 않는 노곤함으로 깊은 잠을 잤다. 더 많이는 오랜만에 돌아온 자기 몫을 제대로 해냈다는 느긋함이 꿈도 없는 잠을 거쳐 상큼한 아침을 맞게 했을 것으로 믿었는데 그런 흐뭇함은 오래가지 않았다. 다 저녁때가 되어 외출에서 돌아온 며느리는 집 안에 들어서자마자 성규를 찾았고, 그가 안 보이자 민 노인의 방문을 밀쳤다.

며느리　(방문을 밀치며) 아버님. 어저께 성규 학교에 가셨어요?

민 노인　(엉거주춤한 형세로 며느리를 올려다보는 민 노인)

며느리　(한숨 섞인 목소리로) 북을 치셨다면서요.

민 노인　그랬다. 뭐 잘못했니?

며느리　아이들 노는 데 구경 가시는 것까지는 몰라도 걔들과 같이 어울려서 북치고 장구 치는 게 나이 드신 어른이 할 일인가요?

민 노인　하면 어때서. 성규가 지성으로 청하길래 응한 것뿐이고, 나는 원래 그런 사람 아니니? 이번에도 내가 니들 체면 깎았냐?

며느리　아시니 다행이네요. (문을 닫고 후다닥 나간다)

낭독자　일은 그것으로 끝나지 않았다. 민 노인의 아들 민 대찬은 이상스럽게도 아무런 내색을 하지 않았고 그냥 덤덤한 낯빛이다가 식구들이 저녁을 마친 후에야 돌아온 성규를 사정없이 몰아붙였다.

민 대찬과 며느리 거실에 앉아 있고, 성규 들어온다.

민 대찬   (화난 표정으로) 너더러 누가 그런 짓 하랬어?

성규 엄마   (차가운 목소리로) 잘하는 일이다. 할아버지를 끌어내지 않으
          면 니네들 춤판은 성사가 안 되니?

성규   (입으로 씩 웃음을 흘린다)

성규 엄마   너 날 놀리는 거니?

성규   (정색하며) 무슨 말씀이세요?

성규 엄마   지금 웃었잖아?

성규   웃은 게 잘못이라면 사과할게요. 할아버지를 그런 자리에 모신
          건, 그러나 사과할 것이 못 됩니다.

민 대찬   할아버지까지 동원한 게 잘한 짓이니?

성규   동원이란 말이 싫습니다. 누가 누구를 동원한단 말입니까? 또
          그 일이 어째서 잘하고 잘못하고 구별돼야 하는지 저는 통 이
          해를 할 수가 없습니다. 그건 잘하고 잘못하고의 인식에서는
          벗어나는 일입니다. 누군가가 어떤 일에 합당한 재능을 갖고
          있을 때 한쪽은 그걸 표현할 기회를 주어야 마땅하며, 한쪽은
          기꺼이 그 기회에 편승해서 일이 잘 되면 그보다 좋은 일이 어
          디 있습니까?

민 대찬   너 이제 보니 참 똑똑하구나. 그래서 일이 잘 됐니?

성규   대성공이었습니다.

민 대찬   할아버지는 기꺼이 응하지 않았을 게다. 네가 유혹했어.

성규   결과는 마찬가지에요. 저는 그날 할아버지에게서 그걸 확인했
          습니다.

민 대찬   너는 할아버지와 나와의 관계에 대해, 특히 내가 취하고 있는

입장에 대해 대단히 불만이지?

성규   그럴 것도 없습니다. 아버지의 할아버지에 대한 처지를 이해하면서도 그 논리를 그대로 저와 연결시키고 싶지도 않고, 그럴 필요도 없다고 생각하는 편이에요

민 대찬   기특하구나. 그러니까 너만이라도 할아버지에게 화해의 제스처를 보이겠다는 거냐, 뭐냐? 지금까지의 네 행동을 보면 그런 추측을 가능케 하더라만.

성규   그것도 맞지 않는 말이에요. 도대체 할아버지와 저와는 갈등이 있었어야 말이죠. 처음부터 갈등이 없었는데 화해의 제스처를 보이고 말고가 어디 있습니까. 할아버지와 갈등이 있었다면 그건 아버지의 몫이지 저와는 상관이 없는 겁니다. 오히려 전 세대끼리의 갈등이 다음 세대에서 쾌적한 만남으로 이어진다면 그건 환영할 만한 일이고 그게 또 역사의 의미 아니겠습니까?

민 대찬   (성규의 뺨을 치며) 뭐야, 이놈의 자식, 네가 나를 훈계하는 거야?

성규 엄마   (팔짱을 끼며 날카로운 목소리로) 또박또박 말대답하는 것 좀 봐.

민 대찬   네 할아버지가 북에 미쳐서 돌아다니는 동안 네 할머니가 나를 키우느라 얼마나 고생했는지 네가 알아? 뭘 안다고 네가 나서서 설치는 거야, 설치기를?

성규   (풀 죽은 목소리로) 아버지의 마음을 모르는 게 아니에요. 그렇다고 아버지의 생각 속으로만 저를 챙겨 넣으려고 하지 마세요.

민 대찬   네가 알긴 뭘 알아. 네가 내 속을 어떻게 알아.

성규   그런 말씀은 이제 그만 좀 하셨으면 해요. 안팎에서 듣는 그 말에 물릴 지경이거든요. 너는 아직 모른다. 너도 내 나이가 되어

봐라… 고깝게 듣지 마세요. 그때 가서 그 뜻을 알지언정, 지금부터 제 사고와 행동을 포기하고 싶지는 않습니다. 그런 뜻에서 제가 할아버지를 우리 모임에 초청한 사실을 후회하지 않을 뿐더러 옳았다고 생각합니다.

민 대찬   (차가운 말투로) 그래서? 할아버지가 나름대로의 예술을 완성했니?

성규   그건 인식하기 나름입니다. 다만 할아버지에게서 북을 뺏는 건 할아버지의 한을 배가시키고 생의 마지막 의지를 짓밟는 것에 다름 아니라는 생각만은 갖고 있습니다.

민 대찬   (소리를 지르며) 건방 그만 떨고 어서 가서 잠이나 자. 다시 그런 짓을 했다간 이 정도로 끝나지 않을 줄 알아.

방으로 들어가던 성규는 민 노인과 눈을 마주치자 재빠른 눈웃음을 보낸다.

7장 일주일 후

낭독자   정작 일이 크게 터진 건 그런 일이 있고 일주일쯤 후였다. 저녁 준비를 하다 말고, 성규의 친구로 짐작되는 학생의 전화를 받은 송 여사는 대뜸 신음으로도 착각할 만한 의미 불명의 소리를 지르더니 이내 펄쩍 뛰었다.

성규 엄마   (놀란 목소리로) 뭐라고? 우리 성규가 데모하다가 잡혀갔다고? 언제, 어디서? 지금 어딨어? 이 일을 어쩌지… 이 일을 어떡한다지?

성규 엄마 급히 퇴장.

낭독자   송 여사는 곧바로 남편에게 전화를 걸었고, 만날 장소를 약속
하고는 허둥지둥 밖으로 뛰쳐나갔다. 아들 내외는 밤 늦도록
돌아오지 않았다. 전화도 걸려 오지 않았다. 민 노인은 수경이
를 시켜 아들이 먹다 남은 양주를 찾아 안주도 없이 조금씩 홀
짝거렸다. 얼마나 지났을까. 취기가 야금야금 전신으로 번지자
민 노인은 극히 자연스럽게 북을 껴안고 북채를 잡았다. 수경
이는 북 한 번, 할아버지의 눈 한 번씩을 교대로 쳐다보고는 그
저 궁상맞다는 타박을 하지 않았다. 오히려 다소곳이 민 노인
옆으로 다가앉으며 엉뚱한 질문을 했다.

수경과 민 노인, 거실에 나란히 앉아 있다.

수경   (궁금한 표정으로) 할아버지, 이 북으로 팝송 연주를 하면 어떻
게 될까요?

민 노인   수경아, 늬 오래비가 붙들려 간 게 나나 이 북과도 관계가 있겠
지? (북을 친다)

수경   (아무 걱정이 없는 표정으로) 무슨 상관이 있겠어요. 아니에요.
그보다도 궁금한 게 있어요. 오빠와 저와는 네 살 터울이거든
요. 그런데 오빠는 할아버지의 북소리에 빠져 있고 솔직히 저
는 잡음으로만 들려요. 그 차이는 무엇일까요?

민 노인   아무래도 그 녀석이 내 역마살을 닮은 것 같아. 역마살과 데모
는 어떻게 다를까? (북을 친다)

수경   할아버지, 지금 무슨 말씀을 하고 계세요. 제 말은 들은 둥 마는

등 하구요.

민 노인, 술잔을 내려 놓고 북을 친다.
서서히 암전.

1 이 작품에서 북은 어떤 역할을 할까?

2 며느리가 민 노인에게 대하는 태도가 올바르다고 생각하는가?

제 생각은요

1 민 노인이 가족을 버려둔 채 평생 북을 치고 돌아다니면서 가족과의 갈등의 원인이 되기도 하였고, 이 북을 통해 할아버지 세대와 손자 세대를 이어 주는 역할도 하고 있다.

2 며느리는 민 노인에게 냉정하고 무시하는 태도를 보이는데 이를 볼 때 며느리는 민 노인을 만만하게 생각하고 못마땅하게 생각하는 것 같다. 아무리 못마땅하더라도 며느리가 민 노인을 무시하는 태도를 보인다는 건 올바르지 않다고 생각한다.

아홉 켤레의 구두로 남은 사내

원작 윤흥길
각색 구완모

줄거리

'나'는 갖은 고생 끝에 집을 마련하게 되었지만 현금이 그리워 권 씨 일가를 들인다. 권 씨는 시위 사건에 휘말려 전과자가 된 후 공사판 막노동을 전전하며 간간히 생활해온 사람임에도 항상 "이래 봬도 나 대학 나온 사람이오."라는 말을 습관처럼 반복하고, 늘 구두를 반짝이게 닦으면서 자신의 자존심을 세운다. 그러던 어느 날, 권 씨는 나에게 아내의 출산으로 인한 수술비를 빌리러 온다. 나는 처음에 그 부탁을 거절하지만 곧 마음을 고 쳐먹고 수술 비용을 대신 지불한다. 이를 모르는 권 씨는 그날 밤 강도로 나의 집을 침입하지만, 무기를 마음대로 방치하는 등 서툰 그의 행동에 나는 그 강도가 권 씨라는 것을 알게 된다. 나는 권 씨를 잘 달래서 내보내지만 자존심이 상한 권 씨는 "이래 봬도 나 대학 나온 사람이오."라는 말과 함께 아홉 켤레의 구두만 남긴 채 사라진다.

나	선생님이라는 직업을 가지고 있으며 돈이 궁해 권 씨 일가를 들인다. 이 순경에게 권 씨의 감시를 부탁받지만 본인은 귀찮은 일에 연관되는 것을 싫어한다.
아내	권 씨 가족을 대하는 '나'의 태도를 탐탁치 않아 한다. 타산적이고 냉정한 성격이다.
권 씨	시위 사건에 휘말려 전과자라는 오명이 붙어 있다. 자신이 경찰에 감시받는 것을 싫어하고 자존심이 매우 강하며 자신의 구두 열 켤레를 자존심만큼 소중히 다룬다.
이순경	'나'에게 권 씨의 감시를 부탁한다. 권 씨를 매우 긍정적으로 바라보고 있다.

1장 교무실

교무실에 이 순경이 '나'를 찾아와 말을 건넨다.

이순경 (조심스레 말을 건넨다) 조금도 부담감 같은 걸 가질 필요는 없
습니다. 매일매일 무슨 보고 형식을 취할 것을 의무적으로 요
구하는 게 아니라 특별한 동태가 보일 때, 가령 멀리 여행을 떠
난다던가. 좀 이상한 손님이 찾아온다던가. 쌀이나 연탄이 떨
어져 굶는다던가. 갑자기 돈이 생겨서….

나 (화를 버럭 내며) 나더러 이제부터 당신 밀대 노릇을 하라는 말
입니까?

이순경 (손사래를 하며) 무슨 그런 거북한 말씀을! (큰소리로 웃고 곧
장 진지한 표정으로) 오 선생님 앞에서 한 사람의 시민으로서
의 의무를 강조할 생각은 없습니다. 다만 친절한 이웃이 돼 주
십사고 부탁드리는 겁니다.

나 (비꼬는 말투로) 권 씨의 동태를 일일이 고자질해야만 권 씨의
친절한 이웃이 되는군요?

이순경 그렇다마다요. (너털웃음을 지으며) 밀대나 고자질이나 하는
말은 우리 쪽 빼기로 합시다. 두고 보면 오 선생님도 알게 됩니
다. 권 씨에 관계되는 한 그런 말들이 얼마나 적절하지 못한 표
현인지를 말입니다. 오 선생님한테 권 씨네가 지나치게 폐를
끼치는 건 아닙니까? 혹시 그 사람을 미워하는 건 아닙니까?

나 뭐 벌써부터 미워할 것까지야 없다마는….

이순경 힘닿는 대로 그 사람을 도와주시기 바랍니다. 도무지 제가 표
면에 나설 수 없는 입장입니다. 하지만 그것보다는 권 씨 자신

이 더 큰 문젭니다. 자신이 법에 따라서 내사당하고 있다는 사실을 다른 누구보다도 유별나게 못 견디는 체질입니다. 내 전임 담당자 때는 여러 번 그런 일이 있었어요. 내사당하고 있다는 걸 일단 눈치만 채고 나면 직장도 생활도 심지어는 처자식도 다 포기하고 숫제 드러누워서 며칠씩이고 굶고, 밥 대신 허구한 날 강술만 들이킨다거나 짐승처럼 난폭해져 발광 그 비슷하게 됩니다. 그렇게 착하고 순한 사람이 말입니다. 이제 제 말 뜻을 이해하셨을 줄 믿습니다. 제 임무를 감쪽같이 수행할 수 있도록 도와만 주신다면 오 선생님은 틀림없이 친절한 이웃이 될 수 있습니다. 솔직히 전 경찰관 입장을 떠나 한 사람의 인간으로서 권 씨를 사랑합니다. 오해하지 마세요. 남자로서가 아니라요 사람으로서 입니다. 가능하다면 그를 돕고 싶은 심정입니다. 아마 언젠간 오 선생님도 그렇게 되고 말 겁니다. 부디 친절한 이웃이 돼 주십사고 다시 한 번 간곡히 부탁드리는 바입니다.

나　　(관객석을 향해 중얼거린다) 내가 권 씨를 사랑하게 되다니, 생각만 해도 끔찍하군, 차라리 누군가한테 사례금을 듬뿍 얹어서 나대신 그를 사랑하게 만드는 편이 훨씬 편할 것 같은데….

2장 '나'의 집

낭독자　　원래가 우리 가족이 방을 내놓기로 한 이유가 인정이 아닌 현금이 아쉬워서였다. 권 씨네가 우리 집 문간방으로 이사 오던 날은 그 풍경이 가관을 넘어 장관이었다. 보퉁이를 인 배가 부른 권 씨의 아내, 그리고 자기가 맨 보퉁이 무게에 휘청대는 권 씨가 아이들까지 데리고 약속보다 나흘이나 먼저 갑자기 들이 닥친 것이다.

'나'의 집에 권 씨의 일가가 보퉁이를 매고 찾아온다. '나'는 권 씨의 짐을 받아들고 이내 문간방으로 향한다.

나	(짐을 내려 놓고) 남은 이삿짐은 차로 옵니까?
권 씨	아닙니다. (피로에 지친 눈으로 아내의 머리부터 대문간에 부려놓은 보퉁이까지 기다란 활을 그린다.) 이게 전부 답니다. (멋쩍은 듯 웃는다)
아내	(나에게 소곤대며) 이건 약속이 다르잖아요!
나	먼젓번 살던 방을 오늘 꼭 비워 둬야만 할 형편이었다잖아. 약속이 틀려도 어차피 안 쓰는 방이니까 나흘쯤 앞당겨 들어왔대서 뭐….
아내	그게 아녜요.
나	걱정 마. 수일 내로 마저 다 챙기겠다고 약속했어. 양심이 있는 사람이면 절반만 내고 입 싹 씻진 않을 테지.
아내	계약금 받을 때만 해도 그렇게 안 봤는데 사람들이 여간 뻔뻔하지 않아요. 이십만 원이면 시세보다 훨씬 싸게 내놓은 줄 자기네도 눈이 있고 귀가 있으니까 잘 알 거예요. 그런데 단돈 십만 원만 쥐고 한 마디 상의도 없이 불쑥 쳐들어오다니, 생각할수록 괘씸하다니까요. 그런 기본적인 약속마저 어기는 사람들이라면 이담엔 무슨 약속인들 못 어기겠어요? 당신이 그러자고 했으니까 나머지 전셋돈 받아 내는 건 당신이 책임지세요.
나	무슨 소리야? 기본적인 약속마저 안 지키는 그런 사람을 고른

	건 바로 당신이잖아?
아내	겉 다르고 속 다른 사람인 줄 누가 알았나요? 감쪽같이 속이려
	고 뎀비는 데야 도리 있어요? 인제 두고 보세요. 우릴 속인 게
	한 가지 더 드러날 거예요
나	건 또 무슨 뜻이지?
아내	여자가 애를 가졌어요. 다 속여두 내 눈만은 못 속여요. 오륙
	개월은 될 거예요. 어쩌면 육칠 개월인지두 몰라요. 접때까진
	한복을 입어서 몰랐는데 오늘 보니 대뜸 알겠어요.
나	퍽도 일찍 알아차렸군.
낭독자	그가 세를 살기 시작한 이후 그는 매일 봉급날 저녁만 되면 우
	리가 당연히 지불해야 할 제반 사용료 외에 금방 앉았다 일어
	나면서 갚는다는 조건으로 소홀찮은 돈을 꾸어 가곤 했다. 봉
	급날뿐만이 아니라 길거리에서건 집안에서건 얼굴을 마주치기
	만 하면 번번이 손을 내밀어 여러 푼돈을 강탈하다시피 알겨갔
	다. 특히 이를 탐탁지 않아 하는 것은 아내였다. 권 씨가 나한
	테서 돈을 꾼 다음이면 꼭 그의 부인이 방을 건너와서 한나절
	씩이나 징징 울다 간다는 것이었다. 제 여편네 속곳마저 술로
	바꾸어 마실 인간이라면서, 무슨 수로 받아 내려고 그렇게 덥
	석덥석 꾸어 준다냐고 원망이라는 것이었다.

3장 침실

침실에서 '나'와 아내가 나란히 누워서 있다.

아내	아무래두 여길 떠야 할까 봐요.

나	왜 또 무슨 일이 있었어?
아내	(하소연 하듯이) 권 씨네가 하두 동네방네 선생네 집에 세들었다고 말하니까 보는 사람들마다 선생 마누라, 선생 부인, 선생 사모님… 인젠 말만 들어두 신물이 나요! 어쩌다 내 꼴이 선생 부인이 되었는지! 오나가나 원! 그리고 (소리를 버럭 지르며) 권 씨한테 전에 빌린 오천 원이나 빨리 갚으라고 해요! 만나기만 하면 할 말이 그놈의 돈 빌려 달라 소리만 하는데 갚으라고 할 때는 말이 쏙 들어가는지 하여튼 당신이 빌려 준 돈 다 못갚으면 나 홧병 나서 눕겠네!
낭독자	이 순경한테서 들은 안동 권 씨의 과거에 관해서 나는 아내에게 아무런 귀띔도 해주지 않았다. 은경이와 영기 사이가 여섯 살이나 터울이 지기까지 그 아비 되는 권기용 씨가 어디서 뭘 했는지 나는 얘기하지 않았다. 권 씨가 싫고 좋은 걸 떠나 앞으로도 나는 계속 비밀을 지킬 작정이었다. 그러잖아도 벌써 아내의 눈 밖에 난 사람들인데, 만약 권 씨가 전과자란 걸 알게 된다면 아내는 필경 까무러치고 말 것이었다. 더구나 다른 것도 아니고 사회의 안녕과 질서를 파괴했다는 죄로 여러 해를 복역하고 나와서는 시방도 경찰의 감시를 받고 있는 위험인물임을 알아차리게 된다면 단 하루도 한지붕 밑에서 살지 않으려 할 것이었다. 게다가 그리 오래지도 않아 아내의 짐작은 사실로 드러나기 시작했다. 마침내 아내는 권 씨 부인으로부터 임신 6개월째라는 자백을 받기에 이르렀다. 아내한테는 어느덧 장독대 밑 광속에 쌓인 연탄 수를 아침저녁으로 점검해야만 직성이 풀리는 버릇이 생겼다. 그러던 어느 날 이른 아침이었다.

4장 마당

마당에서 권 씨가 예사롭지 않은 눈빛으로 구두를 닦고있다. 이를 발견한 '나'는 조심스레 권 씨의 행동을 관찰하며 다가간다.

나   그거 팔 겁니까?

권 씨   팔 거냐구요? (일손을 멈추고 '나'의 발을 내려다보다 '나'와 시선이 맞부딪친다) 어떻게 보고하시는 말씀인지는 모르지만….

나   제가 이거 실례했나 봅니다. 달리 무슨 뜻이 있어서가 아니고… 다만 구두가 하두 여러 켤레라서… 전 그저 많다는 의미루다.

권 씨   (구두에 침을 퉤 하고 뱉어내고 솜씨 좋게 닦는다)

'나'는 권 씨가 상대해 주지 않아 머쓱한 듯 권 씨 주변을 돌다 퇴장한다.

낭독자   나는 그가 구두를 닦을 때 비로소 그의 얼굴을 자세히 관찰하게 되었다. 비록 전과자라는 접두사가 붙은 그였지만 그는 사악하다던가. 난폭한 구석은 전혀 찾을 수 없는 맑고 섬세한 눈을 가지고 있었다.

5장 교무실

전화벨이 울리고 '나'가 수화기를 집어 든다.

이순경   그러면 못써요, 못써!

나	뭐 보고 드릴 게 있어야 전화라도 걸든지 하죠.
이순경	보고가 아니고 협조겠죠. (사이) 그건 그렇고, 협조할 만한 게 없었다구요?
나	전혀!
이순경	이거 보세요, 오 선생. 권 씨가 닷새 전에 직장을 그만둔다는데두요?
나	직장을 그만두다니, 그럼 또 실직했다는 얘깁니까?
이순경	출판살 때려치웠어요. 전번하곤 사정이 좀 달라요. 책을 만드는 데 저자들 요구대로 고분고분 따르는 게 아니라 틀린 걸 지적하고 저잘 자꾸만 가르치려 드니깐 사장이 불러다가 만좌중에 주의를 주었대요. 네가 저자냐고, 네가 뭔데 감히 고명하신 저자님 앞에서 대거리질이냐고 말이죠. 그랬더니 그 담날부터 출근을 않더라나요.
나	오늘 아침만 해도 정상적으로 출근하는 것 같았는데… 어제도 그랬고….
이순경	그러니까 주의 깊게 잘 좀 살펴봐 달라는 거 아닙니까?
나	이 순경이 그렇게 앉아서 구만 린데 내가 구태여 협조할 필요가 있을까요?
이순경	(빙긋 웃으며) 권 씨가 드디어 실직했다는 그 점이 중요합니다. 이제부터 슬슬 오 선생이 맡아야 할 역할이 무엇인지 분명해질 성부릅니다. 권 씨가 다시 다른 직장을 붙잡을 때 까진 저나 오 선생이나 맘을 놔선 안 됩니다.
나	사건 당시 권 씨는 주모자급이었습니까?
이순경	제가 경찰관이 되기 전 일이니까 자세한 건 몰라요. 하지만 권 씨가 주모자라기보다 주동자였던 것만은 분명합니다. 거의 완

벽할 만큼 증거를 남겼으니까요. 경찰 백차를 뒤엎고 불을 지르고 투석을 하고 시내버스를 탈취해 가지고 시가를 질주하는 사람들 사진 속에서 권 씨는 항상 선두를 서고 있었습니다.

나   도무지 믿을 수가 없군요. 이불 보따리 하나 제대로 못 메는 사람이 그런 엄청난 일에 선봉을 서다니!

이순경   하지만 일단 실직만 했다 하면 굶기를 밥 먹듯 한다는 사실만은 믿어도 좋습니다.

나   굶지 않을 능력이 있으면서도 굶는 사람은 아마 굶어도 배고프지 않을 겁니다.

이순경   오 선생님, 너무 그렇게 **뻣뻣한** 척 마십쇼. 접때두 내 얘기했잖아요, 틀림없이 오 선생도 권씰 사랑하게 될 거라구요.

낭독자   누가 누구를 사랑한다는 일이 얼마나 어렵고 피곤한 것인가를 전혀 모르는 사람처럼 이 순경은 자신만만하게 웃었다. 사랑 중에서도 특히 근린애를 주머니 속에 든 동전이라도 꺼내듯이 그렇게 손쉬운 것인 줄 아는 모양이었다.

6장 '나'의 집

낭독자   몇 주 뒤 밤이 꽤 늦어 권 씨가 귀가했다. 그는 문간방을 거치지 않은 채 내가 들어 있는 안방으로 직행해 와서 두 홉들이 소주병 하나를 푹 꽂는 기세로 방바닥에 내려놓았다. 이미 어지간히 취해 있었다.

권 씨   (술에 찌들어 정신을 못 차리게 비틀거리며 안방으로 들어와 주저앉는다) 이래 뵈도 나 안동 권 씨요! 물론 잘 아시리라 믿지만 안동 권 씨 하면 어딜 가도 그렇게 괄신 안 받지요. 오 선생본이 해주던가요?

나   (권 씨를 일으켜 세우며) 권 선생, 많이 취하신 모양인데 얘긴 우리 나중에 하고 들어가서 쉬시죠.

아내가 안방에서 권 씨를 부루퉁한 표정으로 노려본다.

권 씨   전과자하곤 벗하기 싫다 이겁니까? 허지만 어림두 없어요. 오늘은 내 기필코 헐 말 다 허고 물러가리다.

아내   (사무치게 놀란 표정으로) 전과자라구요? 원 세상에, 세상에나! 방금 전과자라구 하셨죠? 지금 두 분이서 누구 얘길 하시는 거예요? 세상에, 세상에나….

권 씨   (술에 취해 걸걸한 목소리로) 아주머닌 모르고 계셨습니까? 오 선생이 얘기하지 않던가요? 바루 제 얘깁니다. 왜요, 제 눈빛이 워째 이상해 보입니까? 아주머니 문자대로 전과자허고 이렇게 가치 않은 게 신기합니까? 모기 앞정갱이 하나 뿌지를 힘도 없는 놈입니다. 쬐끔도 겁내실 거 없습니다. 편안한 맘으로 (자신의 가슴을 툭툭 치며) 제 얘기 들어 주십시오. 잠깐이면 됩니다.
(딸꾹질을 한 후 병나발을 분다) 아마 프로이트가 한 말일 겁니다. 성자와 악인은 종이 한 장 차이랍니다. 악인이 욕망을 행동으로 표현하는 대신에 성자는 그것을 꿈으로 대신하는 것에 불과하답니다. 내 입장을 그럴듯하게 꾸미기 위해서 성현을 깎아내릴 생각은 없습니다. 그렇지만 프로이트한테 커다란 위로를 받고 있는 건 사실입니다. 내가 전과자가 될 줄 미리 알구서 일찍이 그런 위로의 말을 준비해 둔 성싶거든요. 물독에 빠진 생

쥐처럼 잔뜩 비를 맞던 저 화요일이 있기 전까지 나 역시 오 선생 이상으로 선량한 시민이었지요.

낭독자 권 씨는 주저앉아 자신이 여태껏 살아온 이력을 이야기하기 시작했다. 자신이 태어난 것, 장질부사나 복막염을 겪어 죽을 뻔하였지만 아등바등 살아남은 것 모두가 무리였지만 특히 광주 단지에다 집을 마련한 것이 무리였다는 것이다. 집을 마련할 수 있다는 말에 혹해 거금을 주고 철거민의 입주 권리를 얻고 난생 처음 자신의 땅을 밟은 것, 국회의원 선거가 끝나자 그 땅에 집을 짓지 않으면 불하를 취소하겠다는 통보가 내려왔던 것, 아등바등 쥐어짜서 어떻게든 집을 지었던 것, 평당 8천 원을 일시불로 납부하라는 것, 이 모든 통보들이 보름 내로 이행하도록 강요해서 진을 뺀 것, 이를 이야기 하는 권 씨의 눈빛은 전에 없이 지쳐 있었다. 그럼에도 권 씨는 이야기를 멈추지 않았다.

권 씨 같은 배를 탄 전매입주자들에게 떠밀려서 대책 위원과 투쟁 위원을 같이 하게 됐어요. 그게 만약 감투 축에 든다면, 나한테 정말 분에 넘치는 감투였어요. 그런 일을 감당할 만한 능력도 없을 뿐더러 맡고 싶지도 않았고 그래서 뻔질나게 열리는 회의에 한 번도 가 보지 않았습니다. 그러다가 투쟁 위원회에서 정한 결단의 날 길을 가득 메운 채 손에 몽둥이와 각종 연장 따위를 들고 출장소 쪽으로 구호를 외치며 달려가는 사람들을 보았습니다. 바루 저기 저 부근이었어요. (창밖 너머를 가리킨다.)
빗속에서 사람들이 경찰하고 한창 대결하는 중이었죠. 최루탄에 투석으로 맞서고 있었어요. 그런데 잠시 지켜보고 있는 사이에 삼륜차 한 대가 어쩌다 길을 잘못 들어 가지고는 그만 소용돌이 속에 파묻힌 거예요. 데몰 피해서 빠져나갈 방도를 찾느라고 요리조리 함부로 대가리를 디밀다가 그만 뒤집혀서 나자빠져 버렸어요. 누렇게 익은 참외가 와그르르 쏟아지더니 길바닥으로 구릅니다. 경찰을 상대하던 군중들이 참외 쪽으로 벌떼처럼 달라붙습니다. 참외가 눈 깜짝할 새 동이 나 버립디다. 진흙탕에 떨어진 것까지 주워서는 어적어적 깨물어 먹는 거예요. 먹는 그 자체는 결코 아름다운 장면이 못 되었어요. 다만 그런 속에서도 그걸 다투어 주워 먹도록 밑에서 떠받치는 그 무엇이 그저 무시무시하게 절실할 뿐이었죠. 이건 정말 나체화구나 하는 느낌이 처음으로 가슴에 팍 부딪쳐 옵디다. 나체를 확인한 이상 그 사람들하곤 종류가 다르다고 주장해 나온 근거가 별안간 흐려지는 기분이 들었습니다.

나   그 뒤 권 선생이 어떻게 되셨는지 물어 봐도 괜찮겠습니까?

권 씨   벌써 물어 놓고는 뭘 양해를 구하십니까? 사흘 후에 형사가 출판사로 찾아와서 수갑을 채우더군요. 경찰에서 증거로 제시하는 사진들을 보고 놀랐습니다. 사진 속에서 난 뻐스 꼭대기에도 올라가 있고 석유 깡통을 들고 있고 각목을 휘둘러 대고 있기도 했습니다. 어느 것이나 내 얼굴이 분명하긴 한데 나로서는 전혀 기억에 없는 일들이었으니까.

나   내가 이 순경을 만나는 줄 진작부터 알고 계셨습니까?

권 씨   (허탈하게 웃으며) 정확히 말해서 이 순경이 오 선생을 만나는 거겠죠. 어느 한 부분이 장애를 받으면 다른 한 부분이 비상하게 예민해지는 법입니다. 내 경우 그것은 제 육감입니다.

나   설마 이 순경한테 고자질했다고 생각하진 않으시겠죠? 이 순경은 그걸 협조라는 말로 표현했습니다만….

| 권 씨 | 방금 얘기했잖습니까, 경우에 따라서 사람은 자기가 전혀 원치 않던 일을 자기도 모르는 사이게 할 수도 있다고 말입니다. 오 선생도 아마 거기서 예외는 아닐 겁니다. 지금까진 하지 않았지만 앞으로도 협조하지 않는다고 장담하실 필요는 없습니다. |

권 씨가 문간방으로 퇴장한다.

7장 침실

아내	당신두 보셨죠? 오늘 영기 엄마 배가 유난히 더 불러 보였어요. 혹시 쌍둥이가 아닌가 싶어서 남의 일 같잖아요. 여덟 달밖에 안된 배가 그렇게 만삭이니 원….
나	당신더러 대신 낳으라고 떠맡기진 않을 거야. 걱정 마.
아내	(재미나다는 듯이 웃으며 말한다) 그러니까 말이에요 그 배가 여간 쏟아질 거 같잖아요? 그래서 언제 한번 출산 예정일을 물었더니 글쎄 예정일이 언젠지도 모른다는 거에요. 그래서 임산부가 예정일을 모르는 게 말이 되냐고 물었더니 까짓것 알아도 그만 몰라도 그만, 어차피 때가 되면 배 아프며 낳기는 마찬가지라면서 그저 태평으로 있더라니까요?
나	그래서 권 씨는 어떤지도 물어 봤어?
아내	말도 마요. 아직꺼정 변변찮은 직업은 못구한 모양이더라고요. 그러면서 또 자존심은 있는지 아침마다 출근 복장을 하곤 나가 더라구요. 애당초 기술도 없고 뚝심도 없으니 어디 공사판에서 막노동이나 하는거 아녜요? (갑자기 정색을 하며) 그리고 당신! 전에 쌀이랑 연탄 가져다가 문간방 부엌에다 넣어 줬죠!

나	(민망하게 웃으며) 허허 그걸 또 언제 봤나 모르겠네?
아내	(등짝을 때린다) 왜 자꾸 넣어 주고 그래요! 내가 당신 때문에 화병 나서 누워 봐야 정신 차릴 꺼에요?

8장 '나'의 집

낭독자	다음날 아침, 권 씨의 아내의 진통이 더 심해졌다. 아내는 걱정이 되었는지 표정이 좋지 않았다. 식사 후에 권 씨에게 상태가 어떤지 물었지만 권 씨는 염려 말라면서 실실 웃어 보였다.
아내	당신이 한번 권씰 설득해 보세요. 제가 서너 번 얘길 했는데두 무슨 남자가 실실 웃기만 하면서 그저 염려 없다구만 그러네요.
나	권 씨가 거절하는 게 아니고 돈이 거절하는 거겠지.
아내	남산만이나 한 배를 갖구서 요즘 세상에 그래 앨 집에서, 그것도 산모 혼잣힘으로 낳겠다니, 아무래두 꼭 무슨 일이 터질 것만 같애요. 달이 다 차도록 기저귀감 하나 장만 않는 여편네나 조산원 하나 부를 돈도 마련이 없는 사내나 어쩜 그리 짝짜꿍인지!

9장 마당

낭독자	그러나 자정을 넘기고부터 사정이 달라졌다. 부인의 진통이 심해져 불안했던지 권 씨는 통금이 해제되기도 전에 부인을 업고 비탈길을 내려가느라 한바탕 소란을 일으켰다.
권 씨	(애써 웃어 보이려 힘쓴다. 다급한 표정을 짓는다) 바쁘실 텐데 이거 죄송합니다.

나   잘됐습니까?

권 씨   뒤늦게나마 오 선생 말씀대로 했기 망정이지 끝까지 집에서 버
       텼다간 큰일 날 뻔했습니다. 녀석인지 년인지 모르지만 못난
       애비 혼 좀 나보라고 여엉 애를 메이는군요.
       (말없이 바닥을 쳐다보다 '나'를 올려다보고 말을 건다)
       십만 원 가까이 빌릴 수 없을까요! 수술을 해야 된답니다. 엑스
       레이도 찍어 봤는데 아무 이상이 없답니다. 모든 게 다 정상이
       래요. 모체 골반두 넉넉 허구요. 조기 파수도 아니구 전치 태반
       도 아니구요. 쌍둥이는 더더욱 아니구요. 이렇게 정상적인 데
       도 이십사 시간이 넘두룩 배가 위에 달라붙는 경우는 태아가
       돌다가 탯줄을 목에 감았을 때뿐이랍니다. 제기랄, 탯줄을 목
       에 감았다는군요. 빨리 손을 쓰지 않으면 산모나 태아나 모두
       위험하대요. ('나'의 두 손을 꼬옥 잡으며) 빌려만 주신다면 무
       슨 짓을, 정말 무슨 짓을 해서라도 반드시 갚겠습니다.

나   (고심히 생각하다 한숨을 쉬며) 병원 이름이 뭐죠?

권 씨   원산부인괍니다.

나   지금 내 형편에 현금은 어렵군요. 원장한테 바로 전화 걸어서
       내가 보증을 서마고 약속할 테니까 권 선생도 다시 한 번 매달
       려 보세요. 의사도 사람인데 설마 사람을 생으로 죽게야 하겠
       습니까? 달리 변통할 구멍이 없으시다면 그렇게 해 보세요.

권 씨   원장이 어리석은 사람이길 바라고 거기다 희망을 걸기엔 너무
       늦었습니다. 그 사람은 나한테서 수술 비용을 받아 내기가 수
       월치 않다는 걸 입원시키는 그 순간에 벌써 알아차렸어요… 바
       쁘실 텐데 실례 많았습니다. (상심한 표정으로 고개를 떨구고
       되돌아가다 중간에 멈추고 '나'에게) 오 선생, 이래 봬도 나 대학

나온 사람이오.

10장 병원

의사   아버지가 되는 방법도 정말 여러 질이군요. 보증금을 마련해
           오랬더니 오전 중에 나가서는 여지껏 얼굴 한 번 안 비치지 뭡
           니까?

나   맞습니다. 의사가 애를 꺼내는 방법도 여러 질이듯이 아버지
           노릇하는 것도 아마 여러 질일 겁니다.

아기의 울음소리를 듣고 응급실 문을 쳐다본다. 이윽고 간호사가 아기를
들고 응급실에서 나온다.

간호사   고추에요, 고추!

11장 '나'의 집

낭독자   나는 결국 병원비를 대어 주었다. 애기나 산모나 수술 없이는
           오늘 내일이라는데 제까짓 돈 일십만 원이 대수냐 싶었다. 어
           미 배를 가르고 나온 놈답지 않게 얼굴이 두툼한 것이 속없이
           잘도 생겼다. 제왕절개라는 말이 풍기는 선입감에 딱 어울리게
           시리 목청이 크고 우렁찼다. 병원 건물을 온통 들었다 놓는 억
           세디 억센 놈의 울음소리를 듣는 동안 나는 동준이 놈을 낳던
           날의 감격 속으로 고스란히 빠져 들어갔다. 그리고 우리 집에
           강도가 든 것은 공교롭게도 그날 밤이었다. 난생 처음 당해 보

는 강도였다.

강도　(칼을 들고, '나' 어깨를 흔들며 낮고 조심스러운 목소리) 일어나, 얼른 일어나라니까.

나　일어날 테니까 칼을 약간만 뒤로 물러 주시오.

강도　(칼을 뒤로 물리며) 돈을 내 놔, 얼른 내 노라니까!

나　하라는 대로 하죠. 허지만 당신도 내가 하라는 대로 해야만 일이 수월할 거요. 집안에 현금은 변변찮소. 화장대 위에 돼지 저금통하고 장롱 서랍 속에 아마 마누라가 쓰다 남은 돈이 약간 있을 거요. 그밖에 돈이 될 만한 건 당신이 알아서 챙겨 가시오.
　(강도가 머뭇거리자 쏘아붙이듯이 말한다) 마누라가 깨서 한바탕 소동을 벌려야만 시원하겠소? 난처해지기 전에 나를 믿고 일러 주는 대로 하는 게 당신한테 이로울 거요.

낭독자　강도가 한차례 호흡을 하곤 화장대 쪽으로 발길을 옮긴다. 와들와들 떨리는 다리를 옮기다가 그만 부주의하게 동준이의 발을 밟는다. 동준이가 갑자기 칭얼거리자 질겁을 하고 엎드리더니 녀석의 어깨를 토닥거린다. '나'는 살그머니 상체를 움직여 이부자리 위에 떨어뜨린 식칼을 집어 든다.

나　연장을 이렇게 함부로 굴리는 걸 보니 당신 경력이 얼마나 되는지 알 만합니다.

낭독자　'나'가 내미는 칼을 보고 강도가 기절할 만큼 놀란다. '나'는 웃어 보이면서 칼을 건넨다. 강도는 겁에 질려 잠시 망설이다가 후닥닥 달려들어 칼자루를 낚아채 가지고 다시 '나'의 멱을 겨눈다. 잠시 나의 눈치를 살피더니 체념한 표정으로 칼을 거둔다.

강도　도둑맞을 물건 하나 제대로 없는 주제에 이죽거리긴!

나　그래서 경험 많은 친구들은 우리 집을 거들떠도 안 보고 그냥 지나치죠.

강도 누군 뭐 들어오고 싶어서 들어왔나? 피치 못할 사정 땜에 어쩔 수 없이….

나 그 피치 못할 사정이란 게 대개 그렇습니다. 가령 식구 중에 누군가가 몹시 아프다든가 빚에 몰려서…. (강도가 나를 쏘아보자 '나'는 말을 멈춘다) 어렵다고 꼭 외로우란 법은 없어요. 혹 누가 압니까, 당신도 모르는 사이에 당신을 아끼는 어떤 이웃이 당신의 어려움을 덜어 주었을지?

강도 개수작 마! 그 따위 이웃은 없다는 걸 난 똑똑히 봤어! 난 이제 아무도 안 믿어!

강도가 현관에 벗어둔 구두를 신고 문간방으로 들어가려 한다.

나 (대문을 손가락으로 가리키며) 대문은 저쪽입니다.

강도 (발길을 멈추고 대문과 나를 돌아본다. 이윽고 대문으로 걸어가다 발길을 멈추고 돌아본다) 이래뵈도 나 대학까지 나온 사람이오. (강도 퇴장)

낭독자 누가 뭐라고 묻지도 않았지만 느닷없이 그는 자기 학력을 밝히더니만 그는 사라져서 영영 돌아오지 않았다. 그 강도가 떠난 후에도 나는 대문을 잠그지 않았다. 그냥 지쳐 놓기만 하고 들어오면서 문간방에 들러 권 씨가 아직도 귀가하지 않았음과 깜깜한 방안에서 에미 애비없이 오뉘만이 새우잠을 자고 있음을 아울러 확인하고 나왔다. 아내는 잠옷 바람으로 깨어 어떤 일이 있었는지 나에게 물었지만 아무것도 아니라는 말을 해주곤. 내가 권 씨의 수술 보증금을 대납해 준 사실을 비로소 이야기했다.

그 다음 날, 그 다음다음 날도 권 씨는 귀가하지 않았다. 그가 행방불명이 된 것이 이제 분명해졌다. 그리고 본의는 그게 아니었다 해도 결과적으로 내 방법이 매우 졸렬했음도 이제 확연히 밝혀진 셈이었다. 복면 위로 드러난 두 눈을 보고 나는 그가 다름 아닌 권 씨임을 대뜸 알아차릴 수 있었다. 밝은 아침에 술이 깬 권 씨가 전처럼 나를 떳떳이 대할 수 있게 하자면 복면의 사내를 끝까지 강도로 대우하는 그 길뿐이라고 판단했었다. 그래서 아무 일도 없었던 듯이 병원에 찾아가서 죽지 않은 아내와 새로 얻은 세 번째 아이를 만날 수 있게 되기를 기대했던 것이다. 문간방으로 들어가려는 그를 차갑게 일깨워 준 것이 영 마음에 걸렸다. 어떤 근거인지는 몰라도 구두의 손질의 정도에 따라 그의 운명을 예측할 수도 있지 않았을까 하는 생각이 드는 것이었다. 구두코가 유리알처럼 반짝반짝 닦여져 있는 한 자존심은 그 이상으로 광발이 올려져 있었을 것이며, 그러면 나는 안심해도 좋았던 것이다. 그때 그가 만약 마지막이란 걸 염두에 두고 있었다면 새끼들이 자는 방으로 들어가려는 길을 가로막는 그것이 그에게는 대체 무엇으로 느껴졌을 터인가.

아내가 병원을 다니러 가는 편에 아이들을 죄다 딸려 보낸 다음 나는 문간방을 샅샅이 뒤졌다. 가장 값나가는 세간의 자격으로 장롱 따위가 자리 잡고 있을 꼭 그런 자리에 아홉 켤레나 되는 구두들이 사열받는 병정들 모양으로 가지런히 놓여 있었다. 정갈하게 닦인 것이 여섯 켤레, 그리고 먼지를 덮어쓴 게 세 켤레였다. 모두 해서 열 켤레 가운데 마음에 드는 일곱 켤레를 골라 한꺼번에 손질을 해서 매일매일 갈아 신을 한 주일의 소용에 당해 온 모양이었다. 잘 닦아진 일곱 중에서 비어 있는 하나를 생각하던 중 나는 한 켤레의 그 구두가 그렇게 쉽사리는 돌아오지 않으리란 걸 알딸딸하게 깨달았다.

권 씨의 행방불명을 알리지 않으면 안 될 때였다. 내 쪽에서 먼저 전화를 걸기는 그것이 처음이자 마지막이었다. 나는 되도록 침착해지려 노력하면서 내게 이웃을 사랑하게 될 거라고 누차 장담한 바 있는 이 순경을 전화로 불렀다.

1 권 씨의 "나 대학 나온 사람이오"라는 말과 안동 권 씨임을 강조하는 것을 통해 권 씨의 성격을 유추하여 보자.

2 작중 시위를 하는 도중 굴러 떨어진 참외를 허겁지겁 먹어 치우는 시위 참가자들을 보아 작가가 그러한 시위에 대해 어떠한 생각을 가지고 있는지 생각하여 보자.

3 강도질을 하게 된 권 씨가 이후 아내의 병원비가 지불되었다는 것을 알게 되었을 때 심정을 생각하여 보자.

4 작품 속에서 나타난 시대상(1970년대)을 상징하는 것들을 찾아보자.

제 생각은요

1 자신이 대학 졸업증을 가지고 있는 소위 '배운사람' 임을 강조하는 것과 명문가인 안동 권 씨 임을 강조하는 것이 자신의 자존심을 세울 수 있는 마지막 수단이었다. 그리고 그것들을 자랑스레 이야기하는 것으로 보아 권 씨는 자존심이 강한 사람으로 보인다.

2 자신들의 권리를 지키기 위해 모였지만 당장 눈앞에 작은 이익이 나타나자 그것을 바로 취한 것(흙탕물에 젖은 것이든 아니든 참외를 먹기 시작한 것)으로 보아 작가는 그러한 사람들을 '나체화'를 보는 듯한 부끄러움과 연민을 느낀 것으로 볼 수 있다. 그리고 이러한 소시민의 생활 터전을 빼앗은 것에 대한 분노를 권 씨의 데모 주동으로 나타내었다.

3 자존심이 강한 권 씨는 자신이 은혜를 베푼 사람을 강도질했다는 것을 알게 되어 다시는 집으로 돌아가지 못했을 것 이다.

4 화폐의 가치(전셋방의 값이 20만 원, 병원비가 10만 원) 와 연탄을 사용하는 것, 문간방에 세를 사는 풍경, 대학 나온 것을 강조하는 권 씨로 보아 대졸자가 많지 않은 것 등이 있다.

난장이가 쏘아 올린 작은 공
- 뫼비우스의 띠

원작 조세희
각색 이한별

『난장이가 쏘아 올린 작은 공』의 연작 중 첫 번째 작품으로 수학교사가 학생들에게 들려 주는 이야기로 시작된다. 1970년대 산업화를 통한 도시재개발의 이면에 드러난 빈민들의 삶의 모습을 꼽추와 앉은뱅이를 통해서 보여 준다. 아파트 재건축으로 살 집은 잃은 앉은뱅이와 꼽추는 입주금이 없어서 십육만 원씩 받고, 부동산 업주에게 입주권을 판다. 시간이 지날수록 아파트 입주권은 값이 올라가고 부동산 업자는 입주권을 삼십팔만 원에 되판다. 이 사실을 알게 된 꼽추와 앉은뱅이는 부동산 업자를 찾아가 이십만 원을 돌려달라고 하지만 거절당한다. 그래서 그들은 극단적으로 부동산 업자를 폭력적으로 차에 가두고 불태운다. 앉은뱅이는 강냉이 기계를 사서 생계를 꾸려갈 계획을 세우고, 꼽추는 죄의식에 후회를 하고 앉은뱅이를 따라가지 않기로 한다. 다시 수학교사는 학생들에게 대학에서 배울 지식을 자신의 이익을 위해서만 사용되는 일이 없도록 하라고 당부한 후 수업을 마친다.

등장인물

앉은뱅이	착하게 살았으나 사기를 당하고 악덕 부동산 업자를 살해하는 일을 주도적으로 하는 인물
꼽추	악덕 부동산 업자를 살해하는 일에 앉은뱅이와 함께 하는 인물로 살해하고 난 후 죄책감을 갖고 후회하는 인물
수학교사	학생들에게 뫼비우스의 띠에서 안과 겉의 구별 자체를 무너뜨릴 수 있다는 사실을 알려 주는 인물
사나이	앉은뱅이가 입주권을 판상대로 폭력적이고 간사한 인물

동네사람들 1, 2 / 반장 / 학생

1장 교실

수학교사	(빈손으로 교실을 들어간다)
반장	(벌떡 일어서서 소리치며) 차렷! 경례!
학생들	(크게) 안녕하세요!
수학교사	(가볍게 답례한 후 학생들을 바라보며) 제군, 지난 1년 동안 고생 많았다. 정말 모두 열심히들 공부해 주었다. 그래서 이 마지막 시간만은 입학시험과 상관이 없는 이야기를 하고 싶었다. 두 아이가 굴뚝 청소를 했다. 한 아이는 얼굴이 새까맣게 되어 내려왔고, 또 한 아이는 그을음을 전혀 묻히지 않은 깨끗한 얼굴로 내려왔다. 제군은 어느 쪽의 아이가 얼굴을 씻을 것이라고 생각하는가?
학생1	(자리에서 일어선다) 얼굴이 더러운 아이가 씻을 것입니다.
수학교사	그런데, 그렇지가 않아.
학생2	왜 그렇습니까?
수학교사	한 아이는 깨끗한 얼굴의 아이를 보고 자기도 깨끗하다고 생각한다. 이와 반대로 깨끗한 얼굴을 한 아이는 상대방의 더러운 얼굴을 보고 자기도 더럽다고 생각할 것이다. (사이) 한 번만 더 묻겠다. 제군은 어느 쪽의 아이가 얼굴을 씻을 것이라고 생각 하는가?
학생3	저희들은 답을 알고 있습니다. 얼굴이 깨끗한 아이가 얼굴을 씻을 것입니다.
수학교사	그 답은 틀렸다.
학생4	왜 그렇습니까?
수학교사	더 이상의 질문을 받지 않을 테니까 잘 들어 주기 바란다. 두 아

이는 함께 똑같은 굴뚝을 청소했다. 따라서 한 아이의 얼굴이 깨끗한데 다른 한 아이의 얼굴은 더럽다는 일은 있을 수가 없다. (분필을 들고 돌아서며 칠판위에 뫼비우스의 띠 라고 적는다)

학생들   (글을 하나씩 따라 읽는 듯이) 뫼…비…우…스…의…띠

학생4   뫼비우스의 띠?

수학교사   면에는 안과 겉이 있다. 예를 들자. 종이는 앞뒤 양면을 갖고 지구는 내부와 외부를 갖는다. 평면인 종이를 길쭉한 직사각형으로 오려서 그 양끝을 맞붙이면 역시 안과 겉 양면이 있게 된다. 그런데 이것을 한 번 꼬아 양끝을 붙이면 안과 겉을 구별 할 수 없는, 즉 한쪽 면만 갖는 곡면이 된다. 이것이 제군이 교과서를 통해서 잘 알고 있는 뫼비우스 띠이다. 여기서 안과 겉을 구별할 수 없는 곡면을 생각해 봐라.

2장 콩밭

앉은뱅이   (콩밭으로 들어가 콩대를 몇개 꺾어 가슴에 끼고 밭고랑 사이를 기어간다)

낭독자   앉은뱅이가 콩밭으로 들어가기 전에 불을 붙여 놓은 나무들이 빨갛게 타들어 갔다.

앉은뱅이   (철판을 불 위에 놓고 콩을 까 넣는다)

낭독자   그 나무는 몇 시간 전까지만 해도 꼽추네 마루로 깔려 있었던 것이다.

3장 동네

꼽추는 앉은뱅이 옆에 앉고 앉은뱅이는 계속해서 콩을 까 넣는다. 동네사람들 왼쪽 뒤편에 서서 사나이들을 바라본다. 사나이들이 꼽추네 집을 부순다. 한쪽 벽이 무너져 내린다.

꼽추   (멍하니 하늘을 쳐다본다)
사나이들   (쇠망치를 들고 꼽추네를 말없이 바라본다)
낭독자   아무도 덤벼들지 않았고, 아무도 울지 않았다. 이것이 그들에게 무서움을 주었다.

동네사람 1, 2가 사나이 2의 다리를 붙잡고 운다.

낭독자   사람들은 집단행동에 대해서는 책임을 지지 않아도 되는 것으로 믿고 있었다. 사나이들이 앉은뱅이에게 다가가자 집이 순식간에 내려앉았다.

동네 사람들, 사나이들, 꼽추가 퇴장한다.

4장 공터

낭독자   꼽추가 들고 온 플라스틱 통엔 휘발유가 가득 들어있었다. 꼽추는 이 무거운 통을 들고 어두운 십 리 벌판길을 걸어왔다. 그 벌판 끝 공터에는 약장수들이 은박지에 싼 산토닌을 팔고 있었다. 그들이 숫돌에 날카롭게 끝을 배에 대어 눌러 뺄 때 사람들

은 온몸 피부 조직이 칼날 밑에서 짓이겨지는 착각을 느끼고는
했다. 사범은 아무렇지도 않았다. 꼽추는 그에게서 휘발유를
얻었다.

꼽추   (휘발유를 가지고 앉은뱅이 쪽으로 다가간다)

앉은뱅이 (꼽추가 주저앉자 앉은뱅이가 철판을 밀어 준다)

꼽추   (낮은 목소리로) 무슨 소리지?

앉은뱅이 응?

꼽추   (숨을 죽이며) 무슨 소리가 났어.

정적- 쏙독새 울음소리.

앉은뱅이 새가 날아다니는 소리야. 쏙독새가 먹이를 찾아 날고 있어.

꼽추   밤에?

앉은뱅이 낮엔 잠을 잔다구. 나무에 혹처럼 붙어서 잠을 자는 새야.

꼽추   (떨리는 손으로 담배를 입에 문다)

앉은뱅이 (물끄러미 꼽추를 바라보며) 왜 그래?

꼽추   아무것도 아냐.

앉은뱅이 겁이 나서 그래? 무서울 건 없어. 마음이 내키지 않으면 들어가.

꼽추   (고개를 젓는다)

낭독자   방범 초소 앞 공터에 승용차가 서 있었고, 사나이는 차 안에서
         몇 사람이 건네 준 종이쪽지와 인감증명을 들여다보았다. 사나
         이는 밖으로 돈을 내밀었다. 사람들은 차 앞에 쪼그리고 앉아
         돈을 세었다.

앉은뱅이 (철판을 다시 불 위에 올려놓고 콩을 까 넣는다)

꼽추   (다 태운 담배를 손에 들고) 나올 때가 됐잖아?

앉은뱅이	됐어. 그 자가 날 죽이지만 않게 해 줘.
꼽추	그러면서 날더러 들어가래?
앉은뱅이	자네가 들어가면 다른 방법을 써야지.
꼽추	다른 방법?
앉은뱅이	(고개를 돌리며) 묻지 마.
낭독자	앉은뱅이의 시야를 아파트 건물이 가렸다. 벌판 서쪽 끝에서 동쪽 끝까지 잔뜩 들어선 아파트의 골조들이 시꺼먼 모습으로 서있다. 꼽추는 두 손으로 모래흙을 퍼 불 위에 뿌리고 있고, 앉은뱅이는 철판을 끌어내리고 앉은뱅이는 꼽추가 불을 다 끌 때까지 묵묵히 보고 있다.
꼽추	불을 켰어.
앉은뱅이	(고개를 동네 쪽으로 돌린다)

꼽추는 앞서 걸어가고, 앉은뱅이는 급히 꼽추를 따라간다.

앉은뱅이	(양 쪽 주머니에서 전깃줄을 꺼내 친구에게 보여 준다)
꼽추	(고개를 끄덕이며 콩밭으로 들어가 숨는다)
앉은뱅이	오늘 시세 알아봤어?
꼽추	응.
앉은뱅이	얼마래?
꼽추	삼십팔만 원. 앞을 봐.
낭독자	두 줄기의 불빛이 밤하늘을 휘저으며 다가왔다. 불빛 이외에는 아무것도 보이지 않았다.
낭독자	부릉부릉 차소리가 들렸지만 앉은뱅이는 꼼짝을 하지 않았다. 승용차는 경적을 울리다 급정거했다.

5장 차 앞

사나이는 욕을 퍼부으며 차 문을 열고 나온다. 앉은뱅이는 옆으로 몸을 돌려 눈이 부신 얼굴로 사나이를 올려 본다.

사나이　　(큰 소리로) 이봐, 왜 그래?

앉은뱅이　(웅얼거리는 목소리로) 죽고 싶어.

사나이　　(허리를 숙이고) 뭐라고?

앉은뱅이　죽고 싶다구. 내 위로 차를 몰아가. 나를 상관하지 말구.

사나이　　(앉은뱅이 옆에 쭈그리듯이 앉으며) 이유나 알자. 도대체 왜 그러는 거야?

앉은뱅이　나를 알겠어?

사나이　　알잖구. 나에게 입주권을 팔았잖아?

앉은뱅이　그래, 당신이 십육만 원에 사갔지.

사나이　　나를 원망할 건 없어. 나는 시에서 주는 이주 보조금보다 만 원이나 더 준 거야.

앉은뱅이　아무도 원망하지 않아. 우린 그 돈으로 전세 들었던 사람을 내보낼 수 있었어.

사나이　　이봐, 길을 비켜.

앉은뱅이　(고개를 돌린다)

사나이　　아파트 입주 능력이 없어서 팔아 버린 것 아냐? 그런데 이제 와서 무슨 이야길 하는 거야? 집이 헐린 걸 봤지?

앉은뱅이　(작게) 봤어. 우리 집이 없어졌어. 당신은 나에게 이십만 원을 더 줘야 돼.

사나이　　뭐라구?

앉은뱅이   아무것도 모른다고 그럴 수가 있어? 삼십팔만 원짜리를 십육만
               원에 사다 이십 이만 원씩이나 더 받고 넘긴다는 건 말이 안 돼.
               나에게 이십만 원을 줘도 이만 원의 이익을 보는 것 아냐? 더구
               나 당신은 우리 동네 입주권을 몰아 사 버렸지?

사나이   (몸을 일으키며) 비켜! 비키지 않으면 때릴 거야.

앉은뱅이   마음대로 해.

사나이는 앉은뱅이의 가슴을 차고 주먹으로 몇 번 쥐어박는다. 긴장감 음
향 시작. 사나이가 승용차 안으로 들어가기 위해 몸을 굽힌 순간, 꼽추가
그의 명치를 힘껏 찬다. 사나이 나가 떨어진다. 꼽추가 사나이의 입에 청
테이프를 붙이고 몸은 전깃줄로 꽁꽁 묶는다. 사나이는 꼽추가 앉은뱅이
를 차 앞으로 끌고 가는 것을 바라본다.

꼽추   (울고 있는 앉은뱅이의 얼굴을 씻어준 뒤) 저 자를 차에 태워야
               돼. 그리고 가방을 찾아야지.

앉은뱅이   (꼽추를 뒤 따라가며) 태워.

사나이가 온몸을 뒤틀다 지쳐 조용히 누워 있는다. 꼽추가 차 안으로 들어
가 불을 꺼 버린다. 꼽추가 운전석 아래에서 검정색 가방을 꺼낸 후, 밖으
로 나온다. 앉은뱅이와 꼽추가 사나이의 몸을 떠받치듯 밀어 운전석으로
올려 앉혔다.

앉은뱅이   나를 저자 옆에 앉혀 줘.

꼽추   (앉은뱅이를 안아 바른쪽 좌석에 앉혀 주고 뒤쪽으로 들어가
               검정색 가방을 열며) 돈과 서류야.

앉은뱅이	보여 줘. (가방을 뒤적거리며) 우리 건 벌써 팔아 버렸어.
사나이	(두 눈을 껌벅 거린다)
앉은뱅이	잘 봐. 우리 이름이 이 공책에 적혀 있어. 그런데 연필로 그어 버린 거야 (사나이를 바라보며) 이건 팔았다는 뜻이야?
사나이	(고개만 끄덕인다)
앉은뱅이	(여전히 사나이를 바라보며) 삼십팔만 원에?
사나이	(고개를 끄덕인다)
꼽추	돈을 세어 봐.
앉은뱅이	(돈을 세고 이십만 원씩 두 뭉치의 돈을 꺼내며) 이건 우리 돈 야.
꼽추	(고개를 끄덕인다)

앉은뱅이가 꼽추에게 한 뭉치의 돈을 넘겨주는 손이 부들부들 떨린다. 꼽추의 손 역시 마찬가지로 떨렸다. 앉은뱅이는 앞가슴을 풀어헤쳐 돈뭉치를 넣더니 단추를 잠그고 옷깃을 여몄다. 꼽추는 윗옷 바른쪽 주머니에 넣었다. 앉은뱅이가 통을 든다. 꼽추는 밖으로 나간다.

낭독자	유난히 조용한 밤이었다. 불빛 한 점 없어 동네가 어디쯤 앉아 있는지 알 수 없을 정도였다. 그는 이따금 걸음을 멈추고 앉은 뱅이가 기어오는 소리를 듣기 위해 귀를 기울였다.

앉은뱅이가 가쁜 숨을 몰아쉬며 기어오고 있다. 꼽추가 앞으로 다가가 앉은뱅이의 얼굴을 들여다본다.

긴장감 음향 절정. 2초. 뚝 끊기.

낭독자   앉은뱅이의 몸에서는 휘발유 냄새가 났다.

꼽추가 펌프를 찧어 앉은뱅이의 얼굴을 씻어 준다.

앉은뱅이   (얼굴이 쓰라린 듯 눈을 감는다)

낭독자   앉은뱅이가 기어온 황톳길 저쪽 끝에서 불길이 솟아올랐다. 그
           는 일어서려는 친구를 잡아 앉혔다.
꼽추   (뿌리치고 앞서 걸어간다)
앉은뱅이   (뒤 따라 기어가며) 살게 많아. 모터가 달린 자전거와 리어카를
           사야 돼. 그 다음에 강냉이 기계를 사야지. 자네는 운전만 하면
           돼. 내가 기어 다니는 꼴을 보지 않게 될 거야.
꼽추   (말없이 걷기만 한다)
앉은뱅이   (급히 따라가 꼽추의 바짓가랑이를 잡으며) 이봐, 왜 그래?
꼽추   (멈춘다) 아무것도 아냐.
앉은뱅이   겁이 나서 그래?
꼽추   아무렇지도 않아. (사이) 묘해. 이런 기분은 처음야.
앉은뱅이   그럼 잘 됐어.
꼽추   (차분한 목소리로) 잘된 게 아냐. 나는 자네와 가지 않겠어.
앉은뱅이   뭐!
꼽추   나는 사범을 따라갈 생각야.
앉은뱅이   그 약장수?
꼽추   응.
앉은뱅이   미쳤어? 그 나이에 무슨 약장사를 하겠다는 거야?
꼽추   완전한 사람은 얼마 없어. 그는 완전한 사람야. 죽을 힘을 다해

일하고 그 무서운 대가로 먹고살아. 그는 자기의 일을 훌륭히 도와줄 수 있는 내 몸의 특징을 인정해 줄 거야. (심호흡) 내가 무서워하는 것은 자네의 마음이야.

앉은뱅이 그러니까, 알겠네. 가! 막지 않겠어. (사이) 나는 아무도 죽이지 않았어.

꼽추 (돌아서며) 어쨌든. 무슨 해결이 나야 말이지.

낭독자 어둠이 친구를 감싸 앉은뱅이는 발짝 소리밖에 듣지 못했다. 조금 있자 발짝 소리도 들리지 않았다. 그는 아이들이 잠든 천막을 찾아 기어가기 시작했다. 그러나 흐르는 눈물은 어쩔 수 없었다. 그는 이 밤이 또 얼마나 길까 생각했다.

6장 교실

교사 (두 손을 교탁 위에 얹고 제자들을 바라보며) 끝으로 내부와 외부가 따로 없는 입체는 없는지 생각해 보자. 내부와 외부를 경계 지을 수 없는 입체, 즉 뫼비우스의 입체를 상상해 보라. 우주는 무한하고 끝이 없어 내부와 외부를 구분할 수 없을 것 같다. 간단한 뫼비우스의 띠에 많은 진리가 숨어 있는 것이다. 내가 마지막 시간에 왜 굴뚝 이야기나 하고, 띠 이야기를 하는지 제군은 생각해 주리라 믿는다. 나는 제군을 정상적인 학교 교육을 받은 사람, 사물을 옳게 이해할 줄 아는 사람으로 가르치려고 노력했다. 이제 나의 노력이 어땠나 자신을 테스트해 볼 기회가 온 것 같다. 다른 인사말은 서로 생략하기로 하자.

반장 (벌떡 일어서 소리치며) 차렷! 경례!

학생들   (크게) 감사합니다!

교사가 상체를 굽혀 답례하고 교단에서 내려와 교실을 나간다.

함께 생각해 봐요

1
수학교사가 '얼굴이 더러운 아이가 씻을 것'이라는 학생의 답에 '그런데 그렇지가 않다'고 답한 이유는 무엇일까?

2
앉은뱅이와 꼽추가 악덕 부동산 업자에게 폭력적으로 대응하는 과정에서 뫼비우스의 띠의 의미를 잘 생각해 보고, 수학교사가 강조하고 있는 사실은 무엇일까 생각해 보자.

제 생각은요

1
고정 관념과 선입견에 의한 판단을 버려야 한다는 뜻으로, 올바른 판단으로 현실을 바라보아야 한다는 수학교사의 의도를 드러내는 부분이다.

2
꼽추와 앉은뱅이는 자신들에게 사기를 친 악덕 부동산 업자를 폭력적으로 대응한다. 이 과정에서 폭력은 이중적인 면을 갖는다. 피해자가 가해자가 되고, 가해자가 피해자가 되는, 이러한 상황이 안과 밖을 구별할 수 없는 뫼비우스의 띠와 같다. 우리가 사실과 진실로 알고 있던 것들은 실상 그렇지 않은 것들이 많다. 수학교사는 앞뒤를 구별할 수 없는 뫼비우스의 띠에서 안과 겉의 구별 자체를 무너뜨릴 수 있다는 사실을 강조한다.

난장이가 쏘아올린 작은 공   **325**

원미동 사람들
- 멀고 아름다운 동네

원작 양귀자
각색 박지수

영하 십 도가 넘는 추운 날, 서울에서 부천으로 이사를 하게 되는 한 식구가 있다. 이사 당일, 어머니는 이사 가는 일을 이스라엘 백성이 가나안 땅으로 떠나는 일과 다름없이 여기며 기도를 드린다. '그'는 이삿짐을 옮기다 장롱 옆구리가 뜯겨 나가는 모습을 보고 가슴 아파한다. 삼 년째 보러 오는 사람조차 없다는 복덕방의 말만 믿고 팔려고 내놓은 집에 이사를 들었다 갑자기 집이 팔리는 바람에 두 달 만에 다시 이사를 하게 된 것이다. 이들이 이사 가는 곳은 부천시 원미동의 열여덟 평짜리 연립주택이다. 만삭인 아내의 해산일이 얼마 남지 않아 마음만 급하고 집은 구해지지 않던 차에, 날짜도 적당하고 가지고 있던 돈에 조금 더 보태면 집을 살 수 있어서 이곳으로 결정을 하였다.

이삿짐을 모두 실은 후 어머니와 딸은 이삿짐 트럭의 조수석의 앉히고 '그'는 아내의 주장대로 자리가 마련된 짐칸에 올라탄다. 아직 부천까지는 길이 멀었는데도 '그'는 이제 자신이 더 이상 서울특별시민이 아니라는 생각에 온전하게 정착하지 못했던 자신의 삶에서 집이 없으면 희망도 없다는 사실을 깨닫게 된다. 트럭은 마

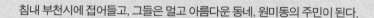

침내 부천시에 접어들고, 그들은 멀고 아름다운 동네, 원미동의 주민이 된다.

'그'	중산층 서민 가족의 가장으로서, 책임감이 있지만 현실의 삶에 지쳐 있다. 성격이 유순한 편이고 아내에 대한 사랑이 깊다.
아내	이사를 많이 다니는 삶에 대해 체념하고 많은 것을 포기했지만 어려운 환경 가운데서도 희망을 잃지 않으려 한다.
노모	유순한 성격은 아니지만 신앙심이 깊은 한 교회의 권사이다. 이사하는 것에 대해 기뻐한다.

아이(은혜) / 인부 / 운전기사 / 조부장 / 박찬성

1장 이사가는 집의 풍경

노모   하나님 아버지 감사합니다. 이제 살 집을 주시고 무사히 떠나
          게 하여 주시니 감사합니다. 주님, 자손만대 번영을 약속한 아
          브라함에게 하나님은 살기 좋은 땅을 주셨습니다. 그간 이 가
          족, 살 집이 없어 많은 고초를 겪었으나, 아버지, 이제 주님이
          약속 하신 땅 가나안을 찾아 떠날 수 있게 하신 은혜, 감사합니
          다. 온전한 저희들의 집을 주신 주님, 그곳으로 가더라도 늘 지
          켜봐 주시고 주님 뜻만 받들며 사는 저희가 되게 하옵소서….

이사 가는 집의 풍경이 보인다.
그와 인부가 이미 생채기가 생겨 버린 장롱을 들고 비좁은 문을 빠져나오
고 있다.

인부   왼쪽으로, 왼쪽으로 틀어요!
그   (온힘을 다해 왼쪽으로 조금 비켜난다)
인부   (이를 악물며) 천천히, 천천히 뒤로 빼요, 아니아니, 뒤로 빼라
          구요!
그   (눈을 질끈 감고 이를 악물며 버틴다)

결국 장롱바닥이 인부가 들고 있던 쪽의 마루에 놓인다.

인부   (무대 밖을 향해 소리치며) 어이 장 기사. 일루 와 봐! 농 좀 들
          어내자구. 퀀양반 힘 갖군 안 되겠어.

인부와 운전기사 트럭에 기대서서 담배에 불을 붙여 물고 있다.
그 역시 담배를 찾아 주머니를 뒤적거렸으나 바람이 거세어서 불을 붙이기가 퍽 어렵다.

인부　　　이삼일 전부터 시작된 한파가 칼끝보다 맵고 아리는구만.

운전기사　오늘 라디오에서 영하 십 도를 넘는 가장 추운 날씨가 될 거라고 그러데.

무대 반대편에서 겹겹이 껴입은 옷과 머리를 친친 감은 목도리로 잔뜩 굼떠 보이는 모습의 노모가 등장한다.

노모　　　(속살이 드러난 장롱의 흠집을 보고 혀를 차며) 장롱이 또 살점이 떨어져 나갔구먼.

그　　　　(담뱃불을 끄며) 이번 집은 두 달을 채우지 못하고 떠나 버리네.

2장　그의 과거 회상

회사의 풍경이 보인다. 조 부장의 책상 앞에 그가 서 있다.

조 부장　(이맛살을 찌푸리며) 또 가는 겁니까? 또 이사가요? 왜 그리 자주 옮겨요?

그　　　　….

조 부장, '그'에게 말없이 시선을 계속 주다가 퇴장한다.

그 (담담한 어조로) 결근 사유를 이사 때문이라고 말하지 않았어야 옳았다. 이런 수수께끼 같은 질문법에 대항하여 이길 방법은 전혀 없는 것이다. 그 어처구니없는 수수께끼 속에서라도 묵묵히 나아가는 외에 다른 도리는 없었다. 나의 호흡은, 어쩌면 그것조차도 이미 나의 것이 아닌지도 몰랐다. 모든 이들이 다 그렇듯이 그에게도 여러 가지 호칭으로 불리는 가족이란 이름의 질긴 끈이 있었다. 내가 공기조차 무거운 사무실의 책상 위에서 하루를 보낸 뒤 얻게 되는 피로는 마치 목숨을 건 결투 후에 가지게 되는 피로와 똑같은 것이다. 일주일에 여섯 번의 결투를 그만둘 수 없는 이유를 말할 필요는 없다. 누구든, 그 만큼의 피투성이 몸부림만을 소유할 뿐이니까.

옆자리에서 둘의 얘기를 듣고 있던 박찬성이 '그'에게 다가가 말을 건넨다.

박찬성 곰곰이 생각해 보면 조 부장 이맛살이 찌푸려지는 건 어쩌면 당연해. 누군가에 의해 번번이 이삿짐을 싸게 된다 하더라도 매번 결근할 필요가 어디 있겠어. 내가 이사 했던 날엔 새로 옮긴 집의 주소와 위치만 알아 두면 족했어. 집안일은 마누라한테 떠맡기고 간편히 살자는 말이지. (과거를 회상하며) 아, 그때 퇴근 후에 낯선 동네에 들어서서 가족들이 기다릴 새로운 집을 찾는 일도 흥미로웠었는데 말이야. 참, 이러고 있을 때가 아니지. 오늘 영업 파트 노장 군단들 모인 단합 대회가 있는 날인데. 자자 어서 가십시다.

조명이 어두워졌다가 밝아진다. 그의 집 풍경이 보인다.

아내가 밤늦게 들어오지 않은 그를 기다리고 있다.

아내   이제 들어오세요? 자정이 훨씬 넘었어요.

그   (술에 취한 채로) 동료 직원이 신진 세력이 몰려오고 있는 판에
           노장들이 꿀려 있어서는 안 된다는 명목을 대면서 잡다한 술을
           모조리 섭렵 하는 바람에 말이야. 근데 어떻게, 어떤 묘책으로
           신진 세력을 제압할 것 인가에 대해서는 도통 무슨 이야기를
           했는지 기억이 나질 않네.

아내   (그의 잠자리를 챙기며) 많이 취하셨어요. 어서 주무세요.

잠시 어두워진다. 시계소리가 들리고 무대 조금 밝아진다.
그가 갈증으로 눈을 떠 어둠속에서 더듬더듬 손잡이를 열어 본다. 하지만
문은 열리지 않는다. 그는 힘을 다해 주먹으로 문을 내리친다. 이 소리를
들은 아내가 놀라 일어난다.

아내   다락문은 왜 열려는 거예요?

그   (멋쩍게 웃으며) 어 왜, 이전에 살던 집에 방문이 이쪽에 있었
           잖아, 이게 버릇이 되어 버렸나 보네. (혼잣말로) 어디를 가든
           처음 며칠은 이런 버릇 때문에 몇 차례씩 제정신을 깨우치고서
           야 새로 이사 왔다는 느낌을 가지게 된단 말이지. 됐어, 신경 쓰
           지 않아도 돼.

3장 현재

다시 이사 가는 집의 풍경이 보인다. 인부가 다시 큰 보퉁이들을 나르기 시

작하고 아내는 딸애를 데리고 부엌살림을 간추리고 있다. 아이는 제 엄마 등짝에 달라붙어 이마를 비비며 짜증을 부리고 있다.

아내   은혜 좀 봐요. 업어 달래요… (잔뜩 부풀어 오른 배를 어쩌지
               못해서 한 손으로 허리를 받친 채로 부스스한 머리칼을 쓸어
               넘기며 지푸라기처럼 푸석푸석한 목소리로) 왜 이래. 엄마도
               바쁘잖아. 자꾸 귀찮게 굴면 때려 줄 거야.
그   (방에서 벽에 붙여 놓은 줄자를 발견하고) 세월의 눈금이나 줄
               자의 눈금이나, 바라다볼 때는 결코 변하지 않네. 그래도 시간
               은 분명 가는 것인데.

아이의 터지는 듯한 울음소리가 들리고 노모 등장해 아이를 업는다. 아이
는 밀려오는 설움을 참느라 입을 비죽거린다.

노모   와 이래 아를 울리노. 은혜 이리 온나. 이 좋은 날 울믄 안 된다.
               억시기 추븐 날이제. 그라케도 내사 기분만 좋다. 집 사서 이사
               하니 내사 좋다. 얼매나 떠돌아댕겼노…. 내사마 좋다, 내사마
               좋다….
인부   이게 마지막이오. 얼어 죽기 전에 어지간하면 떠나 봅시다.
아내   (중얼거리며) 정말예요. 꽁꽁 얼어붙을 것 같아요. 어서 떠나요.
그(낭독) 사내들은 거친 솜씨로 밧줄을 던져 짐들을 옭아매기 시작했다.
               나와 아내의 자리는 아내의 주장대로 짐칸의 제일 앞자리, 운
               전석과의 유리 칸막이 밑에 마련되었다. 이를 운전기사가 조금
               찜찜해 하였다. 짐보따리 사이를 기어 오르고 있는 아내를 마
               뜩찮은 눈으로 지켜보던 인부가 뒤쪽 보다 춥지는 않을 것이라

며 한마디를 툭 던졌고 어머니는 잠든 아이를 스웨터로 푹 뒤집어씌워 앞좌석으로 올라갔다.

노모 두고 온 것 없나 쪼매 더 살펴보그라. 인자 가뿔고 나면 그만인데 니가 더 둘러보래미.

그 (쓰레기더미에서 플라스틱 물개를 조심스레 집어들고) 집사람이 붉은 물개를 내버린 모양이군. 지난여름 퇴근길에 지하도 입구 노점상인에게서 몇 푼의 돈으로 바꾼 거였는데. 여름 내내 대야 속에서 지겹도록 헤엄을 쳐서 그런가 붉은 등허리가 볕에 바래보기 흉한 얼룩으로 벗겨져 있네… (윗도리 주머니에 물개를 집어넣으며) 어느 때 버려도 좋은 것이라면, 조금 더 가지고 있다 해서 나쁠 것도 없지.

트럭 시동 거는 소리가 들린다.

아내 여보, 어서 타요. 어머니와 은혜, 운전석에 태웠어요. 우리는 짐 칸에 같이 타요.

운전석에서 켜 놓은 라디오의 유행가 소리가 새어 나온다.

4장 이삿짐 트럭 안

그 세상일은 참 알다가도 모를 것이라니까. 삼 년씩이나 보러 오는 이 하나 없다던 집이 이사 들고 간신히 보름이나 넘겼을까 한판에 갑자기 팔려 버렸잖아. 그런데 아들에게나 물려 주겠다던 주인은 사전 통보도 없이 집을 계약해 놓고 갑자기 방을 비워 달라니. 이제 막 새로운 생활을 시작했다고 믿었는데… 결국 '무엇인가에 대항해 보겠다는 혈기만큼 어리석은 짓은 없다' 라고 생각하고 체념했지. (혼잣말로) 그리고 다시 우울한 순례, 복덕방 순례가 시작됐지만….

아내   어머, 저기 봐요. 한강물이 곧 얼겠네요….

그   춥지 않아?

아내   아니오. 조금…. (담요 속으로 손을 넣어 차디찬 발을 비빈다)

그   가까이 와. (아내를 바짝 끌어당겨 어깨를 감싸 안는다)

아내   아직 멀었죠? 어떡해요. 벌써 추우니….

그   아직 멀었냐고 물어보니까 진눈깨비 흩날리던 그 토요일이 기억나네. 당신 여고 동창 중에 부천에서 몇 채의 집을 지어 꽤 재미를 보았다는 친구가 부천으로 가 보라고 충고 해줬었잖아. 연립주택쯤은 서울의 독채 전세금 수준에서 살 수도 있다면서. 마침 해산 예정일이 크리스마스라 적어도 열흘쯤은 앞당겨서 집을 옮겨 놓아야 안심 할 수 있을 것 같아서 근무 시간에도 잠깐 빠져 나와 방을 구하러 쏘다니곤 했지. 마음은 급한데 집은 좀체 나서질 않더라고.

아내   그때 저도 집 보러 다녔었잖아요, 집과 돈과 이사 날짜가 제대로 맞아 떨어지는 경우를 찾아내는 일은 너무나 힘들더라구요. 어지간한 전세는 놀랄만큼 비싸고 돈이 맞으면 집이 말할 수 없이 비좁고 불편하고….

그   그러다 경인선 전철을 타고 떠난 첫 부천행은 오래도록 잊지 못할 것 같아. 낯선 거리에서 헤매다가 어느 길모퉁이에서 밍밍한 설렁탕도 먹고 연립들을 기웃거리다 집을 하나 계약했었지? 전세도 아니고 매매로. 전철역에서 버스로 네 정거장쯤 떨

어진 동네 연립주택 3층 18평짜리. 가지고 있는 전세금에 삼
백오십만 더 보태면 되었고 그것도 이백은 장기 융자로 들어가
있었고.

아내　　무엇보다도 이사 날짜가 빨라서 좋았어요. 짐을 정리하고 늦은
　　　　김장도 해치우고, 그러고도 한 일주일 쉬었다가 몸을 풀면 되
　　　　겠다는 생각이 들더라구요. 방에 거실이라고 부를 공간도 있었
　　　　고 온수까지 빼 쓸 수 있는 연탄 보일러도 있고….

아내는 추위에 다시 담요를 덮고 그는 지난날을 회상하듯 눈을 감는다.
천천히 조명이 어두워진다.

아내(목소리)세상에, 꿈만 같아요. 이것 보세요. 당신 지난번에 살았던 정릉
　　　　의 현이네 집 아시죠? 그게 열여덟 평인데요, 삼천만 원이 넘는
　　　　다구요. 아네요, 지금은 사천쯤 할 거예요. 봐요, 이리 와 봐요.
　　　　목욕탕 욕조도 마블이에요. 무늬가 아주 고상하잖아요.

다시 조명이 밝아진다.
그는 담배나 한 대 피웠으면 하는 생각으로 굼뜨게 주머니를 뒤적인다.

아내　　(눈만 빠히 내민 채) 여기가 어디예요?
그　　　영등포야. 반은 온 것 같은데…. 춥지?
아내　　(다시 발을 비비며) 네. 조금….

그는 아내의 어깨에 담요 자락을 치켜올려 덮어준 뒤 바지 주머니에 있는
담배를 꺼내다 칸막이 유리창으로 눈을 대고 있던 어머니와 눈이 마주친

다. 옆에서 아이의 얼굴도 푹 솟아오르고 아이는 조막만한 손으로 유리를 두들긴다. 운전기사의 얼굴도 쑤욱 나타난다. 앉으라는 표시로 손을 아래로 흔든다. 그는 말 잘 듣는 생도처럼 얼른 자리 속으로 기어 들어간다.

그   (시린 손을 비비다 주머니에 넣다가 주머니에서 물개를 꺼내며) 이건 또 뭐야. 여태껏 이따위를 주머니 속에 넣고 있었네.

그는 스스로를 향한 신경질로 불끈 손아귀에 힘을 준다. 물개는 부서져 버릴 듯 말 듯 뿌드득 거린다.

5장 두 번째 과거 회상

그와 박찬성이 얘기를 나누고 있는 모습이 보인다.

박찬성   이 몸으로 말씀드리자면, 조 부장을 분석하고 해독하는 일에 흥미가 있지. 조 부장 말야. 영동에 가면 애인이라는 이름의 술집 여자애가 열은 넘을걸. 그치, 여성 예찬론자거든. 오늘이 무슨 날인지 알아요? 하는 말버릇도 사실은 그 애들한테서 배워 온 거라구. 모르겠어? 그거야말로 여자들의 전매특허 아냐. 바가지 긁기의 첫 단계 메뉴, 살살 야지 트는 수법의 기초구. 아, 전에 내가 물개 얘기해 준 적 있지? 물개가 마누라를 몇이나 거느리는고 하면, 자그마치 쉰 마리쯤은 누워서 떡 먹기래요. 이 사람 무식하긴. 해구신이 왜 해구신이야. 그래서 해구신이지. 우리 조 부장이야 쉰 명은 무리구, 나이도 있으니까 열쯤은 거뜬하지. 흐흐흐. 조구신이라고 불러도 좋을 거야. 조귀신도 멋

지지만 조구신이 더 귀엽잖아, 흐흐흐. 부장들이라고 별종인
줄 알아. 그들도 모였다 하면 상무나 성토하고 판공비 타령이
나 해 대느라고 눈에 불을 켠다구. 우리 조구신도 상무라면 혀
를 내두르지. 상무 앞에 서면 고개를 끄덕이느라구 바쁘긴 하
지만, 뭐 다 그런 것 아냐.

그(낭독)　한동안은 조구신 때문에 흐흐흐 웃는 일을 모두들 재미로 삼았
다. 매일 아침 부족한 잠에서 허우적이며 빠져나와 사무실에
집결한 그들에게 웃을 만한 일로 조구신쯤은 훌륭한 구실이 되
어 주었다. 그러나 조 부장이라 한들 다소 많은 월급과, 다소 많
은 연륜과, 또한 조금 높은 자리를 가졌다는 것을 제하면 그 사
람 역시 별 볼일 없이 빙빙 제자리를 돌며 사는, 조구신이라는
별칭쯤은 가진 우리들 중의 누구이다. 박찬성은 말하자면 조
부장의 오른손인 셈이어서 누구보다도 윗사람들 근황에 밝았
다. 부원들은 박찬성이 물어 오는 정보만으로도 조구신의 사모
님이 새로 자개농을 들여왔다는 것까지 알게 된다. 그 다음은
자개농의 가격과 그것의 아름다움에 대해 의견을 나누다 마지
막엔 젠장 혹은 제기랄만 덧붙이면 된다. 그것뿐이었다. 나는
나를 포함한 모든 부원들의 삶이 제기랄로 마감되는 것에 대
해서는 더 이상의 할 말이 없었다. 다른 무엇은 없는 법이었다.
우리들은 조 부장을, 조 부장은 상무를, 상무는 또 사장을 향해
실눈을 뜨고 사는 것이다. 실눈 속에 감추어진 작은 즐거움을,
실눈을 뜰 필요조차 없이 완벽한 생만으로 일관된 자들이 알
턱이 있겠는가.

6장 서울에서 부천까지

짐트럭 위에서 무릎 위에 물개를 얹어 놓고, 물개를 보며 담배를 피는 그의 모습이 보인다. 그, 아내를 쳐다보는데, 그녀는 옷과 담요 뭉치 속에 쳐박혀서 얼굴조차 내밀지 않는다. 그는 쓸쓸함에 또 한번 힘차게 담배를 빨아 올린다. 그리고서는 있는 힘껏 팔을 치켜 올려 길가에 담배꽁초를 버린다. 추위에 떠는 아내를 보면서 낮게 한숨을 쉰다.

그(낭독) 아직도 서울인가. 나는 그 넓은 서울특별시의 어디에도 붙박혀 있지 못한 자신의 삶을 되씹어 보고 싶지는 않았다. 수도 없이 이사를 다니며 얻은 결론은 한 가지, 집이 없으면 희망도 없다는 사실이었다. 희망이란, 특히 서울에서 살고 있는 이들에게 희망이란 집과 같은 뜻이었다. 이제 그 희망을 갖기 위해 서울에서 떠나게 되었다. 넓고 넓은 서울에서 여태껏 집을 갖지 못하고 살았다. 희망 없이 살았다는 말과도 다름이 없다. 그런데 이제 집을 가지게 되었다. 다른 것은 서울이 아니고 부천이라는 점이다. 그렇다면 이 경우에도 집과 희망은 동의어인가. 나는 이미 아무것도 아니다. 족속을 이끌고 광야를 지나 가나안으로 들어가는 아브라함이라고 믿게 하려던 어머니의 간곡한 암시도 우울한 예감을 위한 변명일 뿐이다. 아브라함이라니, 나는 결코 아브라함이 될 수 는 없었다. 집을, 노모를, 어린 딸과 아내를 벗어날 수 없기 때문이다. 부어야 할 적금과, 밀린 월부금과 몇 분의 수당과 월급, 또는 갚아야 할 사소한 액수의 빚들과 어린 딸이 조르는 전자 장난감들. 그런 이름의 족쇄를 발목에 치렁치렁 달고서 서울을 떠나는 아브라함을 상상 할 수 없는 것이었다.

미끄러져 내리는 담요와 옷가지들을 다시 끌어올리면서 그는 행여 아내의 부은 얼굴과 마주칠까 봐 일부러 딴 곳을 본다. 아내의 발치쯤에 녹색 나일론 끈을 열십자로 묶은 라면 박스들에 시선을 준다.

그   (보퉁이마다 새겨 놓은 주의문을 읽으며) 주의. 사기그릇 조심.
         특히 주의. 유리 그릇!
아내   (담요 속에서 신음처럼 가는 목소리로) 어디예요?

흠칫 놀라는 그.

아내   어디예요?
그   (안심하며) 이제 다 왔어. 조금만 참으라구. 춥지?

아내가 일어나 앉고 재채기를 해댄다.

그   그것 봐, 추운데서 새우잠을 자니까 감기가 온 모양이군. 정 추
         우면 어머니하고 자리를 바꾸어 볼까?
아내   (고개를 저으며) 견딜 만은 해요. 다 왔잖아요.
         (재채기를 하며) 연탄불 꺼뜨리지 말라고 부탁하셨죠?
그   (초조해한 후 다른 말로 둘러대며) 그 집은 방이 커서 장롱 넣
         기가 수월할 거야.
아내   (덤덤한 목소리로) 그깟 장롱이야 아무데다 넣으면 어때요.

| 그 | 장롱에 대해서 말하기 시작하면 끝이 없다. 맨 처음 신부를 맞아 들이고 보니 열 자짜리 장롱을 넣긴 넣어야겠는데 초라한 셋집인 탓에 도대체 방문으로 그게 들어가지를 않았다. 하는 수 없이 새 신부의 장롱은 주인집 마루에 놓여졌다. 몇 년 안간힘으로 모은 돈이었지만 결혼식 치르고 나니 방 두 개짜리 셋집 얻는 데도 무리가 있었던 형편이었다. 그 다음 집에서는 방에 장롱을 다 들일 수 없어 네 자짜리 한쪽과 두 자짜리 한쪽만 넣고 또 한쪽은 어머니 방으로 넣었다. 그 와중에서 아직 새것이나 다름없는 농의 앞면에 길게 긁힌 자국이 생겨 버렸다. 그래도 아내 정성 때문에 저만큼이나 건사한 장롱이기는 하였다. 오늘 아침 새로 생긴 흠집을 알게 되면 아내는 또 한 번 짧은 비명을 지를 것이었다. 어쩌면 이미 보았는지도 모른다. 아내는 이제 흠집에조차 아무런 충격도 받지 않을 만큼 지쳐 있을지도 몰랐다. |
| 아내 | (힘없이 웃으며) 저기 해태가 있어요. 이제 여기서부턴 서울이 아니래요. (멀어져가는 해태를 보며) 안녕히 가십시오… (후렴구처럼 중얼거리며) 여기가 더 추운 것 같아. 발이 시려 죽겠어요. 여기가 더 추운 것 같아. 발이 시려 죽겠어요. |

그는 담요 밑으로 손을 넣어 더듬더듬 아내의 발을 찾는다. 얼음을 만지는 듯한 차가운 감촉이 그의 손에 와 닿고, 그는 아내의 발을 문지른다. 아내의 발을, 얼음처럼 차가운 발을 녹여 주면서 그는 물끄러미 아내의 얼굴을 본다. 아내도 꺼칠하기 그지없는 남편의 얼굴을 본다.

| 아내 | (발을 움츠리며) 이젠 됐어요. |

그는 다시 담요를 다독인다. 그때, 부천시 표지판을 본다.

그　　어서 오십시오. 부천시에 오신 것을 환영합니다?

아내　(제법 기운을 차린 목소리로) 어? 소사라면 소사복숭아가 나는
　　　곳 아녜요? 복숭아란 말만 들어도 은혜 가졌을 때 생각이 나요.
　　　얼마나 복숭아를 먹어 댔는지. 다른 것은 다 싫고 복숭아만 먹
　　　히더라구요. 그때 당신이 그랬죠. 뱃속에 든 이놈은 무릉도원
　　　에서 노닐 팔자인 모양이라고.

트럭이 멈추는 소리가 난다. 가족 모두 내려 정면을 바라본다.
운전기사 트럭에서 내려 정면을 바라본다.

기사　이렇게 하여 멀고 아름다운 동네, 원미동의 한 주민이 되신 걸
　　　축하 드립니다.

1 제목이 지닌 의미에 대해 생각해 보자.

2 부천으로 이사하는 것을 가나안 입성에 비유하여 기도하는 어머니의 모습을 보고 그가 느끼는 심정을 생각해 보자.

3 그가 버리고 가도 되었을 물개를 챙기는 이유는 무엇일지 생각해 보자.

4 부천이라는 도시의 성격을 생각해 보자.

제 생각은요

1 멀고 아름다운 동네는 원미동(遠美洞)을 풀어쓴 말이다. '원미동'이란 힘든 삶 속의 새로운 희망을 의미한다. 이는 실패하였지만 서울에 대한 미련을 버리지 못하고 서울에서의 생활을 추구하는 사람들의 삶과 꿈을 드러낸다.

2 그의 식구들이 살게 될 부처의 집은 구약성서에 묘사된 '젖과 꿀이 흐르는 땅'과는 너무나도 거리가 멀었기 때문에 어머니가 대단한 의미를 부여하고 기도를 한 것에 반해 그는 씁쓸함과 암담함을 느낀다.

3 이사는 곧 이별이기에, 평소 같았으면 고민 없이 버리고 갔을 물개이지만 이사를 가면서 떠난다는 아쉬움과 서울에서의 미련 때문에 챙겼을 것이다.

4 원미동 사람들 연작의 배경인 부천의 성격은 이 작품에 압축적으로 제시되어 있는데, 부천시 원미동은 서울에 인접해 있는 주변 도시로서 존재하며 이런저런 이유로 서울에서 집을 갖지 못한 사람들이 집을 마련하여 거주하는 곳이라는 성격이 강하다.

원미동 시인

원작 양귀자
각색 남동균

'나(경옥)'가 살고 있는 원미동에는 원미동 카수, 원미동 멋쟁이, 원미동 뚝뚝이 등 특징을 가진 사람들이 많은데 그 중 한 명이 '원미동 시인'입니다. 원미동 시인의 또 다른 별명으로는 '몽달씨'입니다. 이 별명은 가지게 된 이유는 행동이나 생김새가 꼭 '몽달귀신' 같았기 때문입니다. '몽달씨'는 '나'와 함께 '김반장'이 운영하는 형제슈퍼 앞 비치파라솔 의자에 앉아 노닥거리거나 '김반장'의 슈퍼 일을 도와주는 사람이었지만, '나'에게 자신이 외운 시를 들려주기도 하였습니다. '김반장'은 '나'의 언니인 선옥의 남편이 되기 위해 내가 슈퍼 앞에서 노닥거리기만 해도 싫은 내색을 보이지 않았습니다. '나'는 '김반장'을 언니의 신랑감으로 생각해 본 적이 없지만, 시간이 흐를수록 오히려 '김반장'이 신랑감이 되기를 은근히 바랐습니다. 하지만 예전에 아무 이유 없이 깡패에게 쫓기던 몽달씨가 형제슈퍼 안으로 들어갔을 때 김반장이 몽달씨를 모른 체하고 동네 사람들 앞에서는 자신이 정말 착한 사람인척 하던 '그 사건'이 일어난 후로 '나'는 '김반장'이 주는 군것질거리도 거부하게 되었고, '김반장'이 저지른 행동을 이해할 수 없게 되었습니다.

나(경옥)	어린 나이에 주인공이지만, 소시민들의 삶을 관찰하는 인물이다.
몽달씨	원미동 시인이라고 불리는 사내이다. 보통 사람들과는 달리 정상적인 지능을 가지지 못했다.
김반장	원미동에서 형제슈퍼를 운영한다. 자신에게 닥친 불리한 상황을 피하고자 이면적인 모습을 가지고 있으며, 소시민적인 인물이다.

고흥댁 아주머니 / 지물포 주씨 아저씨 / 경옥의 어머니 / 경옥의 아버지 / 몽달씨의 새 어머니 / 깡패(흰색, 빨간색) / 동네사람 1, 2

음악이 흘러나오고 자기소개하는 등장인물에 맞춰 조명이 꺼지고 켜진다.

나(경옥)   저는 우리 집 막내 딸 김경옥이에요. 남들은 저를 일곱 살짜리
로서 부족함이 없는 그저 그만한 계집아이 정도로 여기고 있는
게 틀림없지만, 저는 결코 그저 그만한 어린아이는 아니에요.
집안 돌아가는 사정이나 동네 사람들의 속마음 정도는 두루 알
아맞힐 수 있는 눈치만큼은 환하니까, 그도 그럴 것이 사실을
말하자면 제 나이는 여덟 살이거나 아홉 살, 둘 중의 하나이니
까요.

몽달씨   서울 미용실의 경자 씨가 맨 처음 몽달귀신 같다하여 몽달 씨
라고 부르게 시작해서 저의 별명은 몽달씨입니다. 저는 시 외
우고 외운 시를 읊는 것을 좋아하여 원미동 시인이라는 별명도
가지고 있습니다.

김반장   원미동에서 슈퍼를 운영하는 김반장입니다. 누구보다도 씩씩
하고 재미있는 성격을 가지고 있습니다. 저는 경옥이의 언니인
선옥 씨를 좋아해서 경옥이가 아무리 슈퍼 앞에서 노닥거리기
만 한데도 싫은 내색을 보일 수 없기도 합니다.

주씨   제가 아무리 덩치가 이래도 말귀를 빨리 알아듣고 눈치도 빠른
사람이라고요.

1장 형제슈퍼 앞

경옥은 김반장이 언제 말동무가 되어 줄지 눈치를 보며 서 있고, 몽달씨도
똑같은 자세로 김반장의 눈치를 본다.

346   연극, 소설을 만나다

몽달씨	(주머니에서 꼬깃꼬깃한 종이를 펼쳐 들고 주춤주춤 걸어오며 경옥이 옆에 앉으며) 경옥아!
나(경옥)	(깜짝 놀라며 입을 다물지 못한 채 몽달씨를 쳐다본다)
몽달씨	너는 나더러 개새끼, 개새끼라고만 그러는구나….
나(경옥)	(당황한 듯 쳐다보며 고개를 젓는다)
김반장	(몽달씨의 어깨를 툭치며) 예끼, 이 사람아. 내가 언제 자네더러 개새끼, 개새끼그랬는가? (경옥을 바라보며) 경옥이 처제, 내가 몽달씨에게 시를 한 수 지어 보라고 했는데 시가 이 모양이네.
나(경옥)	저는 김반장의 말을 듣고도 놀라움이 쉽게 가시지 않았습니다. 기억을 못해서 그렇지 몽달씨를 향해 개새끼, 라고 욕을 한 적이 꼭 있었던 것같이만 생각될 지경이었으니까요. 이후로 저는 몽달씨와도 친구가 되어야겠다고 다짐했어요. 시인하고 친구가 된다는 것은 구멍가게 주인과 친구가 되는 것보다는 훨씬 근사했으니까. 하지만 그때만 해도 김반장과 함께 있는 것이 더 좋았습니다. 가끔 가다 오토바이 뒷자석에 앉아 함께 배달을 나가기라도 할라치면 피아노 배우러 가던 계집애들이 손가락을 입에 물고 부러워 죽겠다는 듯이 저를 바라봐 주었기 때문이지요. 김반장이 말 많은 원미동 여자들 누구하고도 사이좋게 지내면서 야채에다 생선까지 떼어다 수월찮게 재미를 보는 것을 잘 아는 고흥댁 아주머니가 얘기하지 뭐에요?
아주머니	선옥이가 인물만 좀 훤할 뿐이지 그 집안 꼬라지로 봐서 김반장이면 횡재한 거야.
나(경옥)	(팔짱을 낀 채로 서서 고흥댁 아주머니를 쳐다본다) 흥, 나는 고흥댁 아주머니의 마음도 알아맞힐 수 있었어요. 선옥이 언니

보다 한 살 많은 딸이 하나 있는데 인물이 좀 제멋대로인 것이 아줌마의 속을 뒤집어 놓았지 뭐에요?

아주머니 요새 시상에 뭐 부모가 무슨 상관 있답뎌? 그래도 갸가 보는 눈이 높아서 엔간한 남자는 말도 못 꺼내게 하요잉. 저기 은행 대리가 중매를 넣어 왔는디도 돌아보도 않습디다. 전문학교일망정 대학물도 일 년 남짓 보았고 해서, 아는 게 아주 많다요.

나(경옥) 그런 말을 들을 때마다 저는 목구멍이 근질거려서 못 참겠단 말이에요.

전체 조명이 꺼지고 경옥이만 비추는 조명이 켜진다.

나(경옥) (관객들에게 나아가) 왜 목구멍이 근질거리냐면… 제가 다른 비밀을 알고 있기 때문이에요! 정말 특급 비밀인데… 지난 봄에 제 친구 소라네 집에 놀러갔다가 알게 된 사실인데, 글쎄 동아 언니가 소라 아빠의 일을 거들어 주는 노가다 청년하고 연애를 하는게 아니겠어요? 소라네 집에 갔다가 소라가 보이지 않아 무심코 모퉁이를 돌아 나와 옆구리 창으로 가게를 기웃들여다보니 그 두 남녀가 딱 붙어 앉아서 이상한 짓을 하고 있는거에요. 청년은 땀까지 뻘뻘 흘리면서 언니의 머리통을 꽉 껴안고 있었는데 좀 무서웠어요. 아무튼 선옥이 언니가 김반장 같은 신랑감을 차 버린 것은 좀 아쉽지만, 언니는 가끔 욕을 하기도 하고, 가게로 전화한다고 화를 내기도 하고, 어떤 남자가 주었다는 속옷을 홀렁홀렁 벗어던지며 자랑까지 하니….

무대 뒤에서 선옥이가 대사를 한다.

선옥   (꺄르르 웃으며) 어때, 이쁘지? 경옥이 넌 이런 것 처음 보지?
        이거, 모두 선물 받은 거다.
나(경옥) 김반장이 불쌍하기만 하지요.

2장 형제슈퍼 앞

몽달씨와 나는 쭈쭈바를 입에 물고 비치파라솔 의자에 앉고, 그 뒤에서는
새어머니와 김반장이 나온다.

김반장   몽달씨 원래부터 저렇게 안 좋았대요?
새어머니   대학 다닐 때까진 저러지 않았대요. 저도 잘은 모르지만 학교
        에서 잘렸대나 봐요. 뭐 뻔하죠. 요새 대학생들 짓거린. 그리곤
        곧장 군대에 갔는데 제대하고부턴 사람이 저리 됐어요. 언제나
        중얼중얼 시를 외운다는데 확 미쳐 버린 것도 아니고, 아주 죽
        겠어요. (한숨을 내쉬며) 내 체면을 봐서라도 옷이나 좀 깨끗이
        입고 나다니면 좋으련만, 아주 죽겠어요.

몽달씨 새어머니는 퇴장한다.

3장 형제슈퍼 앞

몽달씨와 나(경옥)가 일어나 슈퍼 앞에 물을 뿌린다. 일이 끝나고 김반장
이 요구르트 한 개씩을 들고 나온다.

김반장   (정색하고 몽달씨의 어깨를 꽉 껴안으며) 자네 같은 시인에게

이런 일만 시키려니 미안하이. 자네는 확실히 시인은 시인이야. 언제 바쁘지 않을 때는 정말이지 자네 시를 찬찬히 읽어 봄세. 이래 뵈도 학교 다닐 때 위문편지는 내가 도맡아 써 주곤 했던 실력이니까.

몽달씨는 신이나 가게 일을 더욱 열심히 돕는다. 가게 일을 마친 몽달씨, 김반장에게 다가가 주머니에서 종이를 꺼내든다.

몽달씨   내가 지은 시는 읽을 만하지 못하니 유명한 시인의 시나 읽어 보지 않겠어?

김반장   그게… 내가 지금 배달을 가야 해서 나중에 읽도록 할게.

몽달씨   어… 그래?

김반장, 몽달씨 뒤로 퇴장하며 머리가 돌았다는 손가락 표시를 한다. 나(경옥)는 눈치를 보며 김반장과 똑같이 손가락 표시를 하며 퇴장한다.

4장 형제슈퍼 앞

나(경옥)가 등장한다.

나(경옥)   분명히 말하지만 보름 전쯤 그 사건이 일어날 때까지만 해도 나는 김 반장이 내 셋째 형부가 되어 주길 은근히 바라고 있었어요. 큰 형부는 나이가 많아 싫었고 둘째 언니는 아직 처녀니까 별 볼 일 없는데다 형부다운 형부는 선옥이 언니가 결혼해야 생길 터이니 기왕이면 김반장 같은 남자가 형부가 되길 바란 것이에요. 선옥이 언니와 김반장이 결혼하면 삼백 원짜리 빵빠레나, 오밀조밀 늘어진 과자와 초콜릿과 사탕이 제꺼라고 생각하면 얼마나 기분이 좋은지! 그러나 정확히 열나흘 전의 그 일로 인하여 저는 김반장과 형제 슈퍼의 군것질감을 한꺼번에 포기하였어요.

나(경옥)는 열나흘 전 초여름 밤을 떠올린다.

5장 경옥이네 집

경옥 아버지 (비틀거리며) 나왔어~.

경옥 어머니 (코를 틀어막으며) 어우! 이게 뭔 냄새야? 당신 술 마시고 들어 온 거야? 아니 이 양반이… 돈이 어디 있다고 술을 마시고 들어 와!

경옥 아버지 글쎄~ 쓰레기 속에서 십팔금 목걸이가 나와서 그걸로 맥주 바 꿔 먹어버렸지~.

경옥 어머니 이 사람이 지 여편네 목에 걸어줘도 시원찮을 판에 그걸 술로 바꿔? (다리를 툭툭 치며) 비켜 봐! 걸레질 하는 거 안 보여!

경옥 아버지 당신 지금 목걸이 하나 때문에 그러는 거야? 반지로 만족하면 될 것이지!

경옥 어머니 (소리를 지르며) 언제까지 반지반지! 지금까지 당신한테 제대 로 된 선물 하나 받아 본 적이 없어!

경옥 아버지 (언성을 높이며) 뭐? 지금 말 다했어?

6장 형제슈퍼 앞

나(경옥)는 눈치껏 집을 나선다. 집을 나선 나(경옥)는 형제 슈퍼 앞 노천 의자에 앉는다.
무대 뒤편으로부터 비명과 함께 급박하게 뛰어오는 소리가 들려온다.

몽달씨   으아아아아아아악!
나(경옥)   (비몽사몽한 표정으로 소리가 들린 곳을 쳐다본다)

몽달씨가 가게 안으로 뛰어 들어가고, 빨간색 러닝셔츠를 입은 사내가 가게 안으로 뒤따라 들어간다. 가게 앞에는 흰색 러닝셔츠를 입은 사내가 서 있었다.

깡패(빨간색)야, 이 새꺄! 이리 못 나와!
깡패(흰색)   깽판치기 전에 빨리 나오란 말야!

나(경옥)는 슈퍼 옆구리의 샛문을 통해 안을 들여다보았고, 안에서 김반장은 눈치를 보며 상자를 나르고 있었다.

몽달씨   김 형, 김 형… 저 좀 도와주세요.

깡패(빨간색)가 몽달씨의 등허리를 발로 콱 찍는다.

깡패(빨간색)이 새끼, 아는 사이요? 그러면 당신도 한번 맛 좀 볼텐가?
김반장   (깜짝 놀라며) 무, 무슨 소리요? 난 몰라요! 상관없는 일에 말려 들고 싶지 않으니까 나가서들 하시오.

깡패(빨간색)이 짜식, 왜 남의 집으로 토끼는 거야! 너 같은 놈은 좀 맞아야 돼!

몽달씨가 살짝 일어나 가겟방을 향해 뛴다.

김반장   (방문을 가로막아서며) 나가요! 어서들 나가요! 싸우든가 말든가 장사 망치지 말고 어서 나가요!

깡패(빨간색)가 몽달씨의 목덜미를 잡으며 끌고 나가고, 깡패(흰색)는 옆에서 침을 뱉으며 따라간다.

깡패(빨간색)이 새끼, 너 같은 놈은 여지없이 경찰서로 넘겨야 해. 빨리 와!

몽달씨, 최후의 발악을 벌여 도망치지만, 금방 머리칼을 잡혀 시멘트 기둥에 머리를 받힌다.

깡패(빨간색)빨리 가, 이 자식아! 경찰서로 가잔 말야!

몽달씨   (개처럼 두 손을 바닥에 짚으며) 왜 이러세요? 내게 무슨 잘못이 있다고?

나(경옥)는 재빨리 지물포로 들어가 지물포 주씨 아저씨에게 소리친다.

나(경옥)   (소리치며) 깡패가, 깡패가 몽달씨를 죽여요!

주씨가 황급히 밖으로 뛰쳐 나간다.

주씨   (소리를 지르며) 죄가 있으모 경찰을 부를 일이제 무신 일로 사
         람을 이리 패노? 보소! 형씨, 그 손 못 놓나?

깡패(빨간색)아저씨는 상관 마쇼! 이런 놈은 경찰서로 끌고 가야 된다구요.

주씨   누가 뭐라카노. 야! 빨리 경찰에 신고해라. 당신네들이 사람 뚜드
         려가며 경찰서까지 갈 것 없다. 일 분 안에 오토바이 올 테니까.

깡패(빨간색)(당황하며) 이 아저씨가… 이 새끼, 아는 사람이오?

주씨   잘 아는 사람이니 이카제. 이 착한 청년이 무신죄를 졌다꼬 이
         래 반 죽여 났노? 무신 일이라?

깡패(빨간색)가 머리칼을 놓았다. 몽달씨는 비틀거리며 주씨 아저씨 곁으
로 도망쳤다.
이 때, 김반장이 동네사람 무리에 슬쩍 낀다.

몽달씨   (입 안에 피를 뱉으며)아무 잘못도… 없어요. 지나가는 사람 잡
         아 놓고 느닷없이 때리는데….

깡패가 도망간다

동네사람 1 어어, 저 봐요. 저 사람들 도망쳐요!

김반장   빨리 가서 잡아야지 저런 놈들 그냥 두면 안 돼요!

동네사람 2 소용없어. 저놈들이 어떤 놈이라고.

주씨   세상에, 경찰서로 가자고 그리 당당하게 굴더니 도망치는 것
         좀 봐.

동네사람 1 그러니까 그냥 닥치는 대로 골라잡아 팬 거군. 우린 그것도 모
         르고 정말 도둑이나 되는 줄 알았지 뭐야!

주씨	여기는 가게들이 많아 환하니까 어두운 곳으로 끌고 가서 작신 패려고 수작을 벌였군.
동네사람 2	그래요. 아까 보니까 저 윗길에서 이 총각이 그냥 지나가는데 불러 놓고 시비더라구요. 아휴, 저 총각 너무 많이 맞았어. 죽지 않은 게 다행이야.
동네사람 3	그럼 진작에 말리지 그랬어요?
동네사람 2	누가 이 지경인 줄 알았수? 약국에 가는 길에 그 난리길래 무서워서 저쪽으로 돌아갔다가 약 사 갖고 와 보니 경찰서 가자고 여태도 패고 있던걸.
주씨	(어이없어 하며) 무신 놈의 세상이 이리 험악하노. 이래 가꼬는 사람이라 할 수 있겠나?
김반장	그러게 말입니다. 하여간 저놈들을 잡아 넘겼어야 하는 건데, 좀 어때? 대체 이게 무슨 꼴인가. 어서 집으로 가세. 내가 데려다 줄게.

김반장이 몽달씨를 부축해 일으켜 퇴장하고, 다른 인물들도 퇴장.
회상에서 현실로 돌아온다.

7장 형제슈퍼 앞

김반장	(경옥의 엉덩이를 툭 치며) 경옥이 처제. 요새는 왜 뜸해? 선옥이 언니 서울서 오거든 직방으로 내게 알리는 것 잊지 마라. (양갱을 보여 주며) 그러면 내가 이것 주지!
나(경옥)	선옥이 언니가 오게 되면 김 반장의 비겁한 행동을 미주알고주알 일러바쳐서 행여 남아 있을지도 모를 미련까지도 아예 싹둑

끊어 버리게 하자는 것이 제 속셈이였어요.

8장 경옥의 집

경옥 어머니 선옥이 고년, 이왕지사 바람 든 년이니까 차라리 탤런트나 영화배우를 시키는 게 낫겠습디다. 말이사 바른 말이지 인물이야 요즘 헌다 하는 장미희보다 낫지….

경옥 아버지 (짜증 내며) 미쳤군, 미쳤어. 탤런트는 누가 거저 시켜 주남. 뜨신 밥 먹고 식은 소리 작작해!

경옥 어머니 서울 사람들은 눈도 밝지. 선옥이가 명동으로 나갔다 하면 영화배우 해 보라고 줄줄이 따라다닌답니다. 인물 좋은 것도 딱 귀찮다고 고년이 어찌 성가셔하는지….

아주머니 우리 동아는 요새 피아노도 배우고 꽃꽂이 학원도 다닌다고 맨날 바쁘다요. 시방 세상은 그 정도의 신부 수업인가 뭔가가 아주 필수라 한다드만.

주씨 김반장 그 사람 참말이제 진국은 진국인 기라. 엊그제만 해도 복숭아 깡통 하나 들고 몽달 청년한테 갔는갑드라. 걱정도 억시기 해쌌고, 우찌 됐건 미친놈한테 그만큼 정성 들이는 것만 봐도 보통은 아닌 기맞다.

9장 형제 슈퍼 앞

몽달씨가 땀을 흘리며 음료수 박스들을 차곡차곡 쟁여 놓고 있다.

나(경옥) 저의 기막힌 상상력으로 인해 몽달씨는 부분적인 기억상실증

환자로 결정되었어요. 어떻게 그날 밤의 김반장 행동을 깡그리
잊어버릴수가 있겠어요? 그래서 저는 확인해 보기로 했어요.

나(경옥) (몽달씨에게 다가가며) 이거, 또 시에요?

몽달씨 그래. 슬픈 시야. 아주 슬픈….

나(경옥) 이제 다 나았어요?

몽달씨 응. 시를 읽으면서 누워 있었더니 금방 나았지.

나(경옥) 그날 밤에 난 여기에 앉아서 다 봤어요.

몽달씨 무얼?

나(경옥) 김반장이 아저씨를 쫓아내는 것….

몽달씨 (정색을 하며 경옥을 쳐다보며 팔뚝을 만진다)

나(경옥) 김반장은 나쁜 사람이야. 그렇지요? 그렇지요? 맞죠?

몽달씨 (아무 말 없이 팔뚝만 문지른다) 슬픈 시가 있어. 들어 볼래?

몽달씨 마른 가지로 자기 몸과 마음에 바람을 들이는 저 은사시나무
는, 박해받는 순교자 같다. 그러나 다시 보면 저 은사시나무는
박해받고 싶어 하는 순교자 같다.

몽달씨 너 글씨 알지? 자, 이것 가져. 나는 다 외웠으니까.

나(경옥) 시는 전혀 슬픈 것 같지 않았는데도 난 자꾸만 눈물이 나려 하
였어요.

암전.

1 김반장은 '그 사건'이 일어났을 당시 왜 몽달씨를 모른 척했을까?

2 몽달씨는 '그 사건'이후 왜 김반장의 행동을 부정적으로 기억하지 않을까?

제 생각은요

1 김반장은 작품을 속에서 알 수 있듯이 경옥의 언니인 선옥과 결혼하기 위해서 경옥이 앞에서 겉으로는 적극적으로 남을 도와주는 척하지만 이해타산적이고 자신의 이익과 안전만을 추구하는 사람이기 때문에 몽달씨가 자신의 슈퍼로 도망쳐 왔을 때 몽달씨를 도와주는 것이 자신에게는 도움이 되지 않을 뿐더러 안전만을 추구한다는 성격으로 보아 자신의 몸에 해가 끼쳐질까 봐 몽달씨를 모른 척했다고 생각이 듭니다.

2 몽달씨의 성격에서 알 수 있듯이 몽달씨는 너그럽고 포용적이라는 느낌을 받았습니다. 현실에서는 남들보다 지능이 떨어지고 무능함 때문에 주변 사람들에게 소외당하면서도 자신을 소외시킨 사람을 원망하지 않고 오히려 이해해 주기 때문입니다.

사평역

원작 임철우
각색 김연주

1960년대 겨울, 한 시골의 대합실에 완행열차를 기다리는 사람들이 있다. 그들은 각자 이 시골에 온 배경과 삶을 이야기한다. 교도소 감방장의 노모를 찾기 위해 찾아온 중년 사내, 대학교에서 퇴학당한 사실을 숨긴 채 고향을 온 청년, 술집에서 일하는 것을 화장품 가게에서 일하는 척 가족들에게 용돈과 선물을 주며 찾아온 처녀 춘심이, 돈을 훔치고 달아난 식당 주방에서 일하던 사평댁을 잡으러 온 중년 여자, 사는 곳도 왜 온지도 알 수 없는 미친 여자, 장사를 하고서 집에 돌아가려는 아낙네들과 그들과 함께 기다리고 안내하는 역장이 있다. 그들의 이야기들을 통해 그들에게 산다는 것이 무엇인지 떠올려 보게 한다.

역장	손님에게 열차를 안내하고 그들을 위해 톱밥을 넣어 준다.
중년 사내	감방장의 노모를 찾아 주기 위해 사평역에 왔다.
청년	학교에서 재적 처분으로 퇴학된 사실을 가족들에게 숨기며 고향에 내려왔다.
처녀(춘심)	술집에서 일하지만 집안에는 화장품 가게에서 일한다고하며 가족들에게 선물과 용돈을 챙겨준다.
중년 여자	식당의 돈을 훔치고 도망친 사평댁을 잡기 위해 찾아왔지만 그녀의 집안 상황을 보며 안타까워한다.
노인	아픈 것을 꿋꿋이 참다가 결국 아들과 함께 병원을 간다.
노인 아들	아픈 아버지에 원망스러우면서도 함께 병원을 나간다.
미친 여자	아무런 말도 없고, 잠을 자기만 하며 혼자서 열차를 타지 않고 대합실에 남는다.
아낙네 1, 2	긍정적이고 쾌활하지만, 가정을 걱정하는 인물이다.
청년 엄마	청년을 지극히 생각하는 전형적인 시골의 어머니이다.

1장 대합실

무대 가운데 톱밥 난로가 있는 대합실. 왼쪽에 역장이 있는 사무실이 있고 오른쪽에는 출입구 겸 창이 있다. 창 밖에 눈이 내리는 늦은 겨울밤이다. 책상에 앉아 장부를 읽던 역장이 돋보기안경을 벗으며 일어난다.

역장   벌써 삼십 분이나 지났군. 하긴 뭐 벌써라는 말도 새삼스럽구만.

역장은 오른편 유리창 쪽으로 몸을 돌려 대합실 안을 대충 휘둘러본다.

역장   톱밥이 부족할 것 같은데….

대합실 안의 한 가운데 톱밥 난로 주위에 노인과 아들, 중년 사내가 있고, 벽을 따라 붙어 있는 나무의자에 청년이 웅크려 있고, 약간 떨어진 곳에 미친 여자가 벌렁 누워 있다.

노인   아야, 말이다. 이러다가 기차가 영 안 올라는 갑다.
아들   아따, 아부님도 참. 좀 기다려 보십시다. 설마 온다는 기차가 안 오기사 할랍디여.
노인   쿨럭쿨럭.

2장 노인과 아들의 집

노인   아야, 오늘은 병원에 좀 가야겄다.

아들	(부랴부랴 차비를 챙기며) 병원은 무슨 병원이냐고 폴짝폴짝 뛰던 양반이 엔간하게 아프심갑네. 죽어도 집에서 죽는다고 하시더니.
노인	이놈아, 병원에 닿기도 전에 내 죽는 꼴을 볼라고 그라냐. 버스는 어지러워 미쳐부리겠으니게 절대로 안 탈기다!
아들	(노인을 잡으며) 아 거참! 그냥 있는 대로 타고 가십시다. 아부지.
노인	놔라. 싫으면 나 혼자라도 갈란다.
아들	에휴, 사평역으로 얼른 가세유.

아들은 노인을 등에 업고 집을 나선다.

3장 다시 대합실

아들	(노인의 눈치를 살피며) 빌어묵을 놈의 기차가….
노인	쿨룩쿨룩.

중년 사내 기침소리를 들으며 깜짝 놀란다.

| 중년 사내 | (창문 밖을 바라보며) 이 기침 소리를 들으니 허 씨 자네가 떠오르는구만. (관객을 바라보며) 내래 교도소 생활 할 때 감방장인 허 씨가 있었소. 난리 후 사상범으로 잡혀서리 스물일곱 살 부텀 시작한 교도소 생활이 이십오 년에 이르는 허 씨를 두고 먼저 출감할 때 "자넨 운이 좋은 걸세. 나가면 혹 우리 집에 한번 들려 봐 줄라나? 소식 끊긴 지가 하도 오래돼 놔서, 죽었는 |

지 살았는지….”라며 자네답지않게 눈물을 글썽이며 내 손을
오래오래 잡았던거이 기억이 납디다. 나는 허 씨의 부탁대로
노모를 뵈러 이 곳까지 온기요.

중년 사내가 제자리로 돌아간다.
청년이 의자에서 몸을 일으키고선 미친 여자 쪽을 근심스레 살핀다.

청년   세상에, 이렇게 추운 곳에서….

낭독자   청년은 유리창에 비치는 톱밥 난로의 불빛을 응시하고 있다.
          그 주홍의 불빛은 한 폭의 그림처럼 아름다웠다. 창틀 너머에
          는 순백의 눈송이가 무수히 흩날리고 있다. 거기에 불꽃의 선연
          한 주홍색이 투영되자 그 모든 것들은 기막힌 아름다움이었다.

청년, 의자에 앉아 난로에 톱밥을 던진다.

청년   아아, 저건 꿈일거야. 아름답지만 존재하지 않는 것, 존재하지
          않으므로 아름다운 것… 아우슈비츠의 학살이 있었고, 그 후
          아무도 아름다움을 노래하지 않았다. 더는 누구도 꿈꾸지 않았
          다. 침묵, 잠, 그리고 죽음. (가슴을 두드리며) 가슴의 뜨거움에
          대해서 우리는 얼마나 오래 생각해야 하는 것일까. 이 개자식
          들아! 저는 대학생이에요. 아니, 정확히 말하면 그건 보름 전까
          지의 이야기에요. (주머니에서 학생증을 꺼내 보이며) 아직도
          저고리 안주머니에 학생증을 지니고 있긴 하지만 앞으로 그것
          을 사용해 볼 기회는 영영 없을지도 몰라요. 저는 학교로부터

제적 처분되었다는 사실을 통고받았어요. 친구들은 너도나도 나를 에워싸 아침부터 학교 뒤 막걸리 집으로 끌고 가 술을 퍼 먹이던 녀석들 중 몇은 저쪽에서 먼저 찔찔 짜기도 했죠.

청년이 제자리로 돌아간다.
덜커덩, 하는 소리와 함께 대합실 출입문이 열리고 중년 여자, 아낙네 1, 아낙네 2, 처녀가 등장한다.

중년 여자   기차, 떠난 건 아니죠?

아들   아, 와야 뜨든지 말든지 하지요. 그 빌어묵을 놈의 기차가 한 시간이 넘었는디도 감감 무소식이다니께요.

중년 여자   (매우 기뻐 해벌쭉 웃으며) 휴우. 다행이지 뭐야. 난 틀림없이 놓쳐 버린 줄로만 여겼다구요. 고생한 보람이 있군요.

아들은 중년 여자의 말에 눈살을 찌푸리며 그녀를 훑는다.
처녀는 머리 위의 눈을 털고, 아낙네들은 보따리를 내려 놓고선 중년 여자를 따라 매표구로 향한다.

중년 여자   여보세요. 기차 아직 안 왔대믄서요?

역장   (표를 넉 장을 주며) 예예. 조금만 기다리십시오. 곧 올 겁니다.

네 명의 여자들은 난로 옆의 비좁은 틈을 비집고 들어와 자리에 앉는다.

아낙네1   영락없이 난 얼어 죽는 줄 알았당께. 발톱이 다 빠질 것 같드라고, 금매.

아낙네2	그랑께 내 뭐라고 그랍디여. 눈 오는 날은 일찌감치 기차 탈 염을 해야 된다고라우. 싸래기만 조끔 쏟아져도 버스가 망월재를 못 넘어간당께요.
아낙네1	글씨. 자네 말을 들을 거신디. 무담씨 그놈의 버스 기다리니라 고생고생만 했네, 그랴.
중년 여자	어머, 안심하긴 아직 일러요. 혹시 누가 알아요. 기차도 와 봐야 오는가 부다 하지.

중년 여자 난로에 녹이고 있는 자신의 손과 아낙네들의 손을 비교하며 훑다가 처녀를 바라보곤 마음속으로 말한다.

중년여자	도시의 뒷골목, 어둡고 침침한 실내, 야하게 쏟아지는 빨간 불빛, 청승맞은 유행가 가락… 틀림없어. 그렇고 그런 계집애로군. 아무리 눈가림을 해도 내 눈은 속일 수가 없지.

처녀, 중년 여자의 눈길을 느끼면서도 모른 척한다.

처녀	흥, 지까짓 게 쳐다보면 어때. 그래, 춘심이가 내 이름이다. 어쩔래. 도대체 사람들은 뻔뻔스럽게 왜 남을 찬찬히 훑어보는 개같은 버르장머리를 갖고 있는 건지 원. 온몸을 하나하나 발가벗기는 것 같아가지고 불쾌하기 그지없다니까. 부끄러움? 흥, 그 따위 잊은 지 왕년이다. 실오라기 같은 팬티 한 잎 걸치고 홀랑 벗어 제친 몸뚱이 하나만으로도 사내들 얼을 빼 놓기쯤이야 식은 죽 먹기지. 적어도 민들레집에서는. (처녀, 무대 한쪽으로 걸어나가며) 대낮에 한길에 나서기만 하면 고개를 쳐

들기가 어쩌나 무서운지. 삼 년째 되어 가는데도 이 버릇은 여전히 떨어지지가 않네, 참.

처녀엄마   (소리) 아이고, 우리 옥자 왔어? 편지만 보내고 말이야, 화장품 회사는 잘 댕기고 있는기여?

처녀   예, 잘 다니고 있어요. 걱정 마셔.

처녀동생   (소리) 언니, 나도 언니 댕기는 회사에 취직 좀 시켜 주소 잉.

처녀   그래, 염려 마. 내 서울 가서 연락해 줄게.

처녀, 다시 자리로 돌아온다.

처녀   (쓴 웃음을 지으며) 미친년. 그 짓이 뭔지도 모르구….

기적 소리가 울린다.

아낙네2   기차다, 온다.

아낙네들과 중년 여자는 짐꾸러미를 챙기고, 아들은 노인을 등에 업히고, 나머지도 몸을 돌려 세운다. 미친 여자도 그 소란통에 부시시 일어난다.

노인 아들   뭐여? 그냥 지나가 버리네잉.

역장   아, 저 기차는 특급열차여유.

중년 여자   나 원 참, 좋다가 말았구마이.

전부 허탈한 채 제자리로 돌아간다.

아들	추위에 고생하십니다요.
역장	뭘요. 그나저나 이거 죄송합니다. 기차가 자꾸 늦어지는군요.
아들	눈이 오니까 그렇겠지라우.
역장	(역장, 중년 사내에게 다가가며) 선생은 향촌리에 사시우?
중년 사내	아, 아님메다.
역장	그래요? 근데 무슨 일로?
중년 사내	누굴 찾아왔다가 그만 못 만나고 가는 길임네다.
역장	누굴 찾으시는데? 어디 말씀해 보구려! 이 근처 삼십 리 안팎에 있는 동네라면 내가 다 얼추 아니까. 허허.
중년 사내	아, 아님네다. 제가 주소를 잘못 알았소이다.
역장	(고개를 힘없이 떨구며) 아, 그래요?

중년 사내 무대 앞으로 일어나 나가 선다.

중년 사내	아, 노모를 만났냐구요? (고개를 저으며) 만나지 못했수다. 이곳에 오기 위해 기차를 타기 전 서울역 앞에서 굴비 한 두름을 샀습네다. 흰 쌀밥에 잘 구운 굴비 한번 먹고 싶다던 허 씨에게 줄 수는 없갔지만은 내래 홀로 산다는 허 씨 노모에게 빈손으로 갈 수야 없지 않갔소? 그리고 밤 내내 완행열차로 내려와 오늘 새벽에 사평역에 내려 허 씨가 일러 준 대로 그 조그마한 산골 마을을 찾아간 거이지. 허지만 기래 허 씨 오마이는 찾을 수 없었수다래. 죽어 묻힌 지 5년이 넘었다고 합다. 노모 돌아가시고 이듬해 허 씨 형님두 식솔 데리고 떠난 뒤 소식이 없답디다. 내래 허 씨 고향 이래 등 뒤에 두고 돌아서려니 그 마을이 내 고향 같지 않간? 내래 고향이 본디 이북이었지만 피난

통에 가족들과 헤어져 집도 부모도 없이 떠돌아다니며 커 왔수다. (큰 목소리로) 허 씨! 당신이나 내래 이제 매양 마찬가지구만. 피차 어디 찾아갈 곳이래 하나 없으니 말이우다. 허지만 그래두 당신이래 나보담 낫지 않간? 그 속이래 있음서 고향을 찾아 나설 수도, 또 그래야 할 필요도 없을 테니 말이우다. 허허허. (뒷머리를 긁적인 채 제자리로 돌아가며) 그나저나 난 도대체 이제부터 어디로 가야 한단 말이디?

역장   이봐요, 젊은이. 추운데 거기 있지 말고 이리 와서 불 좀 쬐구려.

청년 난로 쪽으로 걸어간다.

역장   누구…더라…?

청년   저, 역장님은 잘 모르실 거예요. 고등학교 때 통학하면서 줄곧 뵈었는데. 제 너머 오동삼 씨가 제….

역장   아아, 이제야 알겠네. 자네가 바로 오 씨 큰아들이구면. 지금 대학에 다닌다면서, 그렇지?

청년   예.

역장   맞아, 작년 여름에 내려왔을 때도 봤었지. 그래, 방학이라서 집에 왔구만.

청년   예.

역장   아믄, 공부 열심히 해서 성공해야지. 뒷바라지하시느라 촌구석에서 뼈빠지게 고생하시는 부모님 호강도 시켜 드리고. 고향에 좋은 일도 많이 해야 하네. 알겠는가.

청년   예.

역장, 청년의 어깨를 툭툭 두드려 준다.
청년, 무대 앞으로 나선다.

청년   내겐 동생이 다섯이나 있어요. 모두가 국민학교만 겨우 마쳤
        거나 아직 다니고 있는 중이지요. 나는 우리 집의 유일한 희망
        이었고, 어김없이 찾아올 밝아오는 새벽이었어요. 그런 부모와
        형제들 앞에서 끝내 퇴학당했다는 말을 꺼낼 수가 없었어요.
        결국 아무런 얘기도 꺼내 보지 못하고 이젠 누구 하나 찾아갈
        사람도 없는 그 거대한 도시를 향해 집을 나섰을 때 저는 하마
        터면 울음을 터뜨릴 뻔했어요.

4장 청년의 집 마당 (회상)

청년엄마가 등장한다.

청년엄마 (돈봉투를 내밀며) 자. 이거 받으라이. 느그 아부지가 준 돈은
        책값하고 하숙비 빼면 니 쓸 것도 부족하꺼이다.
청년   아, 아닙니다 어무이. 어무이 가지레이.
청년엄마 괜찮다이. 내, 그동안 몰래 너 오면 주라고 모아 둔 돈이니께.
        달걀도 모았다가 팔고 동네 밭일 해 주고 품삯 받은 거이다.   아
        무쪼록 애껴 쓰면서, 공부도 좋재만 항상 몸을 살펴야 쓴다이.

청년 엄마, 청년의 대사 중 나가다 멈춰 선다.

청년   동구 밖까지 따라 나온 어머니는 꾸깃꾸깃 때에 절은 돈을 억

지로 손에 쥐어 주셨어요. 어머니와 동생들은 마른버짐이 허
옇게 핀 얼굴로 그 잘난 대학생이 고개를 꼬박 넘어설 때까지
손을 흔들고 있었어요. 손을….

청년의 엄마가 손을 흔들다 퇴장.

5장 대합실

청년, 자리에 앉는다.

처녀   (처녀, 청년을 흘긋흘긋 쳐다보며) 흥, 대학생? 그까짓 대학생
         이 무슨 별거라구. 민들레집 근처 대학생놈들은 책가방을 들고
         다닌다지만 대체 언제 공부를 하는 줄 모르겠다. 삐끗하면 데
         모다 시위다 하여 나까지 매운 냄새를 맡게 만들고 장사에 지
         장이 가고 말이야. 하교시간이면 무슨 뼈빠지는 막노동이라도
         종일 하고 온 사람처럼 열나게 술을 퍼마시는 녀석들, 알아듣
         지도 못할 골치 아픈 얘기 따위나 해 대며 괜스레 진지한 척 애
         쓰는 배부른 녀석들. 아, 가끔 술값이 모자라 이튿날 아침이면
         가방을 잡혀 두고 허겁지겁 돈 구하러 뛰다니는 얼빠진 녀석들
         도 있었네. 근데 뭐, 그래도 대학생이 부럽긴 부럽더라. 나중에
         그럴싸하게 살아갈 것이라 그런가. 저번에 민들레집 계집애들
         이랑 일 없는 오후에 근처 대학을 놀러갔더니 교문을 들어가기
         도 전에 수위한테 내쫓김 당했지 뭐야. (짜증스레 벌떡 일어나
         며) 씨발, 여대생은 얼굴에 금딱지라도 붙이고 다닌다던? (다시
         앉으며) 에휴.

아낙네1	(북어포를 찢어 주며) 벤벤찮으요만 잡숴들 보실라요. 입이 궁금할 때는 이것도 맛이 괜찮습니다.
역장	(한 조각 받아들며) 고맙긴 하오만, 이렇게 먹어 버리면 뭐 남기나 하겠소?
아낙네1	밑질 때 밑지드라도 먹고 싶을 때는 먹어야지라우. 거시기, 금강산도 식후갱이라 안 합디여. 히히히.

여자와 대학생, 처녀도 한 오라기씩 입에 넣고 있다.

중년여자	북어를 팔러 다니시는가 부죠?
아낙네1	북어뿐 아니라 김, 멸치, 미역 같은 해산물도 갖고 다녀라우. 산골이라 해산물이 귀해서 그런지 사평에 오면 그런대로 사 주는 편입디다.
중년여자	저쪽 아주머니두요? 보따리가 꽤 커보이는데.
아낙네2	아니라우. 나는 옷장사요. 정초도 가까워 오고 해서 애들 옷가지랑 노인네 솜바지 같은 걸 조까 많이 떼어 와 봤등만, 이번엔 재미를 못 봤소야. 삼사일 전에 다른 옷장사가 먼저 들러 갔다고 그럽디다. 오가는 차비 빠지기도 힘들게 돼 부렀는갑소.
아낙네1	아따, 성님도 엄살은. 그만큼 팔았으면 됐지, 손해는 무슨 손해요.
중년여자	근데 이거 기차도 다 틀린 건 아닌지 모르겠네. 어떡하믄 좋지. 이눔의 시골바닥엔 여관 하나도 안 보이던데, 쯧.
아낙네1	누구, 아는 사람을 찾아오신 게 아닌갑네요?
중년여자	아는 사람이 누가 있겠수. 이런 두메산골은 눈 째지고 나서 첨와 봤다구요. 말만 들었지, 종이쪽지 하나 들구 찾아와 보니까 이거 원. 이게 모두가 다 그….

중년 여자, 일어나 객석 쪽으로 나온다.

중년 여자 (관객에게 한 풀 듯) 그래, 모두가 다 그 몹쓸 년 때문이지. 내
가 그 년을 만나면 머리채부터 휘어잡고 그 동안 쌓인 분풀이
를 톡톡히 하려 했지. 몇 달 전만 해도 사평댁이 주방에서 일을
했어. 갓 서른이 넘은 나이에 성깔도 고와 뵈고 믿을 수 있을 것
같아서 내가 얼마나 아꼈는데. 아니, 믿는 뭣에 뭐가 핀다더니
글쎄 단풍놀이를 갔다가 돌아와 보니 그 년이 돈을 챙겨 넣은
채 온다간다 말도 없이 사라졌더라니까? 내가 일케 화내는 것
이 돈 때문만이 아니야. 세상이 아무리 막되었지만 친언니보
다도 더 극진히 믿고 위해 주었던 은혜를 그 년이 감쪽같이 배
신했다는 것에 화가 치민다니까? 잊자잊자 했는데 그게 잊어지
나. 생각하면 할수록 화가 치밀어서 내 여기까지 내려 온거야.
사평댁이 사는 곳은 지독한 빈촌이더라. 하, 세상에, 이 놈의 동
네는 그 요란한 새마을 운동인가 뭔가도 여태 구경 못해 본 것
같대? 어쩌다 마주치는 시골 사람들의 몰골은 하나같이 수세
미처럼 거칠고 쭈그러져 있던지. 에후. 금방 주저앉을 듯한 초
가 사립을 들어섰을 때 놀랐다니까? 아니 글쎄 사평댁의 몰골
이 아주 송장같이 햌쑥해졌고 오랜 병석의 기색의 완연하더라.
그 모습을 보는데 그 전에 다짐했던 머리채부터 휘어잡겠다는
마음이 사라지고 사평댁을 안고 울어 버렸지 뭐야. 글쎄 사연
이 뭐였냐면… 사평댁이 주정뱅이에다가 노름꾼인 남편을 만
나 아이 둘을 낳았는데, 갈수록 심해지는 남편의 손찌검을 못
견뎌 집을 나왔대. 그러던 어느 날 식당에서 우연히 고향사람
을 만났는데, 그 사람한테서 지난 겨울 술취한 남편이 밤길 눈

밭에서 얼어 죽었다는 소식을 들었다는거야. 부모 없이 거지 신세가 돼서 이 집 저 집 떠돌아다닐 아이들을 생각하니 한시도 머물러 있을 수가 없었더래. 그리고 그 집에서 사평댁 옆에 아이들이 눈이 휘둥그레 나를 쳐다보고 있는데 그 모습을 보고 어떻게 가만히 있어요 내가. 주머니에 있는 돈 없는 돈 뒤져서 한사코 마다하는 사평댁 손에 쥐어 주고 나와 버렸지 뭐야.

기적 소리.

아낙네2　아아, 오는구나.

모두들 짐을 챙기고 나서려고 하자, 역장이 나선다.

역장　그대로들 계십시오. 저건 특급 열차입니다.
아낙네1　참, 그러고 보니 저건 하행선이구나.
중년여자　이번에도 특급이야?

시간이 흐르기 시작한다. 중년사내는 담배를 피고, 모두 난로 속 불빛을 망연한 표정으로 보며 아무말도 하지 않는다.

노인　흐유, 산다는 게 대체 뭣이간디….

정적이 찾아오다가 하나, 둘씩 말한다.

중년사내　나에게 산다는 것은 그저 벽돌담 같은 것이오. 햇볕에도 바람도 흘러들지 않는 폐쇄된 공간. 그곳엔 시간마저도 아무런 흔적을 남기지 않소. 그것이 바로 앞으로 남겨진 나의 몫이라고 생각하오.

아들 저에겐 누가 뭐래도 흙과 일뿐이여유. 계절도 없이 쳇바퀴로 이어지는 노동. 등뼈가 휘도록 일하고 근심하다가 끝내는 늙고 병들어 죽는 것이리라고 여겨졌지여유.

서울여자 나에겐 돈이지, 뭐. 난 음식점 출입문 들어서는 사람도 모조리 돈이야. 어서 오세요. 이 인사말도 사람이 아니라 돈한테 하는 말인거지. 나가는 손님들에게 안녕히 가세요, 라는 말은 안 써. 또 오세요라고 하지. 어린 시절의 배고픈 기억을 보란 듯이 보상받고 싶은 게 나의 욕심이야. 두 아들과 그 애들을 행복하게 만들어 줄 돈, 이 두 가지면 삶은 만족스럽겠지.

처녀 난 그런 골치 아픈 얘기는 생각하기도 싫어진다. 산다는 게 뭐 별것일까. 까짓 것 혀 꼬부라진 소리로 불러 대는 청승맞은 유행가 가락이나 술 취해 두들기는 젓가락 장단과 매양 한가지일 걸 뭐. 난 아무 것도 생각나지 않게 해 주는 술님이 좋고 고맙다.

청년 저에게 삶이란 이 세상과 구별할 수 없는 그 무엇입니다. 세상 돌아가는 내력을 모르고, 아니 모른 척하고 산다는 것은 절대로 용서할 수 없습니다. 그런데 얼마 전부터 그런 확신이 조금씩 흔들리고 있습니다. 자꾸만 저의 시야를 어지럽히고 혼란을 일으키고 있는 중이에요.

아낙네1 우리한테는 허허한 길바닥만 같어유.

아낙네2 아니면, 시골 사람들 앞에서 거짓말 참말 다 발라 가며 펼쳐 놓는 그 싸구려 옷가지 같은 것일지도 모르지여유.

아낙네1 어쨌건, 지금 제 머릿속엔 아이들에게 맡겨 둔 채로 떠나온 집 생각으로 가득 차 있거만유.

아낙네2   어린 것들이 밥이나 제때에 해 먹었을까? 연탄불은 꺼지지
         않았을까? 며칠째 일거리가 없어 빈둥대고 있는 십 년 노가
         다 경력의 남편이 또 술에 취해서 집구석에 법석을 피워 놓진
         않았을까?

기적 소리. 사람들 피곤함에 젖어 퇴장. 열차에 탑승한다.

아낙네2   어, 눈발이 또 날리네잉.
아낙네1   얼른 탑시다. 한 시간 반이나 늦게 왔구만이라우.

역장, 기차를 타지 않고 남아 난로를 차지한 미친 여자를 발견한다.

역장   (여자를 살펴보며) 이 분은 집이 어디인기여? 어쩌면, 갈 곳이
         없을지도 모르는 거겠구만. 올겨울 같은 혹독한 추위에 아직
         얼어 죽지 않고 여기까지 흘러왔다니. 난로를 그대로 두고 갈
         수도 없고….

역장, 여자를 위해 톱밥을 난로에 던져 준다.

함께 생각해 봐요

1 두 번의 급행열차가 사평역을 지나치고, 오랜 기다림 끝에 사평역에 멈춰선 완행열차가 의미하는 것은?

2 사평역의 역장에게서 산다는 것이란 무엇일까?

3 열차를 타지 않고 대합실에 남아 있는 '미친 여자'는 어떤 의미를 담고 있을까?

제 생각은요

1 두 번의 급행열차가 그들을 냉정하게 무심히 지나치지만, 오랫동안 기다려 온 완행열차는 외져있는 시골마저도 멈춰서 주는 따뜻함을 느낄 수 있어 완행열차는 오랜 기다림 끝에 찾아오는 행복, 기쁨을 나타내는 것 같습니다.

2 역장에게서 산다는 것이란 오랜 시간 동안 지내온 이 동네에 대한 정과 사평역의 손님들에게 배려를 하고, 이 역에 머무르는 것이 그의 삶이고 행복이라고 생각합니다.

3 '미친 여자'는 자신의 삶의 방향이나 행복을 찾지 못하고 방황하는 사람들을 나타내고 있다고 생각합니다.

자전거 도둑

원작 김소진
각색 남찬우

언젠가부터 누군가가 '나'의 자전거를 훔쳐 타기 시작한다. 처음엔 이웃집 아이 봉근인 줄 알았지만, 우연히 발견한 자전거 위에 타 있는 사람은 윗집에 사는 에어로빅 강사 서미혜였다. 그날 저녁 '나'는 여러 번 봐 왔던 영화 〈자전거 도둑〉을 본다. 영화에서 자전거를 훔치다 경찰에게 잡힌 아버지를 지켜보는 아들 브루노를 보며 '나'는 자신이 또 다른 브루노라고 생각한다. 어릴 적 '나'는 한 평도 안 되는 구멍가게에서 아버지와 어려운 생활을 이어가고 있었다. 아버지는 혹부리영감네에서 물건을 떼 오곤 했었다. 어느 날 물건을 가져와서 확인하던 중 소주 두 병을 덜 가져온 걸 깨닫고 혹부리영감에게 다시 받으러 가지만 거래를 끊겠다는 협박만 듣고 돌아온다. 닷새 쯤 후 소주 두 병을 더 가져가려다가 들키고 만다. '나'는 아버지의 죄를 뒤집어쓰고 뺨을 맞으며 죽는 한이 있어도 아버지처럼 되지 않겠다고 다짐한다. 어느 날 '나'는 기차를 타다가 우연히 자전거 도둑 서미혜를 마주치게 된다. 그녀는 용서를 구한 뒤 영화 〈자전거 도둑〉 얘기가 나와 같이 보기로 한다. '나'는 혹부리영감에게 복수한 이야기를 들려 주고 서미혜는 간질에 걸린 오빠를 방치해 죽

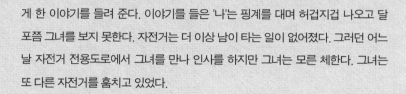

게 한 이야기를 들려 준다. 이야기를 들은 '나'는 핑계를 대며 허겁지겁 나오고 달 포쯤 그녀를 보지 못한다. 자전거는 더 이상 남이 타는 일이 없어졌다. 그러던 어느 날 자전거 전용도로에서 그녀를 만나 인사를 하지만 그녀는 모른 체한다. 그녀는 또 다른 자전거를 훔치고 있었다.

나	주인공이며 자전거의 주인. 신문기자로 일하고 있으며, 어린 시절 무능한 아버지 때문에 받은 마음의 상처를 안고 살아간다.
서미혜	자전거를 훔치는 인물이며 에어로빅 강사로, '나'의 윗집에 살고 있다. 간질에 걸린 오빠를 방치해 죽게 한 일을 잊지 못하고 죄책감 속에 살아간다.

낭독자 / 아주머니 / 아버지 / 혹부리영감

1장 나의 집

낭독자   자전거에 도둑이 생겼다. 정확히 말하면 나 몰래 훔쳐 타는 얌체족이었다. 자전거 안장이 내려가 있고 바퀴 틈새에는 방금 묻어난 것 같은 황톳물이 군데군데 배어 있곤 하는 게 바로 그 증거였다. 가만히 생각해 보니 자전거를 산 지 얼마 되지 않아 자전거를 고정시킬 쇠줄의 열쇠 하나를 잃어버렸다. 도둑은 아마 그 열쇠로 타고 다녔을 것이다. 처음엔 이웃집 봉근인 줄 알았으나 아니었다. 그 의문은 우연찮게 풀렸다.

'나' 집 앞에서 자전거가 없음을 확인한다.

나   (자전거를 묶던 쇠줄이 풀려있는 것을 보며 힘없이) 아우… 아파서 조퇴보고까지 하고 나왔는데 이놈의 자전거는 또 없구만. 봉근이 이 녀석을 혼내던가 해야지.

서미혜가 자전거를 타며 지나간다.

나   (흠칫 놀라며) 저건, 내 자전거잖아? 저 얼굴은 왠지 낯이 익는 얼굴인데? 저번에 반상회에서 봤던 윗집 에어로빅 강사?

서미혜가 자전거를 타고 사라진 곳을 바라보다 '나'의 방으로 이동한다. 무대 한켠에 '나'의 집. 테이블에 테이프와 와인이 놓여있고 '나'는 소파에 앉는다. 맞은 편엔 TV.

낭독자	나는 집에 돌아와 묘한 흥분감에 사로잡혔다. 불현듯 나는 영화 〈자전거 도둑〉에 나오는 장면들을 떠올렸다.
나	흐음. 자전거 도둑이라! 오늘 밤도 그 비디오를 한 번 더 볼까?

'나'가 와인을 한잔 들이켜고 테이프를 집어넣는다.
낭독자에게 조명. 낭독자가 영화의 줄거리를 얘기한다.

낭독자	영화는 오랫동안 직업을 구하지 못하는 무능한 아빠, 안토니오와 그의 아들 브루노에 대한 내용 이었다. 안토니오는 어느 날 포스터를 붙이는 일자리를 구하게 되는데 자전거가 필수적이다. 전당포에 헌옷가지를 맡기고 드디어 자전거를 구한 안토니오는 아들 브루노를 데리고 출근한다.
	그러나 잠시 자리를 비운 사이 누군가 자전거를 훔쳐 타고 달아난다. 걷다 보니 경기장에서는 축구 경기가 한창 무르익고 경기장 밖에 자전거들이 즐비하게 세워져 있다. 안토니오는 아들 브루노에게 먼저 집에 가 있으라고 이르고는 자전거 한 대를 훔친다. 그러나 안토니오는 곧 주인에게 붙잡히고 경찰도 온다. 주인은 처지를 가련하게 여겨 선처를 베풀고 안토니오는 철창신세를 면한다. 긴 그림자가 드리워지는 석양의 거리를 아들은 뒤따르고 안토니오는 어깨가 축 늘어진 허탈한 모습으로 하염없이 걸어간다.

다시 '나'의 집

나	이 영화를 볼 때마다 외로움이 느껴져. 아들이 지켜보는 앞에

서 아버지의 권위를 깡그리 무시당한 안토니오의 무너진 등이 견딜 수 없고, 무엇보다 (화난 듯이) 무너져 내리는 아버지의 뒷모습을 목격해야 하는, 그럼으로써 평생 씻을 수 없는 내면의 상처를 끌어안고 살아갈 어린 아들 브루노 때문에 나는 혀를 깨물 수밖에 없다고! 왜? 왜냐고? 그건⋯. 빌어먹을, 내가 바로 또 다른 브루노였으니깐⋯.

2장 흑부리영감네 가게

무대 왼편은 구멍가게, 오른편은 흑부리영감네.

낭독자　　한 평도 안 되는 구멍가게는 나의 아버지의 유일한 수입원이자 생존 이유였다. 때문에 구멍가게에 대한 아버지의 몰두와 자존심은 각별했다. 아버지는 캐러멜을 몰래 꺼내 먹으면 야단을 치면서도 몇 개 더 집어 주기도 했다.

아버지　　널큼 털어 넣지 못하겠니, 으잉?

'어린나'가 캐러멜을 입에 털어 넣고 퇴장.

낭독자　　그러던 어느 날이었다. 아버지는 흑부리영감네에서 물건을 떼오곤 했었는데, 집에 와서 확인해 보니 소주가 2병 부족한 것이었다. 아버지는 당황하며 나를 보내 두병을 더 받아오라고는 했지만 흑부리영감은 거래를 끊겠다고 협박하는 것으로 답했다. 아버지는 잘못했다며 아들인 내 앞에서 눈물을 보였다. 한 닷새쯤 지났을까, 나와 아버지는 다시 흑부리영감네로 물건을

떼러 갔다. 평소와 달리 아버지의 손은 약간 떨려서 헛손질을
많이 했다. 내가 그 이유를 모를 리가 있겠는가. 아버지는 소주
두 병을 은밀히 자루에 더 넣어 두었던 것이다.

나와 아버지가 자루에 물건들을 담고 있고 아버지가 주변을 살피다가 소
주 두 병을 더 넣는다.

혹부리영감 거 영감, 이보우다. 그 포대 좀 풀어 다시 한 번 헤아려 봅세. 계
산이래 안 맞아.

나와 아버지가 자루를 들고 혹부리영감에게 가져간 뒤, 물건들을 꺼낸다.
소주 두 병이 더 있다. 혹부리영감이 화난 채 째려본다.

혹부리영감 아니, 소주 두 병이 더 들어갔지 않네?
아버지   (겁에 질려 혹부리영감과 나를 번갈아보며) 저, 그거이….
나   (뻔뻔스럽게) 예, 맞아요. 그건 말예요. 제가 영감님 몰래 넣은
      건데요. 왜냐하면 접때접때 우리 집 에서 사실 두 병을 빠뜨리
      고 갔기 때문에 응, 쌤쌤이어서요.
혹부리영감 (아버지를 보며) 내레 이까짓 걸 루다 당신하고 거래를 끊지는
      않았어. 다 물정 모르는 아이들이 저지른 짓인데 으잉?
아버지   (고개를 연신 숙이며) 아유, 고맙습네다 영감님. 그저 어떻게
      헤헤 우리 아이가 평소에는 그렇게 민한애가 아닌데 어쩌다….
혹부리영감 (아버지의 말을 끊으며)단! 내 앞에서 저 아이를 호되게 가르치
      는 꼴을 뵈 주라우. 이녁도 함경도 아바이 출신이믄 부랄값도
      못하는 자식이 잘못을 저질렀을 때 어드러케 다루는지는 알 만

하잖소?

아버지   (주춤거리면서) 야! 간나야, 니 다시는 이런 민한 짓이래, 하겠니, 안 하겠니? 어서 말 좀 해 보라우.

아버지가 '나'의 뺨을 때린다.

낭독자   혹부리영감의 격려를 받은 아버지는 내 뺨을 기세 좋게 올려붙였다. 그러나 아픔은 없고 머릿속에서 뭔가가 맑아지는 느낌뿐이었다. 그리곤 투시해 버리고 말았다. 아버지의 눈 속에 흐르지도 못하고 괴어 있는 눈물을. 차라리 죽는 한이 있어도 애비라는 존재는 되지 말자. 아마도 나는 그때 그런 끔찍한 다짐을 했는지도 모른다.

3장 전철역 앞 포장마차

무대 왼쪽은 기차, 오른쪽은 포장마차. 기차 안. 기차 소리가 들리며 조명 ON, 기차 소리 점점 사라진다.

나   (조심스럽게) 저… 혹시 위층 1204호에 사시지 않으세요?
서미혜   (씨익 웃으며) 예, 저도 뵌 적이 있어요. 인사가 늦었네요.
나   헤헤, 그렇죠 뭐, 다들 바쁘니깐… 어딜 다녀오세요?
서미혜   주부들 좀 가르치는데, 여기 말고 신촌에서도 저녁에 한 타임 뛰고 있어요.
나   요즘도 에어로빅 많이들 허긴 허죠… (기차에서 내려 포장마차 쪽으로 가며) 저, 어떠세요? 실례가 아니라면, 간단히 목이나 축이며 인사나 나누죠?

서미혜   (미소 지으며) 그러시죠, 뭐.

'나'와 서미혜, 전철에서 내려 의자에 앉는다.

나   아주머니! 여기 맥주 두 병하고 골뱅이 하나 안 맵게 무쳐 주세요.

아주머니   예.

나   (미혜에게) 정식인사도 드리기 전인데, 이런 말씀 드려도 어떨

         는지 모르겠네요.

서미혜   (어리둥절하며) 무슨?

나   자전거 아주 잘 타신다고요, 하하.

서미혜   (한손으로 입가를 가려 웃으면서) 호호, 고맙네요. 인사가 늦었

         어요. 자전거 도둑 서미혭니다.

나   혹시 이탈리아 영화 '자전거도둑'이란 게 있는데 봤나요?

서미혜   (웃으며) 아뇨. 같이 볼까요?

4장 서미혜의 집

'나'가 미혜네 집 초인종을 누르고 딩동 소리가 난다.

나   (두리번거리며) 사람을 불러 놓고 어딜 간 거야.

잠시 후 미혜가 슬리퍼를 끌며 나온다.

서미혜   어머, 오셨어요? 아유, 내 정신 좀 봐. 손님을 초대해 놓곤 집 안

이 이렇게 엉망이어서….

나   이거 참, 다음에 다시 올까요?

서미혜   아뇨! 잠깐만 기다리…. 아니 일단 들어오셔요.

나와 서미혜가 소파에 앉고 내레이션을 읽는 동안 얘기하는 시늉을 한다.
내레이션에 맞춰 행동한다.

낭독자   비디오를 보기 전부터 난 얼근한 기분을 느끼고 있었다. 소파
        에 비스듬히 몸을 누이고 밸런타인 17년짜리 황금빛 원액이 그
        득히 담긴 잔을 기울이다 말고 입술을 뗀 나는 들릴락 말락 한
        짧은 신음을 터뜨렸다. 그리곤 리모컨의 플레이 스위치를 힘주
        어 눌렀다.

잠시 후 무대가 다시 밝아진다.

서미혜   재밌군요.

'나'가 미혜의 어깨에 팔을 걸친다.

나   난 저 영화를 보면서 꼭 누구를 생각하거든.

서미혜   ('나'를 보며) 헤어진 애인이라도 있으세요?

나   이런, 저기 무슨 여자들이 나온다고 그래?

서미혜   그럼요?

나   내가 어렸을 적에 죽음으로 몰아넣은 사람이 있었지. 흑부리영
        감이라고.

서미혜	(깜짝 놀라며) 예에? 왜죠?
나	왜, 내가 사람을 죽였다니깐 무서워져?
서미혜	그게 아니라요. 왠지 궁금하잖아요. 그럴 것 같지 않아 보이는 사람인데….
나	사람 죽이긴, 생각하기 나름인데…. 내가 그 혹부리영감에게 복수하는 방법은 딱 한가지였어. 그 영감이 애지중지하는 수도상회를 분탕질 내는 수밖에는 없었지. 그래서 수도상회의 급소인 의지간 밑 하수도로 들어가서 수도상회에 들어가는 데 성공했어. 그리고 나선 방석을 이용해 소주를 조심스럽게 따고 진열장 위아래 가릴 것 없이 부어 댔지. 그렇게 십 분 동안 물건의 대부분을 절단 내고 수도상회 간판도 버리고 돈궤에 똥도 질펀하게 싸지르고 나서야 집으로 돌아갔어. 그 다음날부터 시장통이 난리였지. 열흘 남짓 문을 닫고 있던 수도상회가 다시 문을 열었지만 얼마 가지 않아 아예 문을 닫고 말았어.
서미혜	(눈물을 글썽이며) 정말이에요? 정말 차암, 재밌다. 그치?
나	(당황하며) 아니, 그렇다고 뭐 울 것까지야….
서미혜	(우울한 말투로) 승호 씨, 그 청년 생각 나?
나	누구?
서미혜	영화에서 그 꼬마의 아버지가 뒤쫓아 갔을 때 길가에서 간질병으로 나뒹굴던 창백한 청년….
나	으응, 그 자전거 도둑? 근데?
서미혜	많이 닮았다. 울 오빠.
나	오빠를?
서미혜	(한숨) 오래전에 죽었어요. 아니 죽였지, 내가. 손이 귀한 집안이라서 오빠가 태어나자 온 집안이 경사 났다고 법석을 떨었다

고 하더군요. 그런데 학교 들어가서 얼마 안 돼 간질이 도졌대요 그만…. 그때부터 집안에는 내내 음울한 기운이 떠나질 않았어요. 오빠 어릴 적부터 자전거를 잘 탔어요. 한번은 오빠가 자꾸 부들거리면서 이상해지는 거예요. 고개를 깔딱 거리고, 비틀거리며 페달을 밟고. 그게 간질발작 징후인지는 나중에 알았죠. 그게 발작의 시초였고 어머닌 부끄럽다면서 오빠를 다락에 몰아넣고 키웠어요. 스무 살이 넘었지만 성장을 멈춘 것 같은 민석 오빠는 웅크리고 있으면 꼭 어린애 같았어요. 어쩔 땐 휠체어의 뒤를 제가 밀었는데 우물 속으로 밀어 넣고 싶은 충동을 느낄 때가 한두 번이 아니었어요. 하루는 학교에서 돌아온 내가 체력장 때문에 너무 피곤해서 가방을 내던진 채 그대로 잠이 들었나 봐요. 눈을 떠보니 오빠의 일그러진 얼굴이 바로 코앞에서 떠오르고 제 몸에는 실오라기 하나 걸쳐 있지 않았어요. (울먹거리며) 그때 그 수치심이란…. 하루는 엄마가 친정일로 고향에 가시면서 오빠 밥을 잘 차려 주라고 신신 당부를 했어요. 나는 한 번도 다락문을 열지 않았어요. 왜냐하면 친구 집에서 일주일을 보냈거든요. 일주일 뒤에 돌아온 엄마가 다락문을 열어 보니 걸레처럼 축 늘어진 민석 오빠가 나왔어요. 내가 죽인 거나 다름없죠. (나를 보며) 듣고 있어요?

나   (피곤한 톤으로) 으응.

서미혜   졸린가 봐?

나   아냐, 나 가 볼게. 내일 아침까지 넘겨야 할 기사가 있어서. 미안해.

나 급히 퇴장.

5장 '나'의 집 앞

낭독자   그 후로 달포쯤 그녀를 만나지 못했다. 신문사 일에도 바빴고 왠지 그녀를 찾고 싶은 마음이 생기질 않았다. 그때 들은 오빠 얘기 때문인지, 자꾸만 그녀가 나에게 함정을 파고 있을 것 같다는 생각이 들었다.

자전거를 바라보는 '나'

나   (안장을 문지르고 손가락의 먼지를 불며) 자전거 길들이기가 끝났나?

그때 미혜, 긴 머리칼을 휘날리며 자전거를 타고 나타난다.

나   (작은 목소리로) 미혜, 오랜만이야. 이건 너무 싱거운가? (큰 목소리로) 섹시한 아침이군! 낄낄낄.

미혜, 슬쩍 보고 그냥 지나친다.

나   (당황하며) 날 발견하지 못한 걸까? 아니, 그럴 리가 없지. 갑자기 청맹과니라도 됐다면 몰라도 내가 분명히 손까지 번쩍 들었는데….

낭독자   그녀는 분명 나를 봤지만 아주 차가운 눈길로, 아니 차갑다기보다는 낯선 사람을 대하는 눈길로 스쳐갔다. 실수였을까? 그러나 난 그녀가 타고 스쳐간 자전거에 눈길이 닿는 순간 퍼뜩 깨달았다. 나는 내 오른손바닥을 뒤집어 맥없이 바라봤다. 자꾸 헛웃음이 나오려 했다.

나   아하! 그렇구나. 그녀에게 또 다른 자전거가 생겼구나. 그렇지! 다른 자전거를 훔치는 도중이군. 내가 그걸 왜 몰랐을까.

'나', 허둥지둥 뛰어서 퇴장한다.

함께 생각해 봐요

1 차라리 죽는 한이 있어도 애비라는 존재는 되지 말자라는 말이 갖는 의미는 무엇일까?

2 서미혜가 자전거 도둑이 된 이유와 '나'의 자전거를 더 이상 훔쳐 타지 않고 새 자전거를 찾아 나선 이유는 무엇일까?

제 생각은요

1 차라리 죽는 한이 있어도 애비라는 존재는 되지 말자는 어린 주인공의 다짐은 표면적으로 볼 때 무능한 아버지처럼 살지 않겠다는 것을 의미하고, 아버지를 비굴하게 만드는 세상에 순응하면서 살지 않겠다는 의미의 이중적인 다짐이다.

2 서미혜는 오빠를 죽였다는 죄책감을 경감시키기 위해 자기징벌의 심리로 자전거 도둑이 된 것이다. 그러나 '나'가 자신이 훔쳐 타는 것을 알게 됐기 때문에 자전거 '도둑'이 될 수 없다. 그래서 그녀는 새 자전거를 훔쳐 타는 것이다.

국어시간에 연극(낭독극) 공연하기

1. 모둠구성과 역할 분담

가. 학급 당 4모둠 정도로 편성한다. (8~10명)

나. 모둠장(연출)을 선정하여 모둠의 진행 사항이나 할 일, 조언해 줄 것, 작품 선정, 도울 것, 준비물 등을 협의한다.

다. 스태프와 배우를 정하되 스태프도 가능하면 무대에 설 기회를 준다.

라. 스태프는 음향, 조명, 무대, 소품 정도로 분담하되 작품의 출연자 수나 내용에 따라 적절히 조정하게 한다.

마. 소품, 의상, 무대는 가능하면 교실이나 학교에서 구할 수 있는 간단한 것을 상징적으로 사용하도록 한다.

바. 음악은 극 분위기 전달, 장면 전환, 휴지, 시작과 끝을 표현하는 데 사용하며 꼭 들어가도록 한다.

사. 조명은 교실이나 공연장(시청각실, 음악실 등)의 불을 활용하되 스마트폰, 촛불, 손전등 등을 활용할 수 있다.

2. 작품선정과 대본 작업

가. 가능하면 작품 선정은 교과와 연계하여 순수문학 작품으로 하되 시와 소설로 한정할 수 있다.

나. 선정한 작품은 교사와 협의를 통해 조정하거나 교체한다.(기존의 수업시간에 배웠던 작품은 배제한다. 앞으로 배울 작품이나 같이 공유할 만한 작품을 우선적으로 하도록 한다.)

다. 시를 선택한 경우 텍스트를 분석하는 데 시간이 덜 걸리므로 시적 상황을 그려 내거나 연상되는 이야기를 두 개 이상 담도록 한다.

라. 소설의 경우 가능하면 단편소설을 권장하고 장편의 경우 보여주고 싶은 부분이나 주요한 내용을 선택하여 장면화하도록 한다.

마. 시와 소설 모두 15분 이내로 하고 장면은 4~6장면 정도로 하여 연극적 요소를 살려 선택된 내용을 깊이 있게 표현하도록 한다. 모든 내용을 다 담는 것보다 주요 장면이나 주제와 직결된 부분을 선택적으로 담아낼 수 있도록 사전에 지도한다.

바. 스케치북, 켄트지, A3 등을 통해 주요 문장이나 단어, 배경, 장면, 인물 등을 문자나 그림으로 나타낼 수 있다.

사. 대본을 구성할 때 인물 분석, 장면 분석이 중요함을 강조하고 대본 담당자에게 대본을 일임하는 일이 없도록 한다.

3. 발표(공연)

가. 주인공 못지 않게 해설자나 낭독자의 정확한 내용 전달을 강조하고 무대에서 하도록 한다. 낭독자의 위치는 무대 좌우 중 고정석을 만들고 조명이 여의치 않을 때 스탠드를 사용하여 낭독자가 해설이나 작품 내용을 전달할 때 집중되도록 하고 이 사이에 무대 전환이나 소품 배치를 하여 극이 자연스레 연결되도록 하며 좋다.

나. 등장인물도 행동을 단순화하고 소품이나 의상보다 대사 전달을 정확하게 하도록 한다.

다. 대사를 가능하면 객석 쪽을 보고 할 수 있도록 한다.

라. 영상은 시설에 따라 병행 사용할 수 있으나 영상으로 지나치게 대체할 수 있으므로 연극적 제작을 위해 가능하면 자제한다.

마. 작품 설명, 작가 소개, 줄거리, 인물 등을 공연 전후로 배치하여 관객의 이해를 돕고 작품 감상을 할 수 있도록 한다.

마. 발표시 관극 예절을 지켜 감상하고 격려와 축제 분위기를 형성한다.

바. 촬영 담당자를 두어 사진과 영상을 자료화한다.

사. 대본은 모둠 당 1부씩 제출한다.

아. 학급별 우수 작품을 선정하여 학년 전체 연극제를 할 수 있다.

4. 평가

가. 수행평가나 모둠활동 평가와 연계하거나 적절한 상품을 걸어 성취 욕구를 자극할 수 있다.

나. 평가와 연결하는 경우 주제 전달, 표현, 창의성, 협동성, 관람 태도 등의 항목을 두어 객관성을 담보하게 평가한다.

다. 비협조적이거나 불성실한 참여자로 두 번 이상 지적을 받으면 개인 감점과 개인 감점자가 2명 이상일 때 모둠 감점이 될 수 있음을 알려 소수에 의해 주도되지 않고 함께 참여할 수 있게 한다.

라. 평가가 학생들의 의욕이나 상상력, 성취감을 훼손하지 않도록 진행한다.

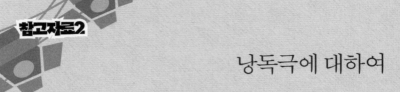

낭독극에 대하여

1. 입체낭독

인물의 성격이나 상황에 맞게 역할을 나누어 실감나게 읽는 것을 말한다. (주로 희곡 작품)

2.. 교육연극 모임의 낭독극

대사를 보고 말하지만, 대사에 치중하기보다는 각자 그 인물처럼 움직이고 행동하는 연기까지 했다. 해설이나 낭독자는 대개 무대 옆이나 뒤편에 보면대를 놓고 작품을 읽었으며 인물은 간단한 대사는 외워 연기를 했다. 건반이나 기타, 바이올린 연주자들이 직접 무대 한쪽에서 음악을 담당하였고 이들이 경우에 따라 배우 역할을 잠시 하기도 했다.

3. 배우들의 낭독극

역할을 맡은 배우들이 희곡을 책상 위에 올려 놓고, 각자의 대사를 실감나게 낭독한다. 다른 보조적인 시각 매체는 없었다.

4. 박완서 작품 낭독극

배우가 책으로 만들어진 작품집을 책상 위에 놓고, 의자에 앉아서 철저하게 낭독을 한다. 다만, 작품 속 인물에 따라 목소리를 다르게 한다. 옆에 배경음악을 깔아 주고(해금, 북 등), 작품 속 내용에 추임새를 넣어 주는 인물, 혹은 어떤 특정한 소설 속 인물의 대사를 낭독하는 보조 낭독자가 있었다. 또 작품의 중요한 요소(핵심 단어, 반추해야 할 표현 등)를 시각매체(종이, 매체)를 통해 보여 주었다. 이 낭독극에서 빠져서는 안 되는 것이 음악이었다. 때로는 관객을 '낭독'에 몰입시키기 위해서, 때로는 의문을 던지고 반추해야 할 내용을 생각해 보는 명상의 요소로, 때로는 휴식의 요소로 음악을 활용하였다.

5. 경기도립극단의 낭독극

고선웅 연출로 3편 정도의 이야기를 배우들이 낭독과 대사, 간단한 동작으로 보여 주는데, 대본은 악보대 위에 놓고 낭독과 대사를 하며, 배역을 정하여 공연하였다. 대본을 악보대 위에 놓고 무대 뒤 쪽에 서서 대사나 나레이션을 하다가 경우에 따라 앞으로 나와 절제된 연기를 했다.

감자 / 차지훈

봄에 직접 낭독극에 연기자로 참여하였고, 많이 미숙하지만 최선을 다하였습니다. 가을에 직접 소설을 읽고 분석하여 대본을 만들게 되었습니다. 친구들과 서로 머리를 맞댄 이 작업이 저에게는 잊지 못할 뜻 깊은 시간입니다.

운수 좋은 날 / 박정은

고등학생이 된 이후 점점 바빠지면서 책 읽을 시간도 점점 줄어들게 되었는데 이번 대본 작업을 계기로 책 읽을 시간을 갖게 되어서 좋았습니다. 각색 작업도, 낭독극에 참여하여 연기를 해 본 것도 모두 처음 해 본 일이었는데 친구들과 협력하여 해결하며 보람을 느끼기도 했습니다. 작품에 대해 끊임없이 고민함으로써 문학에 한 걸음 더 가까워진 것 같습니다.

동백꽃 / 공하영

1학기에 낭독극을 경험해 보았지만 제가 한 편의 이야기를 맡아 처음부터 끝까지 직접 작성해 보니 느낌이 새로웠습니다. 여러 작품들을 만나면서 더 깊게 생각해 보고 이해할 수 있었습니다. 소설을 낭독극으로 각색하면서 어렵고 막막할 때에는 모둠원들과 의견을 공유하며 도움을 얻었고 선생님께서 많은 조언을 해 주신 덕분에 잘 마무리할 수 있었습니다.

메밀 꽃 필 무렵 / 김태양

평소 글에 관심이 많은데 낭독극 연출 과정에서 작품을 여러 번 읽게 되면서 깊이 만날 수 있었습니다. 그리고 다른 작품에 도전하여 대본을 만들면서 그 경험이 큰 힘이 되었습니다. 다른 작품이나 책을 이제 더 편안하고 즐겁게 만날 수 있게 되었습니다.

김강사와 T교수 / 서정인

처음으로 낭독극을 접해 조명과 배우를 맡아 새로운 활동을 했었습니다. 또한 대본을 직접 만들어 보면서 스태프, 배우, 작가까지 해 보게 되다니 꿈만 같습니다. 우리가 쓴 대본으로 또 누군가 저처럼 꿈같은 경험을 해 보길 바랍니다.

학 / 심소희

처음에 배우라는 역할을 맡았기에 대본을 만들고 연출을 하는 것이 얼마나 어려운지 잘 몰랐습니다. 이렇게 직접 대본을 쓰고 작품을 분석하다 보니 이 작업이 정말 힘들고 고된 것인지 알게 되었고 작품 속에 풍덩 빠질 수 있었습니다. 책을 출판하다니, 흐흐, 흐뭇합니다.

소나기 / 김무현

처음 시작할 때는 낯설고 힘들었지만 여러 작품을 조금 더 정확하게, 깊이 바라볼 수 있는 행복한 시간이었습니다. 영상 제작과는 다른 묘미를 맛봤습니다. 이 책을 참고해서 낭독극을 하시는 분들도 나중에 직접 창작해 보시길 강추!

오발탄 / 송창환

대본 작업을 시작하고, '오발탄'의 시대상과 우리가 살고 있는 지금 이 시대를 같이 생각할 수 있었습니다. 두 시대 모두 수많은 오점들을 남기지만 그 발자국들을 고치고 돌아볼 새 없이 빠르게 변해 간다는 공통점을 발견했습니다. 이를 통해 저는 우리와 같은 청춘들이 품고 가야 할 미래에 대한 책임을 다시 한 번 생각해 보게 되었습니다. 어둡고 혼란스러운 세상 속, 만인의 등불 같은 사람이 되고 싶습니다.

유예 / 장현욱

연극 동아리 활동을 하며 올해 연극과 많이 만나고 있습니다. 봄 공연의 뿌듯함에 힘입어 단편소설을 낭독극으로 만드는 것에 거침없이 도전할 수 있었습니다. 저로서는 책과 가까워질 수 있었던 계기가 되어 다시 한 번 뿌듯합니다.

수난이대 / 이광희
낭독극에서 인물 역할을 맡고 그 인물의 성격과 내용을 잘 파악하여 인물을 잘 표현하기 위해서 여러 번 책을 읽었습니다. 그리고 대본 쓰는 작업을 통해 작품 전체의 흐름과 인물 분석, 시대상들을 좀 더 자세히 보고 파악할 수 있는 안목을 기를 수 있었습니다.

꺼삐딴 리 / 황신의
편안하게 친구들과 어울리는 걸 좋아해서 이 작업도 별 부담 없이 할 수 있을 줄 알았습니다. 그런데 하다 보니 '글은 누구나 쓸 수 있지만 작품은 아무나 만드는 게 아니다.'라는 걸 절감했습니다. 작가들의 대단함을 피부로 느끼고, 덕분에 책과 좀 더 친해질 수 있어 좋았습니다.

모래톱 이야기 / 유재원
학교에 입학하면서부터 관심을 가지고 들어 왔던 연극 동아리에서 낭독극을 만들어 공연도 하고, 연극 연출을 맡아 극도 만들어 보았습니다. 마찬가지로 소설을 대본화하는 작업을 통해 소설을 분석하는 법과, 혼자가 아닌 여럿이서 협업하는 방법을 배웠습니다. 좋은 경험 감사합니다!

서울 1964년 겨울 / 박태준

대본을 쓰면서 어렵고 막힐 때가 많았지만 그럴 때마다 팀원들과 소통하고 부족한 부분을 최대한 메꿔 가며 열심히 썼습니다. 현대인의 단절감과 고독을 그린 작품을 통해 오늘을 생각해 볼 기회를 가졌습니다.

동행 / 신희철

추한 그릇이라도 나물 한 줌에 황토향을 더할 수 있다는 것을 증명하고 싶습니다. 그저 아름다운 글을 낳는 사람이 되기 위해 글을 쓰고 있습니다. 희곡과의 낯선 만남이라, 다 쓴 후 희열보다는 아쉬움이 남고 완성도도 마음에 안 차지만 지금까지 함께 해 온 이들의 노력과, 경험과, 미소는 훌륭한 것이었습니다. 그에 만족합니다.

병신과 머저리 / 이윤지

봄에 학급 친구들과 준비한 낭독극에서 대본과 연출을 맡았는데 제대로 된 작품을 보여 주지 못했습니다. 하지만 이번 작업 경험으로 인해 더 좋은 대본을 다듬을 수 있어 개운합니다. 이번 활동이 제가 꿈을 이루는 데에도 큰 도움이 될 것이라고 생각합니다.

선생님의 밥그릇 / 김수민

연극을 반 친구들과 했을 때 하나의 연극을 위해 이렇게 다양한 역할

의 사람들이 협력하는구나라는 것을 깨달았습니다. 그리고 그 경험을
통해 이번에 대본 작업을 하면서 소설을 더욱 깊이 볼 수 있었고, 장치
들과 무대에도 크게 관심을 가지게 되었습니다. 내가 쓴 글이 책으로
나온다니 꿈으로만 생각했던 기적이 이뤄지는 것처럼 행복합니다.

눈길 / 오승택

평소에 책을 잘 읽는 습관이 들어 있지 않아서 막막했습니다. 최선을
다해서 여러 작품들을 읽고 모둠 친구들과 이야기를 나눴습니다. 각
색까지 끝난 지금, 막막한 시간이 아닌 즐거운 시간을 보냈던 것을 새
롭게 느낍니다.

어둠의 혼 / 신용하

동아리 기장을 맡다 보니 어떻게 하면 친구들과 다같이 화합을 이룰 수
있는지 평소에도 많이 노력합니다. 대본 작업과 낭독극 공연을 친구들
과 같이, 막막했던 처음부터 짜릿한 마무리까지 할 수 있어 더 많은 보람
과 성취감을 느낄 수 있었습니다.

흐르는 북 / 홍유정

막막함을 풀어 준 선생님과 모둠원들이 고맙습니다. 또 이번 대본 작
업을 통해 작가라는 직업이 쉬운게 아니었구나, 원작이 있어도 새롭
게 만든다는 게 힘든 일이라는 걸 체감했습니다. 많은 시간을 쏟았습

니다. 작품 속의 민노인과 성규가 소통하듯, 막힌 물길들이 잘 흐르면 좋겠습니다.

아홉켤레의 구두로 남은 사내 / 구완모

원래 문학에 큰 관심이 있는 편은 아니었지만 선생님의 권유로 '아홉켤레의 구두로 남은 사내'를 각색하게 되었습니다. 처음 해 보는 작업이라 실수도 많았지만 여러 번 읽으면서 각색하다 보니 주인공 권 씨에게 몰입하게 되고 사랑하게 되었습니다.

난장이가 쏘아올린 작은 공 / 이한별

소설을 각색하는 새로운 도전! 공간과 시간에 제약을 받는 연극 대본을 고민하다 보니 생각하지 못했던 부분까지 생각해 볼 수 있었습니다. 혼자서 생각해 내기 힘든 부분은 여러 친구들의 의견과 선생님의 조언을 통해 풀어 낼 수 있었습니다. 알차고 보람 있는 시간을 보내게 되어서 기쁩니다.

원미동 사람들 / 박지수

저는 사람들과 아이디어를 내고 무언가를 기획하는 일과 꼼꼼하게 정리하는 것을 좋아해서 팀원들과 순차적으로 작업을 진행할 수 있었습니다. 낭독극을 할 때는 연출을 맡아서 무대를 완성시켜 나가는 재미가 있었고 이번 활동에는 작품에 대한 더 깊은 탐구를 해 보는 재미있었습니다.

원미동 시인 / 남동균

1학기 때 진행한 낭독극에서 연출을 맡아 무대 구성을 했었습니다. 그 기억을 떠올리며 이번 작업을 했더니, 어려웠지만 일이 수월하게 진행되었습니다. 그리고 책 한 권 만든다는 게 어려운 일임을 깊이 느끼고 있습니다.

사평역 / 김연주

처음 이 작업을 시작하게 됐을 때 기대에 부풀었지만 책을 몇 번이나 꼼꼼히 읽는다는 것이 힘들기도 하고, 소설을 각색해서 대본을 쓴다는 것이 그리 쉽지 않은 일이라는 것을 느꼈습니다. 팀원들과 배우고 풀어 가며 저의 꿈에 조금이나마 한 발 다가갈 수 있었습니다.

자전거 도둑 / 남찬우

이전 수업시간에 낭독극을 할 때는 대본 구성에 적극 참여하지 못해 아쉬웠는데, 이번에는 직접 써 보며 어려웠지만 뿌듯함도 느꼈습니다. 같이 머리를 맞댄 모둠원들 덕분에 조금 더 마음에 드는 작품이 나온 것 같아 고맙습니다.

작은숲의 서가 청소년들과 함께 읽는 책

그래, 지금은 조금 흔들려도 괜찮아 대한민국 희망수업 1교시

신현수 외 지음 | 344쪽 | 14,000원

아침독서신문 추천도서 | 문화체육관광부 우수교양도서

아름다운 학교를 꿈꾸는 열여섯 선생님들이

청소년들에게 들려주는 가슴 뭉클한 첫 수업 이야기

넌, 아름다운 나비야 대한민국 희망수업 2교시

강병철 외 지음 | 288쪽 | 14,000원

책따세 추천도서

아이들과 함께 꿈꾸는 열셋 선생님들이

첫 수업에 들려주고 싶은 제자 이야기

난, 너의 바람이고 싶어 대한민국 희망수업 3교시

강병철 외 지음 | 280쪽 | 14,000원

2016 세종도서 교양부문 선정도서

아이들의 곁에서 영원한 동반자이고 싶은 선생님들이

첫 수업에 들려주고 싶은 친구 이야기

시로 쓰는 한국 근대사 1, 2 국어 선생님의 역사 수업

신현수 지음 | 256, 244쪽 | 각권 14,000원

아침독서신문 추천도서

시가 된 역사, 역사가 된 시를 읽어 주는

국어 선생님의 색깔 있는 문학 수업

사춘기 국어 교과서 생각을 키워주는 십대들의 국어책
고흥준, 김보일 지음 | 276쪽 | 14,000원

아침독서신문 추천도서 | 서울시교육청 추천도서

말 속에 담긴 세상 그리고 생활 이야기

생각하는 국어, 재미있는 국어가 눈앞에 펼쳐진다

사춘기 철학 교과서 생각을 키워주는 십대들의 철학책
김보일 지음 | 276쪽 | 14,000원

아침독서신문 추천도서 | 충남교육청 추천도서

꼬리에 꼬리를 무는 질문으로 사물의 본질을 알아가는

사춘기를 위한 재미있고 깊이 있는 철학책

과학 개념어 상상사전 손에 잡히는 과학 공부
박서경 외 지음 | 352쪽 | 15,000원

학교도서관저널 추천도서

공부의 핵심은 개념어에 있다

과학 개념어로 중학과학을 한번에 끝낸다

수능국어 절대어휘 상상사전 손에 잡히는 국어 공부
이규배 지음 | 352쪽 | 15,000원

모든 문제의 정답은 어휘에 있다

수능 국어에 자신감을 주는 절대어휘 123

우리 궁궐의 비밀 광화문 해태 앞다리는 누가 부러뜨렸을까
혜문 지음 | 290쪽 | 15,000원

학교도서관저널 추천도서

일제가 훼손하고 우리가 잘못 복원한 궁궐 이야기

궁궐을 바꾸는 일은 세상을 변화시키는 일이다

국어 선생님, 잠든 우리말을 깨우다 국어사전에 숨어 있는 우리말 100
박일환 지음 | 248쪽 | 12,000원

문화체육관광부 우수교양도서

국어 선생님의 국어사전 제대로 읽기

국어사전 속에서 잠자는 우리말 100

국어 선생님, 잠든 사투리를 깨우다 국어사전에 숨어 있는 사투리 100
박일환 지음 | 248쪽 | 14,000원

신간도서

사투리가 모두 사라지고 표준어만 남게 된다면?

우리말의 풍요로움과 아름다움을 깨닫게 해 줄 사투리 100

수학 끼고 가는 이탈리아 선생님과 함께 떠나는 내 인생의 첫 여행
남호영, 정미자 지음 | 384쪽 | 17,000원

2016 우수과학도서 | 학교도서관저널 추천도서

우리가 꿈꾸던 바로 그 수학여행!

수학의 눈으로 만나는 고대 로마의 역사와 문화 이야기

열세살 내인생
내 인생에서 처음 만나는 그 무엇

내 인생의 첫 고전 – 논어 근본이 서면 길이 열린다
이현주 글, 이창우 그림 | 196쪽 | 15,000원 | 아침독서신문 추천도서

청소년을 위한 고전 쉽게 읽기

공자의 논어를 통해 배우는 삶의 지혜

내 인생의 첫 고전 – 노자 비어 있어서 쓸모 있나니
최은숙 글, 한단하 그림 | 232쪽 | 15,000원

한국출판문화산업진흥원 우수콘텐츠 제작지원사업 선정작

청소년의 눈높이에 맞는 쉽고 친절한

노자에 대한 새로운 해석으로 만나는 따뜻한 지혜의 향기

내 인생의 첫 고전 – 장자 나비의 꿈

최은숙 글, 노계선 그림 | 164쪽 | 14,000원

아침독서신문 추천도서

중국 역사에서 가장 매력 있는 장자 쉽게 읽기

무한한 상상력과 자아의 소중함을 일깨워 주는 책

내 인생의 첫 멘토 – 리더 사람 사는 세상을 꿈꾼 사람들

안덕훈 지음 | 312쪽 | 15,000원

아침독서신문 추천도서

리더를 꿈꾸는 십대를 위해 준비된 본격 직업별 위인전

큰 목적을 위해 맹목적 욕망을 버린 아홉 인물들의 감동 스토리

평화도토리
어른과 아이가 함께 읽는 평화동화

오리와 참매의 평화여행 오리와 참매의 평화를 향한 여정

조재도 글, 최경식 그림 | 10,000원

2014 세종도서 문학나눔 선정도서

인간과 모든 생명에게 주어진 소중한 선물, 평화.

그 평화의 씨를 나누기 위한 이야기

시골 엄마의 선물 산이 엄마가 산이에게 준 열세 가지 선물

최성현 글, 손미정 그림 | 10,000원

아이를 가진 어머니와 그 가족들이 곧 태어날 아이를 기다리며

느끼는 설렘과 기쁨을 세밀한 감정으로 펼쳐 낸 책

살자토끼 1, 2 평화를 위한 신개념 컬러링북

조시원 글, 그림 | 각권 10,000원

초등학생도 쉽게 따라 그릴 법한 독특한 그림

우리가 살면서 생각해 봐야 할 것들을 직설과 유머로 표현한 컬러링북

작은숲청소년
청소년들의 땀, 꿈, 눈물이 담긴 글항아리

36.4℃ 중·고등학생이 직접 쓰고 뽑은 학생시 123
배창환, 조재도 엮음 | 260쪽 | 12,000원 아침독서신문 추천도서

공부하기 싫은 날 신엄중학교 학생들의 시 161
김수열, 이경미 엮음 | 240쪽 | 11,000원

채식주의자라는 이름으로 경주여고 산문집
배창환 엮음 | 232쪽 | 12,000원 2015 세종도서 교양부문 선정도서

눈물은 내친구 국어시간에 쓴 중학생 산문집
조재도 엮음 | 240쪽 | 12,000원 2014 한국출판문화산업진흥원 청소년권장도서

싸움닭샤모 조재도 성장소설
조재도 글, 김호민 그림 | 296쪽 | 12,000원 국립어린이청소년도서관 사서추천도서

불량아이들 조재도 성장소설
조재도 글, 김호민 그림 | 296쪽 | 12,000원 2013 우수문학도서

원더풀라이프 박성철 청소년소설
박성철 글 | 232쪽 | 12,000원 어린이도서연구회 청소년추천도서

운동장이 없는 학교 박영희 청소년소설
박영희 글 | 212쪽 | 12,000원 2015 세종도서 문학나눔 선정도서

스캔 강물 청소년소설집
강물 글 | 260쪽 | 13,000원

우리 연극해요 1, 2 청소년 연극대본집
전국교사연극모임 엮음 | 328, 302쪽 | 각권 14,000원 2016 올해의 청소년 교양도서